丫鬟我最大 5 完

凌嘉 著

文創風 143

目錄

第一一八章　天家公主

大公子來了！雲舒求救地向殿門看去。

劉徹聽到外面的吵鬧聲，甩了甩衣袖，轉身坐回席位上，揚聲說：「讓他進來。」

宦官聽了趕緊應下，而後推開殿門，請大公子進來。

大公子踏進殿門後第一時間便搜尋起雲舒的身影，見她神色緊張，頭髮凌亂，上衣不整，十分擔憂地看了她一眼，而後向劉徹叩拜道：「微臣參見皇上。」

劉徹跟個沒事的人一樣，彷彿剛剛扒開雲舒衣服的人不是他，淡淡地問道：「起來吧，你急匆匆求見朕，有什麼事？」

大公子起身，靠近雲舒身邊站著，開門見山地說：「微臣因擔憂雲舒，特來求見，不知皇上將雲舒從薛家祠堂帶到宮中，所為何事？」

劉徹望了他們兩人一眼，笑著說：「一段時間不見，你們兩人的感情比往常更濃了。朕算算……從朕在長安街上第一次遇到你們，已經七年多了吧？看來你們都是長情的人……」

劉徹這番話說得牛頭不對馬嘴，不知道他為什麼提這些。

雲舒抓著自己的衣領低頭站在大公子身後，大公子凝眉想了想劉徹的話，回道：「正如皇上所說，臣跟雲舒一路走來十分不易，臣這麼多年的心思，皇上知道得最清楚，可是皇上為什麼要在這種關鍵時刻，將雲舒召進宮呢？」

桑弘羊跟劉徹之間的關係，是君臣，卻更像兄弟，劉徹對他的連番追問一點也不在意，沒有絲毫生氣的跡象，然而他接下來說的話，卻差點讓大公子暴走——

「雲舒不能做平棘侯的義女。」

劉徹平靜地陳述著他的命令，卻讓大公子和雲舒的心備受煎熬。即將事成之際，卻殺出這樣一隻攔路虎！

「皇上！」大公子瞪圓了眼睛看向劉徹，說道：「皇上早就知道此事，為什麼偏偏這時說不能？」

雲舒心中暗驚，劉徹之前在她面前裝蒜，沒想到他早就知道大公子和平棘侯商議的事。再一細想，只怕劉徹在這件事的過程中，不僅僅知道，只怕還有一定程度的參與，不然大公子也不會以質問的語氣跟他說話。

劉徹將目光鎖定在雲舒身上，不慍不怒地說：「此一時，彼一時。」

大公子走上前一步，說道：「君無戲言。」

雲舒很怕大公子激怒劉徹，他們私底下關係再好，劉徹也是皇上，怎麼能對他大呼小叫？

她連忙抓住大公子的衣袖，低聲說道：「大公子稍安勿躁，皇上這麼做，必定事出有因。」

雲舒這句話點醒了大公子，現在不是逼劉徹同意的時候，而是要弄清楚他為什麼反對？

「還請皇上給臣一個明白。」大公子語氣中還是有些憤怒，兩年的籌劃，衛家、陳家、朝廷三方的權衡，這些雲舒所不知道的付出，全都白費了。

劉徹敲了敲案桌，側頭對後方說道：「芷珊，妳來告訴他們吧。」

後殿的暗影中，身穿紅色錦衣的陳芷珊走了出來，她停在劉徹身後說道：「皇上，此事尚未查明，現在告訴他們，為時過早。」

劉徹卻說：「他們兩人只怕比朕還要急迫地想查明真相，現在告訴他們，總比他們不斷在中間給朕添亂來得好。」

陳芷珊想想也是，於是就走到雲舒和大公子面前，將一個書簡放在他們面前的案桌上，鋪了開來。「這是景帝時期的秘密檔案，你們兩人看吧。」

大公子和雲舒對看一眼，一起圍在小案桌前看了起來。

在權力的中心，並不是任何事情都能見光，像暗羽就是一個隱秘的存在，漢朝開創以來的一些秘辛也由暗羽記載歸檔，以作留證。現在展現在大公子和雲舒面前那份書簡，正是漢景帝時期的一個秘密。

雲舒快速掃了兩眼，書簡裡記載的是漢景帝前元三年，由吳王劉濞為首的七個諸侯王國叛亂，史稱七國之亂。

對於七國之亂，雲舒多少知道一些，這場叛亂三個月就被平定，從此朝廷加緊中央集權，削減諸侯國權力。

這些大事件對雲舒來說很遙遠，她從來沒想過自己會跟那場叛亂有任何關係，可是密卷中，還記載著一件事……

景帝寵妃崔夫人，在七國之亂中被吳王劉濞劫掠出宮，此時崔夫人已懷有六個月身孕。

景帝得知崔夫人被擄後，派出各路兵馬及暗羽解救崔夫人母子，直到叛亂平息，劉濞兵敗被殺，卻沒能尋得他們的下落。

後來在一連串的審訊盤問中，暗羽找到為崔夫人接生的穩婆，得知崔夫人在王府密室中生下一個女嬰，後來不知被送到了哪裡。

景帝深悔自己沒能保護好崔夫人母女，要暗羽一路追查，可是暗羽除了知道剛出生的女嬰脖子後面有個火焰胎記，其他毫無頭緒，在戰亂後的吳地找人，如同大海撈針……

看完密卷，雲舒身體微微有些發抖，大公子早一步握住她的右手，但雲舒的左手還是情不自禁地撫上了自己的脖子。

雲默和陳芷珊說過，她脖子後面有個火焰胎記，雖然自己沒親眼見過，然而陳芷珊後來開始調查她的身世，一切再明顯不過……

難怪劉徹剛剛要拉她的後領！

大公子隨著雲舒的手勢看向她雪白的脖子，黑髮的間隙中，紅色胎記十分耀眼，這一刻，他竟不知道該說什麼才好。

若雲舒真的是密卷上記載的那個女嬰，那她就是景帝的親生女兒，劉徹的妹妹，當朝公主。

虧他辛辛苦苦想幫雲舒弄一個侯爺之女的身分，沒想到她極有可能出身尊貴，難怪劉徹不准她跟平棘侯認作義父女了。

陳芷珊見他們兩人怔怔出神，知道他們心中必定如海浪翻滾，需要慢慢平息，想來也不會在乎她接下來當頭潑一盆冷水了。

她收起密卷，說道：「這一切都還只是猜測，暗羽這邊尚未找出任何證據可以證明雲舒姑娘的身分。多年前的人和物不容易查證，而雲舒姑娘身邊的人在她幼年時也全都死去，更是難以追查，所以……」

劉徹看著雲舒，注意她的表情。

他之前見雲舒對自己的身世語焉不詳，曾懷疑過她，只當她故意隱瞞，所以要陳芷珊將此事說出來，好讓雲舒自己去查，引出線索。

可是雲舒她哪知道這個身體的真實身分？她只不過是借住在這個軀殼裡的亡魂而已。

「雲舒。」劉徹凝視著她，問道：「妳再仔細想想，小時候可有人提到類似的事情？例如妳的母親，或是其他可疑的事情？」

雲舒搖搖頭說：「一點也沒有。」

劉徹皺起眉頭。「若沒有一點線索，就找不到相關證據，無法恢復妳的身分，妳可明白？」

雲舒低頭想了想，說道：「只是胎記相似而已，說不定是找錯人了。」

劉徹、大公子、陳芷珊聽到雲舒的話，皆吃了一驚。

尋常人不是應該千方百計證明自己就是那個丟失的嬰兒嗎？聽她的話，似是看不上這個公主身分，根本不想要？

「妳……」劉徹被雲舒弄得不知道該說什麼。

年齡符合、胎記相同、又是孤兒，還有奇妙的命運……自從陳芷珊翻出密卷跟他說起這件事，他就覺得雲舒真的很有可能是他妹妹。

一開始兩人在通樂大街上的舞館外相識，再到之後各種會面，他雖然知道這個女子是個小丫鬟，卻從未把她當成低賤的奴婢。他堂堂帝王，竟也願意跟這種小丫頭一起說話、玩耍，牽連在他們之間的，難道不就是兄妹的血脈嗎？

大公子看雲舒臉色不佳，這件事情又至關重要，忙說：「皇上，這件事對雲舒來說衝擊很大，不如讓我送她出去休息冷靜，過幾天再來見皇上。」

劉徹也覺得雲舒只怕是被這消息嚇傻了，連公主的名分都不爭取，便揮手要他們退下。

大公子扶著雲舒走出大殿，秋陽曬在雲舒身上，她突然長長吁了口氣。

大公子以為雲舒要說什麼，駐足看向她，誰知她只是看向天，然後看看他，什麼也沒說，勉強笑了一下，便牽著他的手向宮外走去。

大公子既沒有帶雲舒回桑家，也沒有送她回平棘侯府，而是領著她出城，到澧水邊散心。

「我已經要顧清去平棘侯府報信，就說妳已經被我接出來，跟我待在一起，要他們不必擔心。」

雲舒感激地點點頭，跟大公子並肩坐在河水邊。

大公子看雲舒半天都不說話，內心必定波濤洶湧，便勸慰道：「靜靜坐一會兒吧，把煩心事都丟進河裡，不要帶回城。」

雲舒靠著大公子的肩，將頭歪在他的肩窩裡，大公子則順勢摟住她。

雲舒躺得愜意，大公子卻以為她在感傷身世，不料雲舒忽然問道：「公子，您說公主和翁主，哪個好？」

公主和翁主，哪個好？大公子沒料到雲舒會問這種問題。

他低頭看向她，只見雲舒從他懷裡抬起頭來，一雙眼睛晶亮有神，不似之前在宮中的失落惆悵，倒有一抹……狡黠的神情。

「若是公主好，我就想辦法證明自己的身分；若是翁主好，我就按照原計劃認平棘侯為父，然後想辦法讓皇上賜個翁主封號，您說哪種好？」

雲舒將未來看得很清楚，且不說這兩條路該怎麼走、容不容易實現，她已將結果擺在大公子面前，要他幫她選一個。

大公子望著她說：「公主比宗室之女更尊貴，自然是公主好。」

「是嗎？」雲舒語氣似是不太認可，她看著緩緩流動的灃水，說道：「公主雖然尊貴，卻被拘在宮中，不僅沒自由，遇到戰事，還可能被送去和親，像南宮公主這般，該有多可憐？」

大公子知道雲舒是在考慮要不要爭取公主之位，就說：「皇上跟歷代先皇不同，他絕對不會送公主去匈奴和親的，何況，若妳成了公主，我一定立即求皇上賜婚，絕不會把妳留在深宮裡。」

雲舒想想也是，劉徹是不服輸的人，他一心馴服匈奴人，自然不會犧牲女人去換和平，更何況她已經有大公子，劉徹應該不會棒打鴛鴦才是。

然而雲舒還是猶豫道：「可我看翁主身分也不比公主差多少，一樣尊貴，而且住在外面行動自由。更何況平棘侯一家待我很好，都已經商量好要認他做義父，此時再讓他們失望不好。」

大公子沒想到雲舒考慮的是怕失信於平棘侯，有些動容。換作尋常女子，只怕一點都不會猶豫，四處找證據證明自己的身分去了。

「還有……」雲舒朝大公子懷裡靠了靠，輕聲問道：「我的身分會對您有什麼影響？對您來說，我是公主好，還是翁主好？」

雲舒知道有些朝代對公主的駙馬十分苛刻，不僅不能擔當重任，還會阻擋他們正常發展，雲舒自然要為大公子多想一想。

只是漢朝的駙馬似乎都還好，像館陶長公主和平陽公主所嫁的，都是位高權重的大家族。反倒是翁主之夫，因是跟諸侯王或異姓王侯聯姻，反而受到皇上忌憚和疏遠。

雲舒想不明白到底哪種身分好，但大公子應該對其中的各種禁忌很了解，所以雲舒才要大公子幫忙考慮。

大公子想了想，說道：「平棘侯不朋不黨，這兩年來，因為我的關係，他跟皇上倒是親密了幾分。跟平棘侯聯姻，對我沒什麼損失，只是平棘侯的立場恐會生變，事情不完全在我們的掌控中，總有幾分擔心。而妳若是公主……」

大公子有些猶豫，但依然選擇直接講出來。「那我們跟皇上就是真正的自家人，他對我只會更信任和重用，是有好處的。」

雲舒點點頭，大致明白了。就目前的情況而言，諸侯王和異姓王對皇上的威脅，要大於皇后和公主夫家的外戚，所以皇上應該會在掌控平衡的基礎上，更重用外戚。

「既是如此，我就知道該怎麼做了。」雲舒說道。

既已打定主意，雲舒心中就舒暢了許多。

大公子輕聲問道：「真的想好了？」

雲舒點頭說：「嗯，不過我先要查查我自己的身分，才能想清楚到底該怎麼做。」

大公子微微頷首，只是雲舒這裡毫無線索，要怎麼查起？

雲舒提了一個建議。「我這邊沒有當年的長輩可以詢問，然而宮中卻有人可問。若能找到當年服侍崔夫人，或跟崔夫人相熟者，讓我跟她見一面，或許能問出一些線索。」

大公子聽了也覺得這是唯一可行的辦法，便答應下來。「好，我會在宮裡查一查，等我安排好了，就帶妳進宮。」

在河邊說了這麼一會兒話，兩人又從早忙到現在，一點東西也沒吃，不知不覺間，雲舒竟然餓得肚子大叫，大公子聽了，連忙送她進城，趕緊回家吃東西去。

在回去的路上，雲舒問道：「平棘侯那邊要怎麼解釋呢？他肯定會問我因何進宮的。」

大公子笑著說：「這個我已經想好了，妳就說妳的雲茶被選作貢茶，皇上聽說東家是妳，加上原本就認識，所以宣妳進去問話，並不知道耽擱了這邊的認親儀式。」

雲舒先點頭說：「這個主意不錯。」而後又搖頭說：「可萬一被揭穿了怎麼辦？平棘侯也常在宮中走動吧？」

大公子卻笑說：「誰說這是假的？貢茶之事是真的，再過些日子，妳大概就能收到吳縣那邊的急信了。」

雲舒愣住了。大公子敢這樣說，必定有確實依據，於是她高興地撲向大公子說：「太好了！雲茶真的成了貢茶，我要變成皇商了，總算沒有失信於桑老爺！」

大公子搖了搖頭，感嘆起雲舒的老實。有了公主身分，皇商不皇商的，有什麼關係？桑家老夫人和老爺怎麼會拒絕一位公主進門？

回到平棘侯府時，侯爺、老夫人、葉氏與雲默都在廳堂裡等雲舒，見她平安被送回，先是放寬了心，繼而著急詢問她究竟為何被緊急召入宮中。

雲舒按照大公子設想好的，把皇商之事說了，平棘侯等人既是驚訝，又是可惜。驚訝的是雲舒做生意有如此才能，能得到皇家的生意；可惜的是認親儀式沒有完成，只得另擇吉日。

雲舒安慰他們道：「儀式並不要緊，我心中早已把二老當作父母了。」

說完，雲舒心中卻有些愧疚，等她的身分查明了，不知道他們會有多失望……

雲默卻不信雲舒的說法，之前他們根本沒有收到任何皇商方面的消息，怎麼可能這麼湊巧在儀式之前把雲舒帶走？

回到雲舒住的香蘭苑，雲默則跟雲舒待在內房，坐在榻上休息。雲默問道：「娘，這到底是怎麼回事？」

雲舒沒打算瞞雲默，就在他耳邊小聲說：「我這個身體好像有些來歷，可能是景帝遺失的女兒。皇上不許我認平棘侯為父，想查明證據，恢復我的公主身分。」

雲默嘴巴張成了圓形，顯得很意外。「真的假的？妳來這兒也好多年了吧，怎麼現在才發現？」

雲舒指指自己的脖子說：「之前被人看到脖子後面的胎記，這才發現的，我年齡符合，又無父無母，皇上便認定我是他妹妹，只是除了胎記，還找不到其他證據。」

雲默低聲笑了，問道：「那我以後豈不是世子了？」

雲舒輕輕敲了一下他的頭說：「八字還沒一撇呢！」

大公子去追查宮中的線索，雲舒在侯府中等消息，苦等了幾日，大公子的訊息沒等到，卻等來了南方送來的信。

第一一九章　尋找證據

一日，雲舒正在窗前隨意撥弄著古琴，她雖然不會彈曲，卻覺得古琴低沈圓潤的聲音很好聽，所以有一下沒一下地撥弄。

丫鬟靈風小步跑進來，將一個竹筒遞給雲舒，稟報道：「小姐，有您的信。」

雲舒以為是大公子送消息來了，打開之後，才發現竹筒裡面裝的不是竹簡，而是雲紙，吃了一驚。

取出雲紙一看，是大平寫的信。

大平等人接到大公子從馬邑送去的消息後，知道雲舒要回長安，就要丹秋和吳嬸娘收拾東西，一家人一起帶雪霏回長安跟雲舒會合。眾人走到一半，卻收到雲莊管事墨鳴的緊急信箋，說朝廷那邊來了人，要為皇宮採購雲茶，墨鳴覺得事情要緊，便讓大平趕緊回去一起商議。

正好周子輝要帶周子冉和周家商隊來長安，於是大平索性將丹秋等人託付給周子輝，自己一個人趕回吳縣。

信上估算丹秋等人十月中就會到長安，離現在還有一些時間。雲舒就吩咐靈風去向侯府管家傳個信，從下月初開始派人去城門接應，看有沒有從吳縣來的周家商隊。

吩咐完事情之後，雲舒一人待在房裡，覺得周家人跟著來長安這件事有點蹊蹺。由於跟周家合作雲紙生意，雲舒了解他們從來都不做長安生意的，這次怎麼會突然帶了商隊來這裡？

雲舒想了想，內心疑惑叢生。不過周家對她一向照顧，周子輝、周子冉也都是不錯的人，雲舒就不願想太多，到時多看顧他們一些就是。

過了幾日，大公子那邊依然毫無消息，想必是宮中的事很難打探，就在雲舒焦急之時，侯府卻來了一個主動要為雲舒看病的郎中。

得到傳報，雲舒很詫異地問靈風：「我沒有不舒服，為什麼請郎中來？」

「這位郎中是桑侍中推薦過來的，說現在正值深秋入冬之際，擔心小姐背上的傷口天冷後會疼痛，所以要郎中過來瞧瞧。」靈風答道。

雲舒點點頭，若是大公子推薦過來的郎中，那應該是陸先生吧。

「先生，請這邊走。」

靈風的聲音從院子傳來，雲舒推開窗，往縫隙看了一眼。

跟在靈風身後的，是一個極為俊美的男子，白色長袍鬆鬆地套在他身上，有種飄逸閒然的感覺，他肩上挎著藥箱，準備來為雲舒看病。

因只看到側臉，雲舒認不清楚，但是她並不記得自己認識這樣一個人，看來她猜錯了，來的並不是大公子自己的人。

「小姐，郎中來了，要隔簾子嗎？」靈風問道。

雲舒搖頭說：「直接看吧，醫者如父母，不忌男女。」

身著白衣的男子信步走來，雲舒抬頭直視過去，結果把自己嚇了一跳，這不是……

她忍住笑意，請郎中坐下，而後要房中服侍的人都退下。

等其他人都離開後，雲舒掩嘴笑了，說道：「怎麼是你？一陣子不見，變成大孩子了！」

坐在雲舒對面的，正是吳家的小兒子，大平的弟弟，吳小順。

雲舒琢磨著，小順今年約十四、五歲，正是長身體的時候，身材拔高，臉型變化也屬正常。只是沒料到他在回春堂學了幾年，這麼快就能出診了，看來學得極好。

小順靦覥地看著雲舒說：「本該是陸先生來為雲姊姊看病，然而阿楚臨時從宮裡遞出消息，陸先生見阿楚去了，所以就由我來。」

雲舒點點頭，問道：「你跟陸先生都還好吧？」

小順點頭說：「有大公子照看，自然都好。」

雲舒又道：「你可聽說了？你爹娘還有妹妹就快要回長安了，你哥哥原本也要回來的，只是有些事耽擱了，可能要晚一些。」

小順驚喜地說：「是嗎？我並未聽說，是什麼日子？我要去城門接爹娘。」

雲舒笑著說：「你就別折騰了，我已經派人準備了，就是這些天的事吧。」她看了看小順，又說：「你爹娘看到你，肯定很高興，一眨眼跟大人似的。」

「我也不小了……」小順一笑，往雲舒身邊靠了靠。「雲姊姊，我今天來，是有話傳給妳。」

「什麼話？」雲舒好奇地問道。

小順低聲說：「大公子說他找到一個宮中的老人，如今在皇后娘娘身邊負責膳食，大公子準備安排雲姊姊明天進宮見皇上，到時阿楚會先接應姊姊去見那位嬤嬤，大公子要姊姊想好明天要問些什麼，時間可能不是很充裕。」

雲舒點點頭，把話記在心中，又問：「阿楚一直在宮中服侍皇后娘娘嗎？她過得好不好？」

小順答道：「阿楚很得皇后娘娘青睞。」

宮中可不是好待的地方啊……雲舒想起阿楚當初選擇進宮的情景，心中一陣感慨，不過又立刻寬慰道，大公子跟皇后一直有往來，皇后看在大公子的面子上，應該也不會為難阿楚，加上阿楚是個懂事、有本事的好孩子，不需要她擔心才是。

「明天什麼時辰進宮？」雲舒問道。

小順答道：「皇上卯時上朝，最快也要半個時辰才能下朝。大公子卯時前會派馬車來接雲姊姊，阿楚會在宮中接應，姊姊在卯時半前到宣室殿前等皇上宣見就行了。」

「好。」雲舒微微頷首。

傳完話，小順從藥箱裡拿出兩瓶藥水，說道：「這是陸先生配製的秘藥，據說能消除傷疤，雲姊姊每天晚上塗上之後再睡覺，不消幾月，背上的疤定然能消。」

這倒是個好玩意兒！雲舒高興地收下，她背上三道傷口委實不小。

兩人說完話，雲舒發現很久沒見到雲默，便問院中的丫鬟，這才知雲默去葉氏身邊寫字去了。

老夫人和葉氏對雲默不是一般疼愛，葉氏把死去世子生前用的秋菊苑書房收拾出來給雲默用，還請了先生教他讀書。老夫人則是常把雲默叫到身邊去，吃的、穿的、用的一波波給，從來沒讓雲默空手回來過。

想到這些，雲舒心中突然冒出一個想法，如果她無法做平棘侯的女兒，那麼讓雲默做他孫兒呢？這樣豈不是兩全其美？

平棘侯府以前曾想過為葉氏過繼一個孩子，在薛家和葉家分別領回來一個孩子試著教養，孩子雖然沒什麼過錯，然而他們的生身父母總是懷了些齷齪心思，最後鬧得很不開心，侯爺、老夫人和葉氏也就漸漸打消過繼的想法。

這次平棘侯從外面領回她和雲默認親，因是女子，不入族譜，不繼承爵位，雲默是名義上的「外孫」，倒沒有人說什麼，可如果真如她想的那樣，讓雲默給葉氏當兒子，成為平棘侯的嫡孫傳人，只怕薛氏宗族不會同意的……

想到這裡，雲舒嘆了口氣。

第二日凌晨寅時正，雲舒就起床梳妝打扮，大紅色上衫配著天青色裙子，戴上她平時極少用的金飾，顯得非常貴氣。

梳妝完，寅時半，大公子的馬車正好到侯府門前接雲舒。

上了車，大公子叮囑雲舒待會兒在宮中不要四處走動，見了老嬤嬤就迅速回宣室殿外等候。

到了宮門前，大公子去上朝，雲舒則被一個公公帶著往後宮走去。

灰濛濛的凌晨，天還沒有大亮，連綿的建築如沈睡的巨獸一般蟄伏。在巨獸腳下，宮女和宦官們已經開始忙碌，迎接新一天的到來。

引路的公公儘量避開其他人，領著雲舒到一個方形的石門邊，他止了步，低聲對雲舒說：「這裡小的不能再進去了，小姐請自個兒去吧，一直走即可。」

雲舒點點頭，沒有多說，抓緊時間向後面的園子走去。走沒幾步，就見一個少女從樹叢的小徑裡走出。

「姊姊，這裡。」阿楚穿著金橘色的宮女服朝雲舒揮手，白皙的臉上，掛著興奮的笑容。

雲舒快步走過去，阿楚牽起她的手說：「姊姊快跟我來，皇后娘娘現在還沒起身，咱們抓緊時間。」

「嗯。」雲舒雖然有些話想對阿楚說，但時機不對，只能等下次。

兩人彎彎繞繞，來到一個大院前，院子裡有兩排平房，像是宮人住的地方。這個時間，宮人要麼早起上工去了，要麼值夜剛剛睡下，整個院子靜悄悄的。

阿楚把她領到一間單房門前，說道：「余嬤嬤就在裡面，姊姊快去，我在外面等妳。」

雲舒輕輕敲了敲木質的房門，彷彿像是叩在她心扉上，令她十分緊張。

余嬤嬤不知是個怎樣的人，當初在崔夫人身邊，又是怎樣的角色？在她這邊，能找到關於崔夫人的線索嗎？

雲舒心中想著這些，就見木門打開，一張圓盤似的白淨臉龐出現在門後。站在門後的中年女人穿著深藍色宮裝，頭髮梳得一絲不苟，表情很淡定，若不是雲舒觀察仔細，就會錯過她眼中一閃而過的驚訝神色。

雲舒無聲地看著她，余嬤嬤已經閃開身子，說道：「小姐，進來說話吧。」

雲舒走進房，屋內沒有多餘的擺設，乾淨整潔，由於天色仍未大亮，因此還有些昏暗。領著雲舒坐下後，余嬤嬤不急不忙地點燃油燈放到案桌上，又轉身去幫雲舒倒水。

這個關頭雲舒哪有心思喝水，連忙說：「嬤嬤不用忙，我不喝。」

余嬤嬤聞言，便到雲舒跟前垂首站著。

雲舒要她坐下說話，她卻執拗地說：「老奴不敢，老奴就站著跟小姐說話吧。」

雲舒沒時間跟她多耗，便直截了當地問：「聽說您以前服侍先崔夫人？您在她身邊做些什麼？」

余嬤嬤答道：「老奴從十六歲被分配到娘娘殿裡服侍，一直到二十歲，專司娘娘首飾錢財和其他物品的整理。」

雲舒點點頭，這個位置很重要，一定是崔夫人信任和器重的人才能擔當。

雲舒又問：「嬤嬤，您能跟我說說，當年崔夫人是怎麼被吳王劫走的嗎？」

余嬤嬤抬眼看了看雲舒，並不回答。

之前有人找到她，跟她說可能找到崔夫人的女兒了，皇上有意把這個妹妹接回宮，恢復公主身分，只是找不到證據證明她就是崔夫人的女兒，希望她能夠回憶一些當年的事情，方便查證。

余嬤嬤聽了消息很激動，她萬萬沒想到這個孩子還活著，而且能被找到，但是對於查證之事，她卻不希望幫忙。

她低頭想了想，又反覆看了雲舒幾眼，最終似是決定了什麼，對雲舒說道：「小姐，現下只有妳我兩人，有些話老奴原本打算帶進棺材去，絕不再提的，但是這些事您有必要知道，老奴跟您說，您且聽聽吧。」

雲舒聽余嬤嬤這話不簡單，連忙點頭道：「嬤嬤請講。」

余嬤嬤回憶道：「娘娘進宮前，跟她父親住在任上，她在那裡認識了吳王，後來跟著父親回長安，被家人強迫送進宮中。吳王與娘娘兩情相悅，卻兩地相隔不得見，慢慢的，娘娘也就死心了，還懷了先皇的孩子。

「後來，娘娘聽人說吳王反了，惴惴不安好些日子。終於有一天，娘娘得到了信，吳王約她去宮外相見。娘娘很害怕，她不知道吳王怎麼敢偷偷溜進長安城，又想勸他投降，便騙了皇上和太后，說要去道觀為肚子裡的孩子祈福。

「外面雖然紛亂，然而當時長安還算安寧，皇上便派了大批護衛，送娘娘出去了。這一去，娘娘便再也沒回來……」

雲舒不禁感到震撼，想不到這中間竟然還夾雜著一段情史。

余嬤嬤想起當年的事，平靜如水的臉上出現了一些波瀾。她頓了頓，對雲舒說：「小姐，先皇到死前都還念著娘娘，說是吳王用她換退兵三百里的要求，皇上沒有答應，所以才害娘娘死去，內心一直有愧疚。可是老奴知道，事情只怕不是這樣。

「往年之事若被查出，娘娘的名譽、崔家的親族、小姐您的安危，只怕朝不保夕，小姐放棄公主之名吧，在宮外好好過日子，娘娘也就瞑目了。」

雲舒知道余嬤嬤說得很有道理。皇家的醜事，特別是為皇帝戴綠帽的事，這可不是鬧著玩的。萬一被查出來，崔夫人搞不好還要被扣上夥同逆反的罪名。

「嬤嬤的意思我明白了。」雲舒靜靜地回道。

崔夫人的往事禁不起查，當年知道內幕的，說不定不止余嬤嬤一個人，事隔多年，誰還能保證他們對崔夫人忠心？萬一有人賣主求榮，那一切就完了。

余嬤嬤十分驚訝，雲舒並沒有因為貪圖公主之位而跟她糾纏，竟這麼爽快地答應下來。

不過，雲舒卻很在意另外一件事……

「嬤嬤……」雲舒抬眼認真地望著余嬤嬤，問道：「如今我也不確定自己是不是崔夫人的女兒，您卻幾句話就把當初的秘密告訴我，若我不是她女兒，您就不怕我洩密嗎？」

余嬤嬤十分肯定地說：「您一定是。」

這下子輪到雲舒震驚了，她為什麼這麼肯定？

余嬤嬤望著雲舒，第一次露出笑臉，雖然很淡很淺，但目光卻極為柔和。「小姐跟娘娘長得有八、九分相似，怎會不是她的女兒？老奴一眼就看出來了，不會有錯。」

雲舒事先並不是沒有考慮過長相這回事，可她從未親眼見過極為相似的母女，所以一直不相信這類說法，沒想到余嬤嬤卻說她跟崔夫人有八、九分像……

胎記加長相都符合，世上只怕沒有這麼湊巧的事，她的生母就是崔夫人沒錯。只是心中再明白這件事，也認不得，看來公主之路行不通，還是得靠薛家才行。

雲舒知道了原委後，顧忌時間不多，就向余嬤嬤告辭。「嬤嬤說的我都懂，也記得了，我知道該怎麼做。」

余嬤嬤一直觀察雲舒，這事若擱在普通姑娘身上，要麼會因為當年的秘密震驚失措，要麼會因為無法恢復公主身分而氣憤發怒，雲舒卻自始至終都很鎮定。

看她如此沈著懂事，余嬤嬤到嘴邊的叮囑之話，也吞回肚子裡，不再多說。

第一二〇章　身分底定

從余嬤嬤屋裡出來，阿楚就從旁邊伶俐地鑽了出來，低聲問道：「姊姊，怎麼樣？事情辦好了嗎？」

雲舒點點頭，阿楚便說：「那我這就送姊姊去宣室殿，咱們抓緊時間吧。」

雲舒一言不發地跟著阿楚，心中還想著余嬤嬤說的話，希望找出既能證明她身分，又能避免徹查當年往事的法子。

她雖不貪戀公主的名號，然而要是她當了公主，對大公子就很有幫助，要她放棄十分可惜，少不了要多思量。

阿楚見雲舒沈著臉不語，以為她心情不好，就勸道：「姊姊別想太多，余嬤嬤就是個冷面的人，我從未見她對誰好過，妳在她那裡碰釘子也沒什麼，難道非得找她才行嗎？」

阿楚並不清楚雲舒和大公子找余嬤嬤具體上是為了什麼事，所以才這麼勸。

雲舒知道阿楚的好意，笑著說：「嗯，我沒想她了，在想其他事呢。」

阿楚不疑有他，笑著跟雲舒繼續走。走到一處宮牆拐彎處，雲舒聽到牆另一邊傳來兩個小宮女的聲音。

「欸，妳有沒有見到楚服？皇后娘娘準備起身了，到處找她呢！這一大早的，楚服會跑到哪兒去？」

另一人答道：「她不在房裡嗎？今天早晨我在院子裡還沒見過楚服呢。」

雲舒聽到「楚服」這個名字時，渾身繃緊。這可是個不得了的宮女啊！

據史料記載，元光五年，也就是三年後，皇后陳嬌將被劉徹以「巫蠱」之罪廢除皇后之位，幽禁在長門宮內。而巫蠱案中的一個重要角色，就是陳嬌的貼身宮女——楚服。

由於阿楚也在皇后的椒房殿服侍，雲舒就想向她打聽一下楚服的事，剛要開口，卻聽見阿楚焦急地說：「哎呀，她們找我來了，我得趕緊回去。姊姊，妳從這裡往前走，過兩道門再右拐，就能看到宣室殿，我不能送妳過去了，妳自己小心。」

雲舒瞪大了眼睛，結結巴巴地問道：「妳、妳叫楚服？」

阿楚笑嘻嘻地說：「是呀。上回有楚女來為娘娘獻舞，娘娘看她們的衣服獨特，便要我們穿上給她細瞧，她誇我穿著好看，恰巧我名字裡有個楚字，便由她賜名改為楚服了，姊姊還不知道吧？」

阿楚解釋完，聽到牆那邊的說話聲愈來愈近，趕緊對雲舒揮揮手說：「我去引開她們，姊姊快走吧。」

看她的身影消失在牆角，雲舒還沒回過神。

阿楚……怎麼能是楚服？她每次看歷史書籍，都不知道楚服到底是誰的人，是幫皇后設計衛子夫的失敗者？還是衛子夫栽贓皇后的犧牲者？

然而不管是哪種，楚服最終的下場，就是一個「死」字。

不，她不能眼睜睜看著阿楚走上這條不歸路，她得想想辦法……

因多了這樁心事，雲舒走路時就有些心不在焉，雖按照阿楚所指的方向前進，卻不記得自己走了多遠，等她回過神來，卻是因為一道尖銳的喝斥聲。

「妳是哪個宮裡的？怎麼這麼不長眼？太后娘娘的路妳也敢擋，還不快快滾開！」一位公公大喊。

雲舒腦袋一下子空白，在路上被人撞見已經很慘了，偏偏撞見的還是劉徹的母親，王太后。

若是宮女遇到這種情況，會立即到路邊跪著，不斷磕頭認錯，接著或許受到一點小懲，然後就沒事了。

可雲舒不是宮女，她沒有那麼快的「下跪」反應，反而驚恐地抬起頭看向迎面來的一行人，與王太后打量她的目光直直對撞了上去。

王太后乘著肩輿，衣服上用金線繡的金鳳在晨輝下熠熠生光，灼得雲舒眼神一顫。

雲舒急忙收回目光，退避到一旁跪下，向太后請安讓路，可王太后的肩輿卻在她身前停了下來。

「瞧著不似宮女，怎麼大清早的在皇宮裡亂跑？」

王太后略顯威嚴的話語在雲舒耳邊響起，不待她回答，之前喝斥她的公公又尖著嗓子訓道：「太后娘娘問妳話呢，沒聽到嗎？」

雲舒趕緊說道：「回太后娘娘的話，民女受詔進宮拜見皇上，之前帶路的宮女因有事被人喚走，民女蠢鈍，迷了路，找不到宣室殿，還擋了太后娘娘的路，請太后娘娘恕罪。」

王太后盯著雲舒，心中一陣嘆息，以為劉徹又在胡鬧，帶了外面的女人回宮。一個衛子夫已讓皇后鬧到如今沒有停休，再來個女人，後宮豈不是要鬧翻了？

「妳抬起頭來。」王太后的聲音中已有幾分不悅。

雲舒不知道王太后心裡所想，坦然地抬頭看向她。

王太后打量著雲舒的容貌，一開始還不甚在意，看著看著眸光卻一緊，凝重而仔細地又看了幾眼。

「妳叫什麼名字？是哪家姑娘？」王太后雖然努力保持平靜，但雲舒依然聽出她的聲音中帶著幾分顫抖，沒了先前的威嚴。

雲舒不知道王太后是善是惡，不敢牽扯桑家和平棘侯家，就答道：「民女雲舒，無父無母，只是個飄泊不定的商女。」

王太后聽完更是震驚，低聲呢喃了一句，雲舒沒有聽清楚，心中正疑惑著，又聽王太后問道：「妳今年幾歲？」

「民女今年二十一了。」雲舒規規矩矩地回答。

王太后連問幾個問題，終究不淡定了，她緊緊抓著肩輿扶手，想了想，說道：「我正要去見皇上，妳隨我來吧。」

王太后吩咐公公帶路去宣室殿，雲舒就在隊伍後面跟著，一面想著王太后前後舉動的變化。

王太后也是皇宮裡的老人，當年與崔夫人一起侍奉先帝，自然對崔夫人的長相十分清楚。她這般打量自己，是不是也看出些端倪了？只是不知她對當年之事知道多少。

想著這些，雲舒就有些忐忑，不知道一會兒見了劉徹，是福是禍……

劉徹下朝後帶著桑弘羊回宣室殿，人還在路上，就聽人說王太后帶著雲舒在宣室殿等他，當下跟桑弘羊對視了一眼，俱感疑惑。

桑弘羊從不跟王太后打交道，不知這唱的是哪齣戲，劉徹倒沒多想，只覺得奇怪，說過去瞧瞧就知道了。

到了宣室殿，劉徹就把桑弘羊留在偏殿，獨自進了正殿，向王太后拜道：「母后怎麼一早就過來這裡了？朕還打算去向母后請安呢。」

聽見劉徹說話，雲舒乘機上前向劉徹跪拜請安，劉徹則是大手一揮，要雲舒起身。

王太后臉色陰沈，瞥了雲舒一眼，直接對劉徹說：「皇上，這個女人不能留在宮裡，你快快打發了吧。」

劉徹和雲舒心頭俱是一驚，雲舒更是朝劉徹遞去求助的眼光。

劉徹掩住驚詫，笑著問道：「母后，這是為什麼？」

王太后看起來像是痛心疾首，她拍著桌子說：「天底下這麼多女人，你怎麼偏偏喜歡上她？她跟你決計不能在一塊兒的，只要皇上你棄了她，母后就會再為你找其他女子，皇后那邊，也由母后出面替你解決。」

雲舒聽了覺得可笑，原來王太后誤會她跟劉徹的關係了，她想出言解釋，卻被劉徹擋在身後。

劉徹目光帶笑，起了別的心思。他順著王太后的話說：「母后，兒臣好不容易見到一個真心喜歡的人，怎麼能不由分說就捨棄了？母后不喜歡她哪裡？兒臣要她改還不成嗎？」

王太后氣得腦袋有些疼了，她知道劉徹現在雖然軟言軟語跟她說話，然而心裡最是倔強，若不說服他，他絕對不可能聽話。

她手握成拳，緊了又緊，對雲舒和其他人說：「你們都退下。」

眾人自然是屏氣凝神退下，雲舒出了門，想到王太后和劉徹的話，卻忍不住偷笑起來。在偏殿見到了大公子，大公子關切地問道：「怎麼回事？太后娘娘怎麼來了？」

雲舒帶著大公子走到偏僻的地方，低聲笑道：「事情有變，那公主之位就算是我不想要，只怕也不行了。」

大公子見雲舒在笑，就沒有先前那麼忐忑，靜下來細細問原因。

雲舒就從早上之事講起，因為是在宮中，雲舒撇去崔夫人跟吳王那段情事，只說跟自己相關的事。「……余嬷嬷說我長得非常像崔夫人，不用什麼證據，她就已經認定我是崔夫人的女兒了。後來我在來宣室殿的路上，撞見太后娘娘，太后娘娘以為我是皇上的新歡，誰知看了我的長相之後，顯得很緊張。她估計是起了疑心，怕皇上跟自己的妹妹發生什麼不倫之事，正鬧著要皇上棄我出宮。皇上也看出了端倪，此刻正在裡面套太后娘娘的話呢……」

大公子聽完也笑了。「人算不如天算，竟然會是這樣！」

這個發展誰也沒料到，卻也不知事情會往什麼方向走，大公子片刻便收起笑容，靜靜等待正殿裡的結果。

宣室殿內，王太后壓低了聲音喝斥道：「彘兒，你就不能聽母后一回？你若不想對不起列祖列宗，就速速滅了你那點心思，你跟她是不可能的。」

劉徹依然笑著說：「母后言重了，不過是一個女人，兒臣怎麼就會對不起列祖列宗？兒臣現在一個子嗣都沒有，正該廣納妃嬪，早日開枝散葉才是。」

一聽到「子嗣」，王太后立刻面如土灰，再也按捺不住，低吼道：「荒唐，那女子是你妹妹！」

劉徹瞳孔一縮，總算讓他等到王太后這句話了！

「妹妹？母后說笑了，雲舒一個商女，怎麼會是朕的妹妹？」劉徹依然裝作不知。

話都說到這個分兒上了，王太后不得不解釋清楚。

「那時候彘兒你還不記事，想來你不知道。你父皇的寵妃崔夫人在七國之亂中被吳王劫走，那時她已懷有身孕，聽說她後來在宮外生了個女兒，你父皇四處找她們母女都找不到……今日我看那雲舒，竟跟崔夫人是一個模子印出來的，雖說沒有真憑實據，可萬一她就是當年那個女嬰，那不就是你親妹妹嗎？你又怎麼能跟你妹妹做出那事？」

劉徹聽完也吃了一驚，但他轉而笑道：「母后，兒臣有證據。」

王太后一時沒聽懂劉徹是什麼意思，劉徹便一字一句重複道：「兒臣有證據證明她就是那個女嬰。」

在王太后的震驚中，劉徹說出了火焰胎記的事情。「原本還不太確定，但聽母后這樣一說，有胎記又長得這麼相似，那她定然是我的皇妹了。」

王太后這才驚覺自己誤會了他們的關係，又對劉徹套自己話的舉動有些惱怒。「皇上也太胡鬧，既然知道，怎麼還口口聲聲說不能輕易捨棄？」

劉徹依然沒個正經地跟王太后胡攪蠻纏道：「她是朕的皇妹，自然不能捨棄。不管過去如何，皇家公主怎麼能棄於市井？待查清楚之後，自然要早日把皇妹接回來才是。」

王太后有些猶豫。「皇兒真的打算把那孩子接回宮？崔夫人當年丟失得莫名其妙，這孩子不認也罷……」

劉徹表情忽然變得嚴肅，反對道：「什麼叫『不認也罷』？是皇家的血脈，自然該有個交代。父皇找妹妹找了那麼久，朕如今找到了，也算是對父皇有個交代，母后怎能說出讓人如此寒心的話？您怎不想想，若不認修成君，讓姊姊流落市井，您作何想法？」

這段話瞬間讓王太后啞口無言。

修成君，是王太后進宮前與前任丈夫金王孫所生的女兒，名叫金俗。在劉徹登上帝位、王太后當上太后不久，就被劉徹從民間找回，封了修成君。

對於這個同母異父的姊姊，劉徹沒有太多感情，但她是王太后的長女，王太后當然心疼，特別是她早年叛夫棄女，一直對金俗有愧。

劉徹拿她出來說事，王太后還能說什麼？一個不同姓的姊姊，他尚能如此厚待，又怎麼能容忍劉家皇室公主流落在外？

王太后算是默許了這件事，送走王太后後，劉徹就要公公宣桑弘羊和雲舒覲見。

劉徹將事情原委一說，果真如雲舒猜測的那般。桑弘羊十分關心王太后的態度，聽劉徹說她允了此事，十分驚訝。

三人臉上都掛著笑容，劉徹對桑弘羊說：「剩下的事就交給你去辦，速速報給太常，要他們擬出旨意，恢復雲舒的身分，選個吉日，去宗廟叩拜列祖列宗，以告父皇在天之靈。」

桑弘羊兩眼灼灼，大聲回道：「微臣謹遵聖意。」

雲舒見大局已定，便問道：「此事可否提前跟平棘侯說一聲？我擔心他突然接到旨意，難以接受，畢竟他們以為我會是薛家的女兒，而且他們年事已高……」

雲舒回歸皇家已是鐵錚錚的事實，劉徹也沒什麼顧忌，就說：「那妳回去之後好好與他們說說，薛家子嗣的問題，他們若有另外的想法，朕可以補償他們。」

劉徹說可以補償平棘侯，不禁讓雲舒想了很多。

依照制度，平棘侯若有兒子，爵位會傳下去，若子嗣碌碌無功，則會被降級，有功則另行封賞。若他無子嗣，這個爵位就會被朝廷收回，薛家從此不再是公侯之府，淪為普通官宦之家。

劉徹說因為她回歸皇家之事，可以補償平棘侯，也不知道是怎麼個補償法……

雲舒低頭想得入神，卻沒發現跟她一起步行出宮的大公子看著看著快冒出火花來了。

走了好遠，終於出了宮門，大公子牽起雲舒的手，坐上桑家在一旁等待的馬車。馬車剛開始行駛，大公子就一把將雲舒撈到懷裡，吃吃笑了起來。

「大公子——」雲舒還沒回過神來，被他這突如其來的一抱嚇了一跳。

大公子抱著雲舒，邊笑邊說：「太好了，不枉我們堅持多年，承受這麼多分離之苦，我們的婚事總算有眉目了！」

原來他是高興啊……

雲舒抬手環上大公子的腰，輕輕摟著他說：「守得雲開見月明，我這一輩子，最幸運的就是遇上大公子，只有大公子這樣愛我、容我、等我，您為我做的一切，我都知道。」

他當初不嫌棄她的丫鬟出身，頂著各方壓力不娶親，打從心底只願意跟她一個人廝守，從沒有過納妾的想法。

雲舒感謝上天如此厚待她，讓她在這裡遇上了大公子。

只不過……這一切，是對她莫名中止的前生，以及枉死兩次的補償嗎？輕輕搖了搖頭，雲舒不願多想，只想把握當下，過好她現在的生活。

大公子扶住雲舒的肩頭，與她額頭貼額頭，凝視著她的鼻端說：「我陪妳一起去見侯爺，這件事情必須仔細跟他說，待處理好這些，我會儘快要太常和宗正那邊準備好，速速恢復妳的身分。另外，我也會想法子向皇上求個恩典，要他早些賜婚，不讓妳在宮中久留，免得生出什麼意外。」

雲舒安心地聽著大公子的安排，只覺得這一刻有他，什麼也不用操心。

第一二一章　順勢易子

平棘侯這幾日隱隱覺得事情不對勁，雲舒兩次被皇上召入宮中，雖說是為了皇商之事，但他卻覺得沒有這麼簡單。

正擔憂雲舒在皇宮中如何，就聽到管家傳話，說小姐和桑侍中一起回來了，兩位正要求見他。

平棘侯命管家速速帶兩人到會客廳，不過片刻間，他就看到兩人並肩走入，男俊女俏，晨光打在他們的身後，畫面有一種說不出的和諧。

大公子為了他們兩人的婚事，千辛萬苦疏通各方面的關係，請他認雲舒為女兒，這些原因平棘侯都知道。現在看到兩人這麼要好，很是滿意，真心感到高興。看到他們，平棘侯心情不知不覺就好了幾分。

大公子和雲舒向平棘侯行禮，平棘侯笑著說：「不必多禮，都坐吧。你們從宮裡面出來，沒什麼事吧？」

大公子看了雲舒一眼，決定這件事由他來解釋，畢竟最初是他拉的線。

雲舒聽著大公子對平棘侯緩緩訴說前因後果，有些心虛，總覺得對不起他老人家。畢竟這些日子，平棘侯府上下對她和雲默的關愛，她切切實實感受得到。

雲舒垂目盯著自己的膝頭，縱使沒有看向平棘侯，她也能感覺到這位老人的震驚和失落。

待大公子說完，良久，平棘侯才嘆了一句：「是老夫沒這個福分。」

雲舒抬頭想勸慰他，話還沒說出口，平棘侯已換上笑容，對雲舒行禮說：「不過老夫真心為公主高興，恭喜公主榮歸。」

雲舒連忙避開他的禮，上前扶起他說：「侯爺，我擔不起。」

平棘侯拍拍雲舒的手，與她一起站起來。「這是大喜事啊，妳應該高興才是，怎麼愁眉苦臉？」

此時此刻、這種心情之下，平棘侯反倒寬慰起雲舒來。

他在朝廷各派混跡這麼多年，遇事該如何處理，自然十分清楚。皇家血脈不是他一個異姓侯爵能覬覦的，能幫助尋回公主，並助她認祖歸宗，對薛家來說是件好事，不用大公子多說，他也明白。

平棘侯又說：「妳先回去歇一歇，我去跟夫人還有媳婦兒說說，好讓她們有所準備。」

雲舒要恢復身分，還有很多事情得忙，大公子不便久留，匆匆離開了。雲舒回到香蘭苑，平棘侯則往夫人那邊去了。

待到下午時分，丫鬟傳話，說夫人請雲舒過去一趟。

雲舒匆匆去見平棘侯夫人，只見她雙眼通紅，似是哭過，卻仍然笑著說：「這是我的福分，竟然能跟公主做這段日子的母女，這也是我的命，注定我膝下無子……」

說著又哭了起來，葉氏在旁連忙勸慰道：「母親，妹妹能夠查出身世，認祖歸宗，恢復公主身分，這是好事，您千萬別傷心了，不然妹妹心裡也難過。」

雲舒攙起老夫人的手，說道：「夫人待我和默默如親生，我記著您的好，以後一定會如女兒般時常來看您。」

平棘侯府多次認養和過繼子嗣都遇到問題，兩位老人家不免有些灰心喪志。勸說了一會兒，葉氏服侍婆婆睡下休息，再送雲舒回房。

一路上葉氏沒說什麼話，卻堅持要送雲舒回去，她便覺得葉氏有什麼話想對自己說。

待到了香蘭苑，雲舒請葉氏進去喝茶，葉氏沒有推辭，跟她一起進房坐下。到房間裡，葉氏便直截了當地說：「我有些話想單獨對妹妹說……」

雲舒說：「姊姊有什麼話直說就是，我不把妳當外人。」

葉氏似是難以啟齒，低頭糾結了半天才說：「說來是件荒唐事，可是我現在不說，以後只怕沒有機會，妹妹聽了若不高興也別惱，只當我一時發瘋，胡說八道……」

她愈是這樣說，雲舒心情愈是凝重，不知她開口要說的事情是什麼？

葉氏雙手絞著帕子，說道：「我……我想留默兒當養子，不知道妹妹能否割愛？」

雲舒心中一怔，葉氏竟然想到這一點上了，不知是她個人的想法，還是平棘侯府的意思？

葉氏怕雲舒一口拒絕，連忙解釋道：「妹妹現在尚未成婚，就帶著一個孩子，會惹來他人口舌猜忌，縱使現下不覺得怎樣，但等妹妹恢復公主身分，皇室必然容不下默兒這個毫無關係的孩子。而且妹妹以後嫁入桑家，桑家又怎能容忍默兒當桑家長子？到時他的立場必然尷尬。默兒若跟著我，我必定會把他當親生兒子一般照顧，絕不讓他受半點委屈。」

葉氏說的話戳中了重點，有些問題甚至是雲舒之前沒想過的。她收養雲默時，不管別人怎麼說，只要大公子接受就行了。可是現在不行，等她恢復了公主身分，她的兒子就不僅僅是她和大公子之間的事，皇家也會干涉。

葉氏仔細觀察雲舒的表情，見她沒有動怒，微微放鬆一些，繼續說道：「侯爺和母親都很喜歡默兒，等默兒入了薛家族譜，就是我們薛家的獨孫，繼承世子之位不是不可能，到時他既可代替妹妹為侯爺供奉香火，也可獲得榮華富貴，何必讓他陷入尷尬之地呢？」

雲舒知道葉氏說的都是實話，她之前也想過由雲默代替她過繼平棘侯府，可是事情真落到眼前，她卻無法輕易應允。她跟雲默共同經歷過苦難，而且守護著同樣的秘密，情感絕非一般。

低頭沈思了很久，雲舒抬頭問葉氏：「這是姊姊一個人的想法，還是侯爺和夫人都是這樣想的？」

葉氏解釋道：「今天侯爺跟母親說起這件事來，母親苦嘆自己這輩子終歸沒有人養老送終，我便在旁說，即使妹妹不能做薛家的女兒，若能收養雲默，也是極好。他們兩老都很心動，但侯爺想來想去，卻說奪妹妹之子，只會讓妹妹傷心，不許我們提出來。」

雲舒了解了大概的情形，點點頭說：「請姊姊容我三思，明天再給姊姊答覆好嗎？」

葉氏自然滿口答應，雲舒沒有當面拒絕她，她已經很高興了。

送走葉氏，雲舒就往雲默的房間走去，推門進去，只見金翹靠著窗戶在納鞋底，不見雲默的蹤影。

「小少爺呢？」雲舒問道。

金翹匆匆站起來回話：「小少爺跟他兩位師兄去園子裡練功，還未回來，銀翹已經去尋了。」

金翹、銀翹是平棘侯派來專門伺候雲默的，如今雲默不比從前調皮，她們兩個丫鬟照顧起來倒也輕鬆。

雲舒點點頭，慢慢踱步回房。

讓雲默留在平棘侯府到底是好是壞？若執意帶雲默去桑家，桑家能容得下他嗎？哪個選擇對他更好？

想著想著，雲舒忽然發現自己忽略了一個非常關鍵的問題——雲默並不是小孩子，她得徵求他自己的意願。

沒錯，他輾轉六世，足以為自己的未來作決定，他想過怎樣的生活，得問他自己，她不能越俎代庖替他拿主意。

雲舒回到房中，非常驚訝地看到雲默正在她房裡等她，見她滿臉詫異，雲默笑嘻嘻地問道：「送人怎麼送了這麼久，我有話跟娘講呢。」

雲舒轉念一想，問道：「我跟葉氏的話，你都聽到了？」

雲默點點頭說：「嗯，剛剛練功回來，抄近路翻牆進來的，在窗下聽見我的名字，好奇之下，多聽了兩句……」

雲舒乾脆直接問道：「那你是怎麼想的？是去是留，我都依你。」

雲默把玩了一下手中的茶盞，說道：「我留下吧，在薛家當獨子很自在，您沒看他們怎麼寵我的？我若跟您一起，以後指不定還要跟您兒子爭寵呢！」

雲舒敲了敲雲默的頭。「唉唷，還跟我兒子爭寵，你就這點出息，我以後還指望你給弟弟妹妹做個好榜樣呢！」

雲默忍不住摸了摸頭，笑得格外燦爛，落到雲舒眼中，卻覺得心疼。

她拉住雲默的手，認真地說：「默默，我絕沒有拋棄你、不要你的想法，你也不用擔心會給我添什麼麻煩。我詢問你的想法，是因為覺得你完全有能力選擇自己的道路，我不想干涉，想讓你從心底選一個你願意走的路，明白嗎？」

雲默收起玩世不恭的笑容，認真地對雲舒說：「我明白。其實幾天前我就在想這件事了。我覺得這個選擇對您對我都是最好的，我也不是小孩子，不會誤以為您是要遺棄我。更何況，我做了薛家的兒子，您當了公主，又不是兩不相見，只要願意，我們還是可以常常見面呀。」

雲舒有點不信，反問道：「你真的這麼想？」

雲默點點頭，笑著說：「是呀，不過您得幫我繼承世子之位，不然我在薛家宗族可不好立足呀。」

雲舒釋然地一笑，說道：「你這個小滑頭！好啦，我明白了。」

雲默起身離開雲舒的房間，他走到門前，轉身望向雲舒，表情認真地說：「雖然不能繼續做母子，但在我心裡，您永遠都是我至親之人。」

雲舒眼眶忽然紅了，閉上眼點頭道：「我也是。」

當葉氏得到雲舒肯定的答覆時，高興得哭了出來，一個孤苦無依的女人，從此有了兒子做依靠，怎讓她不激動？

只是雲舒心中仍有顧慮。「侯爺之前沒有允許妳收養雲默的提議，也不知是不是想再收養一個薛家宗族裡的孩子，姊姊妳得探探侯爺的口風才是。」

葉氏卻十分篤定地說：「妹妹放心，侯爺是顧及妳的感受，才不讓我跟妳說。薛家宗族有兩個適齡的孩子，我們之前都接來養過。一個孩子的父母整天借侯爺的名義在外為非作歹，一個孩子的父母則惡毒地給侯爺下藥，妄想毒害侯爺謀取爵位。這樣的人早就把侯爺和母親的心傷透了，侯爺又怎會還想從宗族裡找人過繼呢？」

雲舒雖然聽說過平棘侯在過繼子嗣時，曾因孩子的父母有齷齪心思而鬧得不愉快，卻沒想到事情這麼嚴重，難怪他們兩老會放棄這條路。

而平棘侯聽說此事之後，在書房內思量許久。

此事若被薛家宗族之人知道，不安分的人只怕會鬧事，橫生枝節，所以平棘侯非常果斷地速速寫了奏摺給皇上，由雲舒直接呈進宮中，希望能夠請到旨意，直接將世子之位傳給雲默。

當雲舒帶著平棘侯的摺子進宮，呈給劉徹看後，劉徹卻笑著說出了三個字——「老狐狸」。

雲舒眼皮一跳，就聽劉徹對她說道：「朝中人都說平棘侯庸庸無為，卻不知平棘侯是個聰明人，最懂得明哲保身、以退為進。」

劉徹怕雲舒被平棘侯耍得團團轉，就直截了當地說：「薛家人待妳肯定很好，但妳也得看清楚一些才是，他們究竟是為什麼對妳好？他們願意替妳養兒子，還二話不說要把爵位傳給他，妳就沒覺得奇怪？」

雲舒吸了口氣，平復了一下心情。

很多事情她心裡雖然清楚，卻不願說得那麼明白，有時也想做個糊塗人，總覺得這樣比較幸福。

可是面對劉徹這個精明的皇帝，裝糊塗顯然行不通，她得幫雲默爭取到爵位，自然就得說服劉徹下旨才行。

「皇上，平棘侯當初待我好，自然跟皇上和桑侍中有關。雖然不知道你們之間有什麼具體的交易，但平棘侯想必從皇上這邊得到地位的保證，從桑侍中那邊獲得豐碩的利益。他知道待我好，桑侍中才會讓他的利益最大化。說到底，我跟他之間的養父女關係，不過是個交易。

「不過，誰也沒料到我的身分會發生天翻地覆的轉變，平棘侯失去我這個『義女』，沒了榮華富貴的保障，他的爵位對於桑侍中來說，再無半點作用。這個時候，他當然要抓住一些東西來保全自己。他之所以收養默默，當然有目的，默默若成平棘侯世子，他的事我不可能不聞不問，自然也會儘量照看薛家。他想用一個世子之位換取晚年的安穩，和百年之後的香火，我覺得不過分。

「人總歸是有情，我雖明白他的算計，然而交易之外，我也希望我們之間能有一份真情。」

劉徹聽完雲舒一番話，忽然笑了。「朕沒想到，在這一番算計之下，妳還能說出『真情』二字。」

雲舒抿嘴一笑。「有時候摻雜一些利益，關係反而更為牢固。平棘侯雖然沒什麼大本事，但皇上以後若有用得到的地方，也可放心運用，不用怕他跟朝中某些人一樣，地盤錯綜複雜。」

劉徹樂了，笑著說：「沒想到皇妹如此聰明伶俐，能看透這麼多東西。」說完他又想了想，嘆道：「妳以前就很聰明，是朕忘了。」

似是想起以前雲舒捉弄他，還有為他和桑弘羊出謀劃策那些事情，劉徹的表情緩和了許多。

雲舒順利出宮後，次日，就有旨意送到平棘侯府，劉徹恩准平棘侯的請命，將雲默收養在媳婦葉氏名下，並將平棘侯世子之位傳於雲默。

此詔一出，在薛家和葉家中掀起軒然大波，兩家都沒料到世子之位竟然這麼快就傳了出去，之前兩家為了過繼子嗣和世子之位一事糾結多年，誰料竟在眨眼間被一個不明來路的小子給占去了！

許多奏摺呈到劉徹面前，然而平棘侯和劉徹兩人死不鬆口，任誰也無可奈何。

平棘侯力排眾議，不顧宗族反對，帶著雲默祭拜宗廟，正式更名成為侯府世子——薛默。

第一二二章 合夥做衣

薛默繼承侯府這件事驚動了長安的上層人士，很多人都在打聽他的來歷，卻無一能說得清，只依稀知道這個孩子跟當初從虎口下救平棘侯的女子有些關係。不過，有一個人卻知道薛默的事情。

在雲舒恢復公主身分前，她依然住在平棘侯府。薛默被葉氏接去她的冬梅苑，香蘭苑就只剩下雲舒自己居住。

在雲舒耐心等待劉徹和大公子安排時，丫鬟靈風匆匆進來通報。「小姐，淮南翁主前來拜訪。」

「淮南翁主？」雲舒站起身來，忙說：「快快請她進來！」

靈風立刻跑去請淮南翁主，雲舒則等不及地站在香蘭苑門下迎接。

在淮南國壽春一別，已過去一年。劉陵曾回信給她，接受了她的建議，說要到長安找衛青，也不知道事情進行得怎麼樣了……

劉陵氣色很好，微微有些曬黑，不過精氣神卻顯得更足。她腳下生風快步走到香蘭苑，一看到雲舒，就笑著埋怨道：「好妳個雲舒，回了長安也不告訴我一聲！」

雲舒笑著迎上去，賠罪道：「翁主勿怪，實在是事情多，耽擱住了。」

劉陵也不是小氣的性子，根本沒真的打算跟她計較。

兩人攜手進了房間，劉陵就直接問了起來。「妳幾時回來的？若不是我聽說皇上下旨立雲默為平棘侯世子，我根本不知道妳在長安。」

雲舒親手為劉陵泡茶，說道：「九月到長安的。翁主呢？一直在長安嗎？」

劉陵接過茶，擺手道：「先別說我的事，妳跟默兒到底是怎麼回事？他怎麼變成平棘侯世子了？我起初聽說，還以為是同名呢，可是愈想愈不對勁，昨兒進宮玩的時候，找皇上一問，才知道真的是他。」

雲舒選擇性地解釋道：「我在回長安的路上，救了平棘侯一命，平棘侯瞧見默默，打從心底喜歡這孩子。後來夫人和葉氏見到了，也是喜歡得不行，左右勸說，便定下此事。」

劉陵聽著點了點頭，說道：「這是好事，妳一個人帶著孩子也不是辦法，默兒雖成了薛家的孩子，但妳也算是有了依靠。」接著她又低了低聲音說：「以後妳嫁到桑家去，桑家人也不敢看輕妳了。」

雲舒淡淡一笑，不知道劉陵曉得她們兩人是堂姊妹後，會是怎樣的反應？

因為還未收到大公子的訊息，想來恢復公主身分的事情並不容易，雲舒怕出什麼意外，所以不打算提前告訴劉陵。

「翁主呢？最近過得怎麼樣？」雲舒轉移話題，意有所指地問道。

劉陵自然知道雲舒問的是什麼事，嘆了口氣，說道：「那個愣頭青！」

雲舒卻眼神一亮，這個語氣，好似有戲呀……

劉陵抱怨起來。「妳不知道我這幾個月吃了多少苦。跟著衛青長安、上林苑兩處跑，沒看到我曬黑了多少，夏天都過去了，也沒緩過來。」

雲舒非常有興趣地問道：「那你們到底怎麼樣呀？」

劉陵低頭一笑，有些倨傲地說：「我看得上他，那是抬舉，只是我看他傻乎乎的，就來氣！」

衛青傻？衛青可一點也不傻啊！或者是，他故意裝傻，不接受劉陵的示好？嗯……有可能。雲舒暗想道。

劉陵似是想起什麼事，皺了皺眉頭說：「他雖然呆了一點，但我能忍，可是衛子夫算什麼東西，敢對我說『青弟高攀不起翁主』，要衛青遠離我。哼，我倒要看看，衛青到底是聽他姊姊的，還是聽我的？」

原來劉陵還在跟衛家人角力中，成敗尚未定啊……

雲舒問道：「那皇上呢？沒有說什麼嗎？」

劉陵搖頭說：「他睜一隻眼閉一隻眼，只當沒看到我的作為。」

雲舒心想：事情不應該這樣呀……劉陵是劉徹的舊愛，衛青是劉徹重用的大將，這兩人若湊在一起，就算不防備淮南王要拉攏衛青，劉徹應該也沒辦法接受他們二人的，怎麼會一點反應也沒有？

再想到衛子夫柔順的性格，不像會故意得罪人……

「翁主，衛娘娘說的那番話，會不會是皇上授意她對您說的？」雲舒猜測道。

劉陵想了想，點頭說：「有可能，想來他也不好意思直接對我說什麼。」

雲舒又問：「淮南王又是怎樣的態度？」

劉陵這次臉色徹底拉了下來。「我父王要氣瘋了，說我背叛他，倒戈向皇上這一邊，連我的錢也扣了。」

「那翁主豈不是兩邊不討好？」雲舒著急地問道。她當初要劉陵找個皇上信賴的對象，就是為了保全她的性命，怎料現在竟害她落入這種境地！

劉陵點頭說：「是啊！衛青一直防備我，總覺得我接近他有詭計，皇上只怕也是在觀望，看我到底想幹什麼。」

雲舒突然想到一件事，問道：「淮南王扣了翁主的錢，那翁主現在手頭肯定很緊吧？」

劉陵尷尬地笑了笑。「是緊了一些，只是我之前存了不少，手頭還不至於拮据。」

雲舒拉住劉陵的衣袖說：「您存的私房錢怎麼能拿出來用？翁主不如找皇上借錢去。」

「找他借錢？」劉陵愣住了。

雲舒笑著說：「翁主應該讓皇上知道您的立場變化，既然淮南王現在不諒解您，您就應該爭取皇上的理解才是。只有皇上信任翁主，衛大人才敢跟您在一起，不然他一直會裝傻到底的。」

劉陵有些鬱悶地說：「我跟皇上談過心了，看來他還是不相信我。」

雲舒勸解道：「您要依靠皇上，皇上才會真切覺得您跟他立場相同。」

劉陵哼了一聲，說道：「這還不容易？看我明天就向他借幾十萬錢花花，我真的缺錢呢！」

雲舒掩嘴笑道：「翁主別一開口就把皇上嚇到了，您這是招兵買馬還是怎麼著，一下子要這麼多錢。」

劉陵笑著說：「我要這麼多錢，跟妳有關呢！」

這回輪到雲舒驚訝了。「我？」

劉陵點頭說：「是呀，我想跟妳一起做生意，好不好？」

雲舒愣愣地問道：「翁主要跟我一起做生意？什麼生意？」

劉陵說：「我父王現在不給我錢花，我也不能坐吃山空，想用現在手上這些錢再生點錢出來。這些日子我仔細想過，我喜歡妳畫的衣服樣式，那些衣服做出來很好看，在長安一定能賣得很好。」

雲舒聽了，不禁認真考慮起劉陵這個提議。她有技術，劉陵有人脈，這門生意的確能做。雲舒以後不可能像現在這樣天南地北到處奔波，茶葉、馬匹生意只能交給下面的人打理，她也得給自己找點事情做才行，賣衣服倒不失為一個好提議。

「翁主當真要做？」雲舒確認道。

劉陵十分肯定地點了點頭。

雲舒說：「這門生意要做也容易，我這邊出樣子，翁主負責找些好手藝的繡娘，衣服的布料咱們可以從吳縣周家那裡便宜買來，只要最後翁主能想辦法把衣服賣出去就行。」

劉陵只是有這個想法，待雲舒這麼一整理，好像馬上就能做一樣，不由得相當興奮。

「真的嗎？那咱們從哪兒開始做？需要多少本錢？」

雲舒想了想，說道：「租賃一個帶院子的店面，請五到十位繡娘，翁主只需準備這些開銷就行，應該用不到太多錢。布料方面，周家的人剛好要到長安來，從他們那兒先拿過來用就行了。」

眼看劉陵激動得險些要坐不住，雲舒拉住她說：「也不急在一時，翁主還是得先把皇上那邊的事情處理好。做生意的事情也可以讓皇上知道，讓皇上看看您被逼到什麼樣了，堂堂翁主還得做生意才能過活。」

劉陵掩嘴笑道：「我是該跟他吐吐苦水。」

兩人針對此事合計了一番，末了，劉陵又問：「我來了這麼久，怎麼都沒看見默兒？」

雲舒說：「葉氏極為看重默兒，給他請了幾位先生，他現在應該在書房跟著先生上課。」

說著，雲舒喚來紅綃，吩咐道：「妳去秋菊苑看看世子下課了沒有？若散了，就把世子請來給翁主看看。」

紅綃應聲而去。

劉陵又想起一事，說道：「剛剛忘了跟妳說，衛子夫懷有身孕了，皇上最近心情很好，我原以為皇后和陳家會跟皇上大鬧一場，沒想到皇后不僅沒鬧，還跟皇上連成一氣，跟田丞相對上了。」

說著，劉陵諷笑道：「其實皇后才沒想通呢，不過是姑姑管束著她，不許她鬧罷了。我看皇上最近愈來愈不能容忍田蚡了，要跟陳家一起弄掉他呢！」

了……

雲舒打心底感嘆，劉陵政治敏銳度還真高。算算時間，田蚡的好日子，的確快到頭了。

這些事不過是順口提一提，兩人都沒打算細聊，待說了幾句閒話，紅綃就領著雲默過來了。

自從雲默成為薛默，葉氏就完全把他當心肝般疼，吃穿用度、讀書習武，恨不得把世上最好的東西都幫他找來。若非雲舒知道他骨子裡是個大人，還真怕默默會被葉氏給寵壞。

劉陵瞧著頭上簪珠，身著大紅錦緞坎肩，腳踏絲絨小靴的薛默，就樂了，拉著薛默笑道：「瞧瞧我們的小世子，果然是通體富貴，我都快認不出來了。」

薛默規規矩矩行禮喊了一聲：「默兒見過翁主。」接著就膩到雲舒身邊靠著。

劉陵看他跟雲舒還是像以前一樣親，放心了一些。心想這個孩子很念舊情，不是得了富貴就忘本的白眼狼。然而她卻不知她心底這些顧慮對於雲舒和薛默來說，完全是多餘的。

雲舒問起今天學了些什麼，薛默就說：「爺爺和先生一起親自教我禮儀，說是下月要為我辦宴會，到時候見了賓客不能失禮。」

雲舒點點頭，叮囑他要好好學。

劉陵也說：「那是，平棘侯府有了世子，自然要宴請賓客，把默兒介紹給大家。」

又說了兩句平棘侯喜得孫子，可以安享晚年之類的話，劉陵因惦記著開衣鋪的事，已經開始琢磨從哪兒挖一些好手藝的繡娘過來，見雲舒這裡一切都好，就不多坐，說要回去了。

「周家的人進京後，妳遞個信給我，我再來找妳。」劉陵叮囑道。

雲舒送劉陵出去回來後，就見薛默躺在她屋子裡的榻上吃綠彤送上來的點心。見她回來，薛默就說：「娘，給我幾張雲紙用用吧，我想寫信給師父。」

雲舒伸手點了點他的頭，說道：「之前怎麼跟你講的，還叫我娘？」

雲舒和薛家人商議，默默以後稱她為「姑姑」，雖然認親之事不成，但跟孩子的情分仍在，總不能撇開母子身分，冷酷無情地喊著公主和世子。

薛默吐吐舌頭說：「好嘛好嘛，我以後會記得的，姑姑。」

雲舒其實不太在意稱呼的問題，隨便她跟默默之間怎麼喊，情分總是不變，她只是怕聽在薛家人耳中，會覺得難受。

雲舒笑著走到案頭，從匣子裡取出雲紙，幫薛默在案桌上布了筆墨，就問：「是請墨大哥回來參加你的宴會？馬邑離這裡遠，這一來一回估計趕不上了。」

薛默卻說：「爺爺本來想儘快辦宴會，但我想等您恢復了身分，還有師父、雪霏他們都回長安了再辦。爺爺同意了，就把時間訂在十月下旬。我得寫信把此事告訴師父，要他快點回來，依照師父的速度，肯定趕得上。」

墨勤在邊關，也不知道過得怎麼樣，十月的北疆，應該冷了，是收兵的時候，他應該會回長安吧？

雲舒思索著這些事情時，薛默就把信寫好了。他怕平棘侯府的信差找不到墨勤耽誤時間，就拜託師兄子邪親自往北邊跑一趟。

第一二三章　歡喜相聚

十月中某日午時，雲舒等人正陪伴平棘侯夫人用午膳，吃完正在話家常，就有個嬤嬤撩了簾子進來，對眾人見禮後說：「雲小姐，門上傳來話，說小姐之前囑咐接的人，已經到了。」

雲舒驚喜地站起身來，對平棘侯夫人說：「夫人，我莊子裡的人來了，我去前面看看。」

薛默也從老夫人懷裡蹦下來，跟著說道：「我也要去，我要去看秋姨和雪霏！」

平棘侯夫人過了很長一段孤寂的日子，現在很喜歡熱鬧，高興地點頭說：「去吧，他們遠道而來，肯定很辛苦。」又轉頭對葉氏說：「映秋，妳也去看看，好好招待，別委屈了客人。」

三人一起來到侯府客廳，吳嬸娘夫婦和丹秋帶著雲雪霏、三福兩個孩子，周子輝帶著周子冉，幾個人聚在客廳等候，見到雲舒，便一起擁了上來。

丹秋許久不見雲舒，之前接到大公子的書信，知道他們在一起時，就猜雲舒肯定是不顧戰爭危險去馬邑見大公子，有些不樂意地嗔怪道：「雲舒姊姊，妳不是說去河曲做生意嗎？怎麼一聲不吭就跟大公子回了長安？」

雲舒笑嘻嘻地想敷衍過去，於是避開這個問題，向大家介紹葉氏。

眾人紛紛對葉氏見禮，卻很疑惑，不知雲舒為什麼住到平棘侯府，雲舒就乘機把薛默的事情說了出來。

不說雲雪霏、三福、周子冉三個孩子不能理解，吳嬸娘夫婦、周子輝和丹秋也被驚得半晌無語。

見他們一個個都不說話，雲舒笑著打圓場道：「這件事情說來話長，我再慢慢跟你們說。你們在路上奔波這麼久，肯定很累了，先住下來吧。」

大夥兒這才緩過神來，一一安排住宿。

吳嬸娘夫婦帶著三福要回家住，雲舒知道她是掛念小順，也不妨礙他們一家團聚，就讓她先回家歇一段時間，若有事會派人傳她。

丹秋和雲雪霏自然跟著雲舒一起住在香蘭苑，至於周子輝兄妹，葉氏本想幫他們安排客房，周子輝卻推辭，說還有很多生意上的事要處理，就不留在侯府內，只是把周子冉託付給雲舒照看一些日子，說等在長安穩定下來，再來接她。

周子冉樂得跟雲雪霏、雲舒住在一塊兒，恨不得立即把這個處處管束她的哥哥攆走，自然不會有什麼意見。

雲舒要丹秋帶著兩個孩子跟葉氏先去香蘭苑，她則留下周子輝，有話要單獨跟他說。

她原本就對周家兄妹突然來長安的事感到很奇怪，少不得問兩句。而另一個話題，就是跟劉陵合作開衣鋪的事。

對於雲舒的疑問，周子輝答道：「我們周家原本是從長安發跡的，當年在長安也有不少朋友，只是後來遇上一些事，才舉族遷到吳縣。前些日子，家父收到長安舊友的信，談起一宗生意，便要我先來看看。至於冉冉……本不帶她來的，但她說大家都走了，沒人陪她玩，父親和母親怕她又離家出走，這才要我把她帶上。」

雲舒點點頭，心裡琢磨著不知當年周家出了什麼事，能讓他們全族人都南遷，事情只怕不小，他們現在要回來打頭陣，恐怕也不簡單。

雖然對這事很在意，但雲舒對周子輝也不好追問什麼，只是笑著說：「說到生意，我這裡也有宗小生意要介紹給你，只是怕耽誤你的正事。」

周家跟雲舒一起合夥做雲紙的生意，賺了大錢，現在雲舒又要說一起做生意，周子輝自然不會拒絕，忙說沒問題。

雲舒笑道：「你且聽我說是什麼事再說。」

周子輝聽了，神色頓時嚴肅不少。

「……淮南翁主想開成衣鋪，要選個長期供應布料的商戶。我心想，賣給長安這些貴人的衣服，一定要用最好的布料，周家的綢緞一向優良，我們又這麼熟悉，就想從你們家買進。只是淮南翁主這個生意還沒起步，一開始要的貨量不大，而且也出不了多好的價錢。你只當是賣我一個人情，先幫襯她把鋪子開起來……」

周子輝大手一揚，說道：「我還當是什麼事，這點事自然不在話下，我隨後就要管事調幾百疋布過來，若有什麼特別的花色要求，妳且列個單子，我要莊子裡另外織。」

他這麼大方，雲舒倒不好意思起來。「用不著這麼多，也沒那麼麻煩，還不知道這生意能做多大規模，若方便的話，你明天派個管事過來，我約淮南翁主跟他細細商量一下。」

周子輝爽快地答應了，說明天一定派人過來。雲舒這邊也要靈風去給劉陵送個信，請她明天過府商議。

談完布料的事情，雲舒送走周子輝後，回到香蘭苑，原本心情很好，進房後卻看到幾個孩子很詭異地對峙著。

雲雪霏臉上掛著淚珠，表情憤恨地瞪著薛默，周子冉站在兩人中間，很糾結地左右張望，似乎不知道該幫誰。而丹秋更是手足無措，蹲在一旁一個勁兒地哄著雲雪霏，只有薛默一派淡定，不喜不怒地看著雪霏。

「雪霏這是怎麼了？怎麼哭了？」雲舒走過去，把雪霏半摟著。

雪霏看到雲舒，一下子就撲到她懷裡，嚎啕大哭起來。

雲雪霏從小跟男孩子一般，性子野，好強又倔強，除了嬰兒吃奶的時期，雲舒還沒見她這麼哭過，當下慌了，問旁邊的眾人：「你們倒是說說，這是怎麼了？」

丹秋尷尬地看看薛默，在雲舒耳邊說：「雪霏是因為默兒的事情鬧彆扭，說他找到了好人家，就不要妳和她了，忘恩負義什麼的，說了很多。」

雲舒顯然低估了孤兒對親人的渴求程度和對親情方面的執念，雪霏和默默的姊弟關係雖然不長，但雪霏卻打從心底把默默當成家人。現在突然告訴她默默不再是她弟弟，變成侯府的世子，她又是倔脾氣，自然想不開。

雲舒抱著雪霏拍了拍，說道：「雪霏先別哭，娘帶妳去見個老朋友。」

雪霏哭哭啼啼地被雲舒牽著往外走，丹秋、薛默和冉冉也跟在後面。

一行人出了院子，又進到另一個帶鎖的院子，眾人剛踏進去一步，就聽到假山後面傳出一聲虎嘯，緊接著，一隻黃色大貓出現在假山邊上。

「小虎！」雪霏高興地跑了上去，被迎面跑來的小虎撲倒在地上，兩人打了一陣子滾，才笑著翻起身。

「娘，您把小虎找回來了，真好！」雪霏高興得忘了剛剛的不愉快，又衝著躲在雲舒身後的冉冉喊道：「冉冉姊姊，妳看，這就是我說的小虎，我沒有騙妳吧！」

冉冉縱使膽子再大，也跟雪霏這個虎孩兒不一樣，她看到老虎以後就嚇得躲在雲舒身後發抖。

雲舒上前摸摸小虎的頭，對雪霏說：「看，當初妳不得已把小虎放歸山林，不像以前那樣住在一起，可是你們現在再相見，感情還是一樣，對不對？」

雪霏蹭著小虎說：「那當然了，我當時也不想丟下小虎，實在沒辦法嘛！」

雲舒順著她的話說：「那妳再想想默兒，他也是這樣。雖然他現在變成薛家的兒子，但是只要我們彼此的情分不變，就還是一家人。」

雪霏若有所思地說：「那不一樣……」

雲舒耐心地問道：「怎麼不一樣？」

雪霏畢竟是小孩子，想了半天也說不出來，但她已經不哭了，還時不時用疑惑的眼光看向薛默。雲舒捏捏她的臉，已經不再擔心，隨著時間過去，孩子們的關係自然會慢慢好轉。

雲舒轉身問丹秋：「少夫人呢？」

丹秋答道：「少夫人得知我們都沒用午膳，找人安排去了。」

「那我們快回去吧，她找不到我們一定很著急了。」雲舒說道。

香蘭苑廳中已經擺滿了豐盛的食物，葉氏客氣地招待他們，看孩子們吃得開心，她也高興。

冉冉和雪霏這段時間在路上都沒吃好，加上路途顛簸，看起來都瘦了，現在當然吃得極為愉快。

葉氏對雲舒說：「母親剛剛派人來問大夥兒可都安置妥當了，要我們把孩子領過去看看呢。」

雲舒點頭道：「等他們吃完，我幫冉冉和雪霏換身乾淨衣服，再帶過去向老夫人請安。」

冉冉比雪霏大好幾歲，雖然活潑好動，但也算是半大的姑娘，知道愛乾淨了，可雪霏身上卻髒得跟花貓一般，特別是剛剛跟小虎打過滾，頭髮裡還夾著草呢！

葉氏笑著點頭說：「那好，我先去回稟母親一聲，她還盼著呢。」

雲舒差人整理丹秋一行人帶來的行李，並準備洗澡水。待孩子們吃飽後，洗得乾乾淨淨，換了漂亮衣服，就隨雲舒去見平棘侯夫人。

周子冉和雲雪霏如果不亂動，看上去十分可愛，特別是雪霏，小臉上的五官漸漸長開了，一雙眼睛大而有神，加上深眼窩、高鼻梁，一看就是個美人胚子。只是她們一動起來，便像野丫頭，路都不能好好走幾步，兩人老是拉著跑來跑去，讓人一刻也不得安寧。

好在見了平棘侯夫人時，兩個丫頭都能規規矩矩地請安，並坐下來回答夫人關切的問話，還算識大體。

夫人頻頻點頭，看向安靜坐在一旁的薛默，又瞧了瞧湊在一起說話的兩個丫頭，高興地說：「這幾個孩子模樣齊整，又養得好，舒兒妳真有福氣。」

雲舒不太好意思地笑著說：「我事情多，未能在家潛心教導他們，特別是雪霏，您別看這丫頭現在乖，等她玩瘋了，可折騰人呢。」

平棘侯夫人笑著說：「孩子嘛，活潑些是好事，關在房裡養，不見得好。」

雪霏也在一旁嘟著嘴說：「娘，我現在不調皮了，不信您問秋姨，這一路上，都是冉冉姊姊闖禍，我很乖呢。她還在馬車裡煮茶，差點把蒲團都燒著了——」

周子冉聽了，跑去捂住雪霏的嘴巴，低聲威脅道：「妳再說？我不幫妳繡花了。」

雪霏聞言吐了吐舌頭，貼到周子冉身邊去討好她，大人們看著都笑了。

又坐了一會兒，雲舒跟平棘侯夫人說話時，看到周子冉和雪霏互相使眼色，腳尖踢來踢去，顯然是坐不住了，就要薛默帶她們出去玩。

平棘侯夫人叮囑道：「默兒，你要好好招待兩個小姊姊。」接著又要身邊兩個大丫鬟跟他們離去才放心。

待孩子們都走了，平棘侯夫人就問雲舒：「那個小一些的丫頭，是妳的養女吧？」

雲舒點頭說：「當初在山裡撿到的，大雪天的，被人扔到樹林裡，若不是有老虎為她取暖，只怕早就凍死了，是個可憐的孩子。」

夫人悲憫地點點頭，又想到雲舒帶回來養在院子裡的那隻老虎，問道：「就是那隻老虎嗎？還真是通人性。」

「是的，雪霏從小跟牠一起長大，關係很好，只是性格也因此比別人家的女孩兒大膽莽撞一些。」雲舒有些不好意思地說。

平棘侯夫人想了想，說道：「長大自然就收斂了。」又轉頭對葉氏說：「以後孩子跟著妳，不能太拘束她，性子要慢慢改。」

雲舒聽到這些話，大吃一驚。「夫人，此話怎講？」

老夫人和葉氏看雲舒反應這麼大，也嚇了一跳。

葉氏解釋說：「父親之前跟我們說，妳還有一個女兒，等接過來了，也跟默兒一樣，當成自家女兒養。怎麼？父親沒跟妹妹商量？」

平棘侯的確跟她說過等雪霏來了，要見見這孩子，可並沒有說過要把雪霏也過繼到薛家呀？

雲舒冷靜了一下，便明白了。

她既然要當公主，背景自然愈乾淨愈好，兒子不能有，女兒也不能帶，否則皇家肯定不會認，所以平棘侯才會自動把兩個孩子打包在一起，準備都接收吧。

雖是好意，但雲舒依然覺得有點尷尬。

雪霏跟默默的情況完全不同，雪霏從小在她身邊長大，到現在還是個不懂事的丫頭，性子又倔，如果知道要被丟到薛家，肯定會以為雲舒不要她，不知道要受多大的傷害。而且她那般性格，雲舒也不放心把她交給薛家。

「這件事情，我再找侯爺商量商量吧。」雲舒說道。

既然雲舒不同意，平棘侯夫人和葉氏自然不會堅持，一來是雲舒的養女，她自有主張，再者薛家雖不介意再收養個女孩，卻也不差這一個女孩。

到了晚上，平棘侯從外面回來，到內院和眾人一起用膳，看到家裡如此熱鬧，很是開心，大方地賞了很多東西。

用完晚膳，雲舒要丹秋帶著孩子們下去歇息，自己則跟平棘侯去了外面的書房。

「雪霏還是跟著我吧，她跟默默不同，怕是離不開我。」雲舒低聲說道。

平棘侯聽了，思忖道：「帶著這個孩子，皇上和宗正那邊，只怕不好交代。」

雲舒說：「女孩子本就不記宗譜，雪霏的身分不用對宗正那邊有什麼交代，她跟劉家沒關係，只是我的養女而已，皇家不承認她，也沒關係。」

平棘侯點點頭，女兒和兒子本就不同，便順了雲舒的意思。「既然這樣，我會再跟桑侍中商議。」

一直沒有收到大公子的消息，雲舒便關切地問道：「桑侍中他最近怎麼樣？我的事情是不是很難辦？」

平棘侯點點頭說：「本來不是特別麻煩的事，只是正巧碰到田丞相有事求皇上，皇上不想依他，他就在此事上作文章，以此作為要脅。」

這個田蚡，膽子真是愈來愈大了，竟敢跟皇上談條件，這麼不給面子?!

平棘侯搖搖頭說：「這些事情，妳不用擔心，老夫和桑侍中會解決的。這些日子妳安心休養就好。」

雲舒道了晚安之後退下，心中猜測劉徹不知道會怎麼處理田蚡……

第一二四章　反擊之路

劉陵和周家派來的管事都到了侯府，雲舒在外院一個花廳中接待他們，針對衣鋪之事商量了一個上午。

雲舒和劉陵對開衣鋪和布料不怎麼懂，平時穿在身上，只知道是否舒適和好看，細節卻不清楚。

倒是周家管事多年跟各路衣商打交道，什麼季節用什麼布料，適合做哪種衣服，都細細跟兩人分析。

最後他們列了幾張貨單，劉陵付了兩錠黃金，一併讓周家管事帶走了。

周家管事拿著黃金手足無措，說道：「我家少爺說過，不能收兩位小姐的錢，這可讓我怎麼交代？」

劉陵笑著說：「做生意的日子長著呢，這次不收錢，我以後倒不好意思要你們的貨了！」

雲舒也在一旁點頭，周家管事這才帶著金子走了。

眼看到了午膳時間，雲舒便邀劉陵留下來吃飯。

兩人徐徐往後院走去，劉陵對雲舒說：「我進宮見過皇上了，他借了我十萬錢，還說以後不夠只管進宮向他要，並特地要衛青送我出宮。」

雲舒高興地說：「這樣看來，皇上相信妳了。」

劉陵哼了一聲，說道：「他才沒那麼好心，做事從來不吃半點虧，這次他要我幫他一個忙。」

「幫什麼忙？」雲舒警戒地問道。劉徹下陷阱時，可是手下不留情的，劉陵千萬別中了他的招才是。

劉陵臉上的表情悶悶的，她不高興地低聲說：「我的事妳也知道，就是之前跟田丞相的事，皇上說他要用這件事去跟田丞相談條件，萬一談不攏，就要大舉將事情散播出去……」

「啊……他怎麼能這樣？」雲舒聽了忍不住生起氣來。

就算當初這事曾傳出來過，甚至說得很難聽，但事情都過去這麼久，劉陵早跟以前不一樣了，劉徹卻威脅要把這事翻出來，縱使是為了對付田蚡，也該考慮一下劉陵的立場和感受啊！

劉陵見雲舒面色不歡，反倒笑著說：「說就說吧，我名聲本就不好，也不差這一次了。」

看她一副自暴自棄的樣子，雲舒皺著眉頭說：「這可不行，妳現在跟以前不一樣，這事若真的爆出來，衛青會怎麼想？以後你們在一塊兒，他又會被人怎麼看待？有了這個心結，他怎麼會好好待妳？」

劉陵聽後也愣住了。不過她現在對劉徹只能聽之任之，沒半點反擊餘地。劉徹告訴她，他並不是尋求她的同意，只是通知她罷了。

雲舒愈想愈難受，特別是想到劉徹跟田蚡較量，可能是為了她恢復公主身分的事情，她就覺得對不起劉陵。看來，她得想想辦法才行……

跟雲舒一起用過午膳，劉陵就回去了。她前腳剛走，雲舒就要靈風送信聯繫大公子，她要進宮面聖。

時值大公子休沐在家，聽說平棘侯府來信，他第一時間便取來看了，見是雲舒找他，當即備了車馬，往平棘侯府而去。

平棘侯不在家，他最近心情好，時常與長安的老朋友們串訪，夫人又在午休，大公子不方便進內院，雲舒就在外院的園子裡見他。

多日不見，兩人都很思念對方。不過雲舒今天找大公子有要事，閒話了兩句之後她就問道：「大公子，我想進宮見皇上，能幫我安排一下嗎？」

大公子想了想說：「衛夫人懷了龍嗣，後宮這兩天的慶祝宴會很多，皇上一時只怕抽不出時間。怎麼，妳有什麼要緊的事嗎？」

雲舒猜測大公子肯定知道那件事，就說：「今天上午我見了淮南翁主，聽她說，皇上打算用她跟田丞相過去的舊情事跟丞相博弈，我聽了覺得很難受。皇上怎麼能這麼對翁主呢……」

大公子看起來並不驚訝，看來他果然知道的。

雲舒愈想愈奇怪，很怕這主意就是大公子出的。她忙問：「大公子知不知道皇上和丞相是為什麼事情起爭執？」

大公子並不瞞她，壓低聲音說：「田丞相在黃河以北有大量田地，其中還有不少是他霸占的官地，皇上想趁著為妳恢復身分的機會，沒收他一部分土地，賞賜給妳作為封地，也算是提醒他一下，希望他不要太過囂張。誰知田丞相不僅不理會皇上的警告，還乘機要求提拔他手下兩名年輕要員，皇上不同意，他就找太后哭訴，並阻攔宗正恢復妳的身分，鬧了好些天了。」

田蚡果然貪婪無度！可是要對付他，拿他和劉陵的地下情做威脅也沒多大用處呀……

「大公子，對付田丞相的事情，只怕要從長計議。」雲舒建議道。

大公子眼神一亮，問道：「妳有主意？」

雲舒在他事業剛起步時幫助他不少，他從來不敢小看她的才能，立即認真聽雲舒說她的想法。

「雖然田丞相跟淮南翁主的事情是件醜事，可皇上拿這件事去對付田丞相，卻起不了半點作用。先別說這件事情沒證據，縱使宣揚出去，大家也是取笑淮南翁主多一點。而且，田丞相若因此事去向太后告狀，太后肯定會責怪皇上有辱皇家顏面，傷害與自家舅舅的感情。」

皇室宗族出了醜事，從來都是儘量隱藏，哪有皇上主動向外洩漏的？若真這麼做，太后肯定會對皇上不滿。

大公子點頭，猶豫道：「其實皇上只說會對田丞相提一下此事，但不會真的說出去。」

雲舒聽大公子這樣說，放心了一些，繼續說道：「想對付田丞相，不如從另一處下手。」

「哦？說說看。」大公子很感興趣。

「淮南翁主當初之所以接近田丞相，是為了幫淮南王引線。淮南王和田丞相之間必定有所圖謀，具體內容翁主一定也清楚，說不定她手中還有兩人之間往來的書簡。皇上可以隱晦地在田丞相面前提一提，暗示他對田丞相的所作所為很清楚，只不過看在太后的面子上沒有追究。不管田丞相有沒有把柄在劉陵手中，只要他看出劉陵最近和皇上、衛青走得這麼近，又被淮南王所不容，他自己也會心虛。更何況，叛亂這種事，田丞相不可能向太后訴苦，就算太后再偏袒他，也不可能容忍他圖謀自己兒子的天下。」雲舒細細分析道。

田蚡雖沒真的想叛亂，然而他貪圖淮南王的好處和劉陵的美色，畢竟做過對不起劉徹的事，雲舒就不信田蚡一點把柄也沒被淮南府的人捉住。

大公子和劉徹雖推測和查出一些內幕，但劉陵究竟為田蚡和淮南王做了什麼事，包括她現在的立場和想法，都沒有雲舒了解得清楚。

雲舒這一番話說下來，大公子已明白很多事，心裡也有了譜，知道該怎麼做了。

「好，我會儘快把妳的意思轉告給皇上。」大公子立刻應允。

大公子進宮比雲舒容易很多，也更方便跟劉徹說話，有他傳話，也就是這一、兩天的事，比雲舒等安排進宮要快很多。

雲舒放下心後，緊皺的眉頭也舒展開來。

大公子抬手摸了雲舒耳邊的細髮一下，說道：「妳跟翁主的關係越發好了，倒像親姊妹一樣，以前從沒想到。」

雲舒掩嘴笑道：「我跟她可不就是親姊妹嗎？」

大公子愣了一下，雲舒跟劉陵都是皇家女兒，更是堂姊妹，便拍了拍腦門自嘲道：「是我蠢鈍了。」

雲舒挽住大公子的胳膊，笑嘻嘻地繼續在園子裡散步。

園子門邊有紅綃和靈風守著，樹叢花間只有他們兩人，大公子看雲舒笑得開心，心念微動，趁其不備，低頭在她臉上親了一口。

雲舒大驚，連忙四處張望。

大公子賊賊地笑道：「別看了，就我們倆。」說著，手還不安分地摟住雲舒的腰，四目相對地站著。

雲舒連忙推著他說：「萬一有下人整理花草什麼的留在園子裡，看到就不好了。」

大公子卻不以為意地說：「這時候哪裡會有什麼人？別動，讓我好好瞧瞧，好多天沒看到妳了。」

雲舒不好意思地說：「看多豈不是看厭了，有什麼好看的？」

「百看不厭，愈看愈喜歡。」大公子一張嘴甜死人不償命。

雲舒笑著嗔怪道：「大公子越發油嘴滑舌了，不知從哪兒學的。」

大公子突然問道：「妳說妳以後喊我什麼好呢？可不能再喊大公子了。」

不論是雲舒當上公主，還是兩人成婚，「大公子」這個稱呼都不合適。

雲舒苦惱地說：「喊了這麼多年，要換嗎？只怕不順口呢……」

大公子連忙點頭說：「自然要換，讓我想想……喊聲『夫君』來聽聽……」

雲舒臉上一紅，推開他說：「美的你，我才不喊！」

大公子卻像是找到了好遊戲，十分有興趣地說：「這個不好，那就喊相公？郎君？或者……妳選一個？」

看他這麼興奮，雲舒突然促狹地笑了。「你讓我選，我就選一個？」

大公子點頭，卻發現雲舒的表情很奇怪，一副要做壞事的樣子，隱隱覺得不妙。

雲舒主動攀上大公子的肩頭，湊在他耳邊低聲說：「要不，我喊你……羊羊？」

大公子的臉瞬間脹紅。他惱羞成怒地要去捉雲舒，雲舒卻一溜煙跑開了。

雲舒開心得不得了，原來調戲大公子是這麼好玩的一件事！

大公子三兩步追上雲舒，將她緊緊捉在臂彎裡，捏著她的鼻子訓道：「妳剛才說什麼？再說一遍？竟然那樣子喊我？」

雲舒心虛，細聲細氣地問道：「你不覺得……很可愛嗎？」

大公子見雲舒一點討饒的意思都沒有，便抱起她坐在旁邊的大石頭上，翻過來朝她的屁股拍了一掌。

這一拍可不得了，雲舒面紅耳赤，急得掙扎。「快放我下來，丟死人了，你……你怎麼這樣！」

她鼻尖急出了汗，從大公子身上掙脫後，就站在四、五步遠的地方，羞惱地說：「大公子真是越發沒個正經，時間不早了，你回去吧。」

說完，也不等大公子回話，就急匆匆跑出了花園。

大公子翹著嘴角看雲舒落荒而逃，消失在轉角，又低頭看看自己的右手。剛剛那一掌的手感，很好呢……

雲舒雙頰通紅，一口氣跑回香蘭苑，背心都被汗浸濕了。

丹秋正帶著周子冉和雲雪霏在園子的小池子邊餵魚，見雲舒跑回來，就上前幫她打開門簾，一起走了進去。

「雲舒姊姊，出什麼事了？」丹秋好奇地問道。

雲舒搖頭說：「沒事，路上走得太快了，好熱，幫我倒杯涼水吧。」

丹秋倒了水，雲舒一飲而盡。

丹秋愈看愈詭異，十月天氣已經涼了，馬上就要立冬，怎麼會熱得滿臉通紅、渾身是汗？轉念一想，雲舒剛剛是去前院見大公子，回來之後臉上的紅暈很不自然，再看她眼中還含著羞怯的笑意……肯定不是發生了什麼不好的事。

丹秋放了心，低頭一笑，喊了天青進來服侍雲舒換衣服，自己則轉身回到小池子邊看孩子們餵魚，只是心裡琢磨著，也不知他們兩人什麼時候能完婚？

第一二五章　笑泯恩仇

大公子辦事真不是一般快，第二天晌午，雲舒就接到宮中傳來的口諭，皇上邀請雲舒進宮參加宮宴。

雲舒和平棘侯府的人又驚喜又忐忑，一方面猜測皇上這番舉措是不是說明雲舒恢復身分指日可待，另一方面卻又為雲舒第一次正式參加宮宴而覺得不安。

都說後宮是個吃人不吐骨頭、殺人不見血的地方，雲舒雖進宮過幾次，但跟後宮妃嬪沒打過什麼交道，心裡有些怯怯的。不過她以後也是皇家的一員，這些事情避不掉，只能自己精明一些。

平棘侯夫人和葉氏紛紛為雲舒送來新衣和首飾，一起商量該怎麼打扮。

葉氏不斷往雲舒身上戴飾品，雲舒不想那麼誇張，推辭道：「只是進宮參加宴會，要是喧賓奪主就不好了。」

葉氏把雲舒當作自家妹妹，在她耳邊說道：「聽說宮裡為了慶祝衛夫人懷上龍嗣，已經擺了好幾場宮宴，但皇上這次特地請妳去，必定有別的意思。妳第一次跟裡頭那些人見面，千萬不可讓她們小瞧了妳，她們很多都是欺軟怕硬。」

葉氏說的話不無道理，後宮誰的本事大，誰就尊貴，自然沒人敢欺負。她這次進宮，若穿得寒酸，又膽怯拘束，只怕會被人小瞧，以為她是個無依無靠的孤女，日後成了公主，只怕也沒人尊敬她。

如此想著，雲舒就不再堅持，任由天青和葉氏為她梳妝打扮。

待穿戴得差不多了，靈風捧著一個大紅色錦盒跑了進來，蹲身行禮說：「少夫人、小姐，桑大人親自送東西來了。」

葉氏替雲舒接了過來，雲舒打開一看，倒吸了一口冷氣，竟然是一條紅寶石的項鍊！項鍊上的寶石不計其數，中間最大的一顆，有拇指蓋大小，絢爛無比。即使是雲舒這個在金玉寶石店做過活的人，和葉氏這種見過世面的侯府長媳，也都愣住了。

葉氏驚嘆道：「桑大人真是不得了，這種好東西，哪怕是宮裡，也不易尋到啊！」

雲舒不禁有些忐忑，大公子這時送這東西給她，擺明要她戴進宮，可是……會不會太招搖？

她望向靈風，問道：「是桑大人親自送來的？」

靈風連連點頭。

雲舒又問：「那大人現在在哪兒？走了嗎？」

靈風搖頭說：「桑大人和侯爺在前面說話，說是特地來送小姐進宮的。」

雲舒微微點了點頭，看來大公子也放心不下她，肯定有話要跟她說。既然一會兒要見面，有疑惑到時再問就行，便請葉氏幫她戴上紅寶石項鍊。

為了搭配紅寶石項鍊，葉氏又要雲舒把剛剛穿好的淺黃色衣服換下，重新換上大紅色的深衣，顯得格外端莊和隆重。

「這樣就好了，不輸任何人呢！」葉氏讚嘆道。

葉氏笑咪咪地看著雲舒，雲舒站起身，不太習慣地扶了扶頭頂上的髮髻說：「頭飾戴得有點重，不會把髮髻壓散掉吧……」

葉氏拉了天青一把，說道：「天青的手藝，妳儘管放心。」

雲舒對天青笑了笑，天青囑咐道：「行走、叩拜都沒問題，請小姐放心吧。」

看時間已經差不多了，雲舒這邊準備出門，便要靈風向大公子傳話。

一上馬車，大公子就盯著雲舒瞧。「妳該多打扮打扮才是，這樣真好看。」

雲舒還記得大公子之前拍她屁股的那一巴掌，撇過臉沒好氣地說：「平時就不好看了是嗎？」

大公子忙說：「沒有，都好看。」

雲舒微微笑了一下，接著指著脖子上的項鍊問道：「大公子，為什麼要讓我戴這個東西？會不會太顯眼了？」

大公子一副不在意的模樣。「就是要讓她們眼紅，讓她們知道妳就算不是公主，也比她們過得好，免得她們以後以為妳全憑皇家身分才得富貴，處處為難妳。」

大公子說著，從袖子裡掏出兩個重重的荷包塞給雲舒，說道：「這裡面是一些小玩意兒，一會兒進宮打賞用吧。」

雲舒指著自己腰間的荷包，推辭道：「不用了，我這裡準備了一些金丸。」

大公子搖頭說：「金丸打賞宮人夠用，可是給公子、小姐們做見面禮就不合適了。平陽公主、隆慮公主、修成君都帶了孩子進宮，衛夫人的外甥也在宮裡陪她，少不了要一一打點。」

雲舒打開大公子遞來的荷包一看，一包裝著各色小玉器，另一包則是各種金雕。

雲舒對衛夫人的外甥比較感興趣，問道：「衛夫人的外甥可是她二姊的私生子，名叫霍去病？」

大公子點頭說：「妳也聽說了？就是那個孩子。」

雲舒算算年齡，霍去病大概七、八歲，怎麼會長在宮裡？

大公子看出她的疑惑，解釋道：「自從衛夫人懷了龍嗣後，皇上就派人把霍小公子接進宮，是想要他帶個弟弟給衛夫人吧。」

雲舒點了點頭，劉徹現在的確很需要兒子，只不過，衛子夫這胎要讓他失望了。然而據說劉徹對衛子夫愛到「生男無喜，生女無怒」的程度，想來第一個孩子不論男女，劉徹都會很喜歡。

大公子向雲舒介紹起參加宮宴的各路人身分，雲舒靜靜聽著，眨眼間就到了未央宮。

未央宮中已點燃燈火，與漫天晚霞交織在一起，呈現出一片璀璨，恍若瑤池仙境。

在宮門處下了馬車，大公子攙著雲舒沿著宮門向裡走，剛到大廣場，就有宦官迎上前來，躬身說：「桑大人，晚宴設在延熹殿，皇上此刻還在宣室殿處理公務。」

大公子朝這位宦官點點頭說：「我知道了，有勞公公。」而後轉頭對雲舒說：「走，我先送妳去延熹殿吧。」

雲舒點頭跟上，行至延熹殿臺階下，正巧遇上淮南翁主劉陵。

劉陵看到兩人並肩走來，彎了眉眼，上前打招呼。「咦？雲舒妳怎麼進宮了？也是來參加宴會的？」

劉陵覺得很是奇怪，這次宴會是宮宴，請的都是宮妃和皇親國戚，並不請外臣和家眷，桑弘羊作為劉徹的近侍參加也就罷了，怎麼會把還未成親的雲舒也一併帶了進來？

不過劉陵轉念一想，桑弘羊深蒙聖寵，雲舒的養子最近又封了平棘侯世子，她進宮參加宴會也算不上什麼不得了的大事。

雲舒點頭行禮，劉陵望著她的派頭，嘖嘖讚道：「若不是看到妳跟桑侍中在一起，我差點認不出妳來了！」

大公子見雲舒遇到了劉陵，便把雲舒託付給她，轉身去了宣室殿。

劉陵攜著雲舒走上臺階，在她身邊說：「妳今天來得巧，有好戲看了。」

雲舒不解地問道：「怎麼？」

劉陵解釋道：「我剛剛從衛夫人那裡過來，聽說皇上把先皇遺失在民間的公主找到了，今天會介紹給大家認識。」

雲舒聽了忐忑不安，這件事她一直沒有告訴劉陵，不知一會兒劉陵知道那個人就是她，會不會認為自己故意瞞著她而不高興？

雲舒尚在考慮要怎麼辦，就聽劉陵說：「也不知那位公主是真是假，雖聽說太后也承認，且宗正已經請旨恢復她的宮牒，但先皇早已離世，那位公主的生母也不在，皇上這時候把她找回來，肯定不只認親那麼簡單。」

聽劉陵這麼說，跟她一樣持懷疑態度的人肯定很多，為了避免一會兒在宴會上難堪，雲舒打算先告訴劉陵，若宮宴上出了意外，也好有個人為她說話。

「翁主，時間尚早，我們在宮外站站，待會兒再進去吧。」雲舒提議道。

劉陵望了延熹殿一眼，油燈剛點燃後，還有些油煙沒有散盡，便點點頭，跟雲舒一起走到殿旁，沿著圍欄往殿後的空地走去。

此處沒有閒雜人等，宮人忙著準備宮宴，也不會到這裡來。

雲舒停下腳步，對劉陵說：「翁主，皇上今晚要向大家介紹的人，就是我。」

劉陵愣了一下，傻傻地問道：「皇上把妳介紹給大家做什麼？」

過了一瞬，她自己察覺到不對，提高聲音反問道：「是妳？」

雲舒點點頭說：「嗯，翁主別驚訝，這件事情，我自己也還未能完全接受，也不知道皇上究竟要怎麼辦，所以不敢聲張，一直沒能告訴您。」

劉陵雙眼炯炯有神，左右看看，確定沒人後，立刻抓住雲舒興奮地問道：「妳快跟我說，到底怎麼回事？妳怎麼會變成公主？到底是真是假？」

雲舒壓低了聲音，把她在馬邑受傷被人看到胎記，以及宮中密卷、太后說她長相和崔夫人相似等事簡單說了，劉陵聽完驚嘆道：「看來是真的了。」

雲舒不置可否地說：「我無父無母，一個親人都沒有，對自己的身世也不清楚，皇上和太后都說我是，我也不知道是真是假。」

劉陵替雲舒覺得開心，說：「現在好了，妳知道父母是誰，也有了親人，不再是一個人了。既然胎記和長相都對得上，必然不會有錯。當年見過崔夫人的人很多，一會兒在宮宴上，太后和各位太妃會為妳作證的。」

說著，劉陵越發覺得開心。「這下好了，我跟姊妹們的關係一向普通，這回終於有一個好妹妹了！」

雲舒見劉陵完全沒有生氣，便放寬了心，說道：「我第一次參加宮宴，也不知該怎麼辦，很不安。」

劉陵笑道：「這有什麼，見了人問個好，互相說幾句客套話，坐下來等開宴就好了。不過咱們晚點再進去，免得被人拉著問來問去，煩得很。」

雲舒點點頭，跟劉陵往延熹殿北角走了一段，那兒有個視野開闊的臺子，她們兩人倚欄而站，劉陵說：「皇上和太后他們若過來赴宴，站在這裡一目了然，到時候就跟他們一塊兒進去。」

站定之後，劉陵就說起衣鋪的事情。「我現在已經找了八個繡娘，有三個是從宮裡要的，另五個是從各個府裡重金買出來的。只是店鋪還沒選好。地段好的地方，鋪面小；鋪面大的地方，地段又不好，挑來挑去，很頭疼。」

雲舒看劉陵這麼投入，便說：「我明天也去打聽一下吧，若有合適的，再邀妳一起去看看。」

劉陵高興地點頭說：「那敢情好，早點選定鋪子，也好早早開張。」

閒聊間，兩人就看到皇上的御駕擺了過來，劉徹下了御輦走上臺階，見到雲舒跟劉陵站在臺子上，就伸手招她們過來，問道：「妳們站在這兒做什麼？怎麼不進去？」

劉陵笑著說：「等皇上您呀。」

劉徹笑道：「那便進去吧，別讓眾人久等了。」

兩人跟在劉徹身後從正殿走進去，延熹殿中已坐了八、九分滿，原本熱鬧談話的眾人紛紛停下聊天，向劉徹叩拜行禮。

雲舒準備在末席找個位子先坐著，誰知劉徹喊住她，指著主座下面一個位子說：「別坐遠了，就挨著朕坐吧。」

雲舒只好跟著他坐過去，劉陵則向翁主們的坐席走去。

劉徹的一舉一動，大家都在觀察，看到他對雲舒這般照顧，滿堂的人都驚訝地噤了聲，接著便低聲議論起來，打聽這個女子到底是何人。

劉徹身邊的主席還空著兩個位置，是太后和皇后的，衛子夫安靜地坐在劉徹左手邊，微笑地向雲舒點了點頭。

雲舒跟她打過招呼後，就在劉徹右手邊坐下。

坐好以後，雲舒感覺到很多眼神朝她打量，她深吸了一口氣，臉上帶著微笑，抬起頭向眾人掃視過去。

第一次見面，可不能輸了氣勢。

偷偷議論打量雲舒的人見狀，紛紛移開眼神，但仍有個人毫不掩飾地盯著雲舒，表情驚訝而難以置信。

雲舒笑著看過去，那個一直盯著她的人，不是別人，正是劉徹的大姊，平陽公主。

雲舒笑著對平陽公主點頭示意，平陽公主並不還禮，就那麼一直看著雲舒。

愛看便看吧！雲舒不再搭理她，而是跟旁邊向她搭訕的人聊起天來。

坐在雲舒下首的是劉徹從匈奴接回來的南宮公主，南宮公主望著她，問道：「我從未見過妳，不知怎麼稱呼？」

雲舒笑著說：「公主叫我雲舒就行了。」

南宮公主還要發問，就聽宦官尖著聲音通報太后和皇后駕到。

眾人紛紛向太后和皇后行禮，兩人落坐後，劉徹便舉著酒樽對眾人一晃，說道：「今日大夥兒齊聚一堂，除了慶賀子夫懷上龍兒，還有一件喜事，朕要與眾位分享。」

劉徹走下主席來到雲舒面前，一手端著酒樽，一手牽起雲舒說：「朕終於找回朕失散多年的皇妹，我們大漢朝的四公主！」

少數知道內情的人，目光複雜地看著雲舒，大多數不知道的人，一下子議論了起來。

劉徹牽著雲舒走到大殿正中間，揚聲說：「多年前吳王作亂，劫崔夫人要脅父皇，父皇為了江山社稷，不得不忍痛捨棄崔夫人，也因此將四皇妹遺失在民間。現在朕終於找回四皇妹，得以慰藉父皇在天之靈。諸位，共飲此杯慶賀！」

眾人紛紛舉杯，一飲而盡，賀道：「恭喜皇上，恭喜四公主！」

劉徹帶著雲舒坐回位子上，對旁邊的宦官示意後，絲竹聲悠然而起，正式開宴了。

宮女們魚貫而入，布食、斟酒，樂姬、舞姬也依序進入，開始助興表演。

劉徹坐在太后和雲舒之間，招手對雲舒說：「皇妹，來敬母后一杯。」

雲舒從宮女手中的托盤上取下一樽酒，敬給王太后說：「母后，請飲此杯。」

王太后神色正常，無喜無怒，端起酒杯喝了酒，並沒多說什麼。

劉徹又領著雲舒向皇后敬酒，陳嬌接過酒杯，對雲舒笑了笑說：「皇上能把妹妹找回來，是件大喜事，只是宗正辦事也太不力，到現在都沒有恢復妹妹的宮牒，委屈妹妹住在宮外，成何體統？」

劉徹頗為高興地看了陳嬌一眼，說道：「皇后所言極是，朕剛剛才斥責過宗正辦事不力，無奈丞相卻說朕不懂事，說事有輕重緩急，要朕以國家大事為先。」

陳嬌說：「我一介婦人不知什麼叫國家大事，只是想當面問丞相，還有什麼比皇家宗祠更重要的事？您說是不是呀，母后？」

雲舒聽出來了，這對夫妻一唱一和，無非就是要在太后面前告田蚡的狀。想來皇后是受了大公子所託，才會如此配合。

王太后自然也聽出來了，這件事再拖下去的確沒什麼意思，便說：「的確，丞相所言偏頗，公主的事要早點辦妥才是。」

陳嬌得了這句話，才高興地把酒喝下去，看到劉徹對她笑，心中更為歡喜。劉徹對她冷淡多時，她沒想到這樣就能讓劉徹改變對她的態度，看向雲舒的目光也就更為友善了。

雲舒又向衛子夫敬酒，祝賀她喜懷龍嗣，之後她便被劉徹帶到幾位公主面前。

平陽長公主、南宮公主、隆慮公主，這三位看向雲舒的神情各不相同。

劉徹對她們說：「各位皇姊，這就是我們的四皇妹。」

雲舒蹲身行禮說：「雲舒見過各位姊姊。」

南宮公主經歷比較坎坷，最珍惜失而復得的東西，當下攜起雲舒的手，說道：「真沒想到我們還有這樣一個妹妹，妹妹快起身，自家人別多禮。」

隆慮公主則是好奇地打量著雲舒。「咦，我們以前是不是在哪裡見過？好眼熟呢！」

平陽公主冷笑道：「自然見過，她就是弘金閣的帳房，桑家的丫鬟，三妹之前照顧過她不少生意。」

眾人都感覺出平陽公主語氣中的不善，隆慮公主裝作沒聽出來，笑著說：「原來是這樣，我早就跟妹妹見過，怪不得覺得可親。」

隆慮公主見平陽公主不理雲舒，笑著打圓場。「我記得大姊之前對我說，她之所以懷上襄兒，就是因為買了弘金閣的吉祥飾品。這次衛夫人懷了龍兒，四妹也得送一個吉祥飾品來才好呢！」

雲舒笑著應道：「我回去之後定然備好送上。」

得到雲舒的應允，隆慮公主便轉身對衛子夫說：「我可為妳討了一份好禮呢！」

衛子夫趨步走過來笑著致禮，劉陵也跟過來湊熱鬧。

場上的焦點集中在衛子夫和雲舒身上，愈來愈多人走過來攀談，劉徹就笑著說：「妳們玩吧。」

說完他便轉身回主位上，跟王太后兩人低聲說起話來，皇后在旁也不時幫腔，臉色難得好看。

女子們聚成一團，紛紛詢問雲舒怎麼被皇上找到的，雲舒簡單地說自己因成了皇商被皇上召進宮，太后認出她跟崔夫人模樣相似，加上檢查了胎記，因而得以確認。

有好奇者輕輕拉開雲舒的衣領查看，果然發現一個火焰般的胎記，大夥兒見了，紛紛說這胎記長得很祥瑞，雲舒是天生富貴之身。

平陽公主聽不得大家如此恭維雲舒，冷哼一聲道：「不過是個商女而已。」顯然不承認雲舒的出身。

劉陵便裝作不了解雲舒的樣子，問道：「妳方才說妳成為皇商，妳是做什麼生意的？」

雲舒並不忌諱「商女」這個稱呼，答道：「茶葉生意。」

劉陵就「訝異」地問道：「在南方甚為流行的雲茶，可是妳做的？」

雲舒笑著點頭。

剛剛本有人對雲舒的商女身分表示輕視，現在一聽到「雲茶」，紛紛問了起來。目前長安中大多數人都沒喝過雲茶，只聽過它在南方的名聲，現在又聽說雲茶成了貢茶，更是覺得感興趣，都想弄來喝一喝。

劉陵就打趣道：「哎呀呀，妳做生意肯定賺了不少錢，瞧妳這紅寶石項鍊，咱們想買都買不到。」

周圍的女子們早就注意到雲舒身上的首飾，只不過沒人好意思說出來，現在劉陵問起來，就有人說道：「我剛剛就看到了，以前我只見過皇后娘娘戴過這麼一條，寶石還沒有這般大，妳這項鍊可是價值連城呀！」

接著又有人問項鍊是從哪裡尋得的，雲舒便笑著跟她們攀談。

平陽公主看眾人絲毫不介意她的商女身分，氣得獨自去一旁飲酒。

皇后陳嬌看她們一群人聊得開心，就走下主座來聽她們說什麼，走近後才發現平陽公主獨自一人坐在旁邊，於是走過去問道：「皇姊怎麼獨坐在此？」

平陽公主請陳嬌坐下，瞥了人群中的雲舒一眼，說道：「我不喜此人。」

陳嬌驚訝地問道：「為什麼？之前我還聽聞皇姊與她頗有來往呢。」

劉娉沒好氣地說：「往事休提，只要一想到蔚兒現在的境況，我就生氣。」

臨江翁主劉蔚，之前透過平陽公主求皇上賜婚予桑弘羊失敗，半年後下嫁給文終侯蕭何之庶孫蕭炳，誰知蕭炳成婚不足三月，便大病而亡。劉蔚年紀輕輕就守寡在家，且蕭家之人認為她剋夫，待她極為刻薄。

因為此事，平陽公主更為記恨雲舒，認為雲舒搶了劉蔚的姻緣，才害她落得此般下場。

陳嬌聽劉娉說了這些，卻笑了。「沒想到皇姊是個性情中人，為了一個關係不大的姪女，記恨起自己的妹妹了。」

劉娉被陳嬌笑得一愣，恍若醍醐灌頂。

劉蔚是太皇太后逝世後，留給她照看的，劉蔚父母雙亡，無依無靠更無勢，平陽公主跟她的感情也不過爾爾。她之所以為劉蔚的事情遷怒於雲舒，不過是因為雲舒當初忤逆了她的意思，讓她覺得很沒顏面。

可現在情況完全不同，雲舒不再是個民女，而是她親妹妹。雖然同樣無父無母，卻有很多依靠，如今勢頭正盛，她為什麼要跟雲舒過不去？

劉娉從小生於宮中，長在權力鬥爭下，該怎麼做她很清楚，只不過一時沒轉過彎來。她望向陳嬌，說道：「多謝皇后提點，妳最近似乎跟以往很不相同。」

陳嬌嫣然一笑。「以前想不通的事情，現在想通罷了。爭了十幾年都得不到的東西，我又何必留戀？該把握好已有的東西才是。」

平陽公主望著面若皎月的陳嬌，神情莫測。

陳嬌卻看著雲舒，想起了桑弘羊。是他告訴她，帝愛、權力、子嗣，是女人在後宮生存的三項法寶，帝愛和子嗣她都沒有，唯有權力一項，她得學會用權力來得到子嗣，甚至帝愛。生不出兒子又如何？她是皇后，想要把其他妃嬪的兒子過繼到膝下成為嫡子，也不是難事。

如此想著，陳嬌便側頭對平陽公主說：「皇姊跟四公主走近一些吧，不會有壞處的。」

說完，陳嬌就走進人群，跟雲舒等人說起話來。

平陽公主想到自己體弱多病的丈夫，想到年幼的兒子，一時惆悵萬分。夫家靠不住，只能靠娘家了……

就在此時，王太后召平陽公主上前說話，問道：「襄兒呢？不是說把他帶來了嗎？快抱來給我瞧瞧。」

曹襄，就是平陽公主半歲多一點的兒子，也是王太后的第一個外孫，非常得王太后喜愛。

平陽公主命人要乳娘把孩子從側殿抱過來，王太后把孩子接在懷裡疼愛了一番，嘆道：「皇上這次要能得個皇子就好了。」

平陽公主勸道：「母后別著急，皇上年紀尚輕，子嗣會多起來的。這次子夫若生了兒子自然最好，若不能，就跟皇后商量一下充盈後宮之事吧，我看現在她想通了不少，應該不會像以前那樣鬧脾氣了。」

王太后點了點頭。

兩人正說著話，隆慮公主就抱著剛剛滿月的女兒湊了過來，依靠在王太后身邊說：「母后好偏心，只疼外孫，不疼外孫女。」

王太后笑道：「都疼都疼，看看我們的小嬌嬌，睡得這麼香。」

隆慮公主跟隆慮侯是在回長安探訪親戚時懷上孩子，他們婚後多年終於有了好消息，很是慎重，怕長途跋涉回家對胎兒不好，就請命在長安久住。

隆慮公主才剛剛生產完不久，現在孩子一個半月都不到，她卻帶著她到處跑，應該是想多讓孩子露面獻寶吧。

隆慮公主的婆婆就是館陶長公主，兩人本就是姑姪關係，館陶長公主不好管束她，王太后少不得要說兩句。「孩子還小，晚上風寒，何必把她帶出來受苦？等她大一點再往外抱吧。」

隆慮公主嘟著嘴說：「等孩子大一點，我就要回封地了，現在想讓母后多看看她嘛。」

王太后沒辦法，只好說：「好好好，妳的孝心我知道了。」

王太后的大女兒，修成君金俗也帶著兒子湊了過來，誰也不願被太后忽視。眾人便開始圍著王太后稱讚這些孩子長得好、有福相等等。

雲舒想起大公子給她的荷包，就從裡面拿出東西當見面禮。平陽公主這次倒沒給雲舒難堪，笑著把福字玉珮收了下來。

隆慮公主的女兒得了一個金鑲玉的長命鎖，誰知她突然醒了，揮手哭鬧起來，把隆慮公主剛剛接到手的長命鎖拍到地上，中間鑲的玉應聲碎成兩半。

殿堂中一時安靜了下來，氣氛很尷尬，雲舒笑著撿起東西，說道：「碎碎平安，歲歲平安。這種東西摔了聽個響，我們小翁主肯定多祿有福，以後姨母給妳更好的。」

摔壞長命鎖，可不是什麼好兆頭啊……

隆慮公主有些忐忑地看了看孩子，又飽含歉意地看向雲舒，不過也順著雲舒的話，下了這個臺階。

「真是個不得了的小東西，以後肯定跟妳爹一樣，揮斥千金的東西！」隆慮公主捏了捏女兒的小鼻子說道。

滿堂都笑了起來，不再提長命鎖摔壞一事。

第一二六章　細心提點

從宮宴回來之後，長安貴婦名媛們都在談論這個橫空出世的四公主，說她穿著打扮華麗，說她有錢大方，也隱隱猜測她年過二十還未婚嫁的各種原因。

不過，隨著幾道旨意，一切猜測和議論都戛然而止。

第一道聖旨，封雲舒為長安公主，食邑三千戶，賜玉堂殿居住；第二道聖旨，將她賜婚桑弘羊，選定吉日十二月十八日完婚。

桑家也收到兩道聖旨，其一是嘉獎桑弘羊督辦糧草有功，俸祿加倍；其二，就是賜婚長安公主。

大公子謝恩收下兩道聖旨，桑家上下歡欣鼓舞，他立即就被桑老夫人叫進房中，只留下他和桑老爺三人談話。

桑老夫人滿面紅光，顯得非常激動高興，她拉著大公子的手說道：「好孫兒，這次皇上賜婚，你千萬不可再拒絕啊！長安公主雖然長在民間，卻是真正的皇家血脈，你絕不可輕視她。聽說她深得皇上青睞，皇上為了彌補她之前受的苦楚，一定會加倍補償她。你千萬不能再想著那個雲舒了，她走了也就罷了，別讓公主知道你跟她以前的事，知道嗎？」

大公子淡淡笑著說：「奶奶，孫兒知道。」說著，他又轉頭看向桑老爺，問道：「爹，您說呢？」

桑老爺皺著眉頭，嘆了口氣。「老夫與雲舒有兩年之約，現在皇上賜婚，皇命難違，老夫只能失信於她了。你以後好好對待公主，雲舒之事，爹會替你處理的。」

大公子站起身，恭敬而又冷淡地對他們兩位說：「奶奶、爹，您們放心，我以後一定會跟公主相親相愛，絕不會讓您們為難。」

桑老夫人欣慰地說：「好、好，你想通了就好。」

大公子嘴角一彎，說道：「忘了告訴二老一件事情，這位長安公主，不是別人，正是雲舒。」

石化，說的大概就是桑老夫人和桑老爺現在的樣子吧。

桑老夫人和桑老爺都覺得心裡不是滋味，他們怎麼也想不到，風水輪流轉，竟然會轉成如今這副景況。雲舒不僅成了公主，還即將以公主的身分，「下嫁」到他們家！

大公子看著他們的表情，緩緩說：「為了迎娶公主，我已在城西購置新府，從明日起，孩兒要忙於準備婚事，可能會經常不在家，請奶奶和爹不要擔憂。」

公主婚後單獨置府，是很尋常的事，沒有哪個婆婆會指望公主兒媳來服侍她。只是，購置新府的事情從大公子嘴中說出，桑老夫人和桑老爺還是察覺到異樣。

這對年輕人心中，必定還是記恨著老人家當年的阻攔吧……

哪怕覺得難以接受，桑老夫人還是硬生生地消化了大公子說出來的訊息，她僵硬地笑道：「你的婚事，家裡自然要幫你籌辦，何況是迎娶公主。」

她絕口不提雲舒，只對桑老爺說：「多派點管事給弘兒，婚期將近，要趕緊準備。銀子該花就要花，不能丟了我們家和公主的顏面。」

桑老爺默默點頭，只是看向兒子的眼光頗為複雜。

大公子聽到老夫人的話，面色稍緩，恭敬地致謝，然後退了下去。

他離開之後，桑老夫人哆哆嗦嗦地把手中的茶盞重重放在案桌上。

桑老爺急忙勸慰道：「娘，您當心身子，雖然沒想到雲舒成了公主，但說來這也是兩全的好事。」

桑老夫人重重嘆了口氣說：「我們當初嫌棄雲舒的出身不准她嫁進來，現在她以公主身分下嫁，我以後還有什麼顏面見孫媳？而且弘兒分明事先知情，竟然一聲也不吭，到今日下了聖旨才告訴我們，何曾把我們放在眼中？」

桑老爺也嘆氣道：「弘兒這孩子，打小就是如此，只要他認定的東西，再難也會設法弄到手。我們當初百般阻攔，傷了兩個孩子的心，他們估計是怕我們再次阻撓，所以瞞著我們。」

看著母親的神色不定，桑老爺說：「好在弘兒有分寸，雲舒也不是個記仇小氣之人，以後一家人好好過日子便是，母親不用憂慮過甚。」

桑老夫人想想也好，成婚後他們倆單獨過日子，她也不用每次見到孫媳就下跪請安，對她而言再好不過。

「我老了，過年之後，我就回洛陽祖宅。弘兒已經長大，長安就交給你們父子，我也沒什麼好操心的了。」

桑老夫人當初是為了大公子的婚事而來，待孫子婚事完成後回老家，也沒有什麼丟臉，總好過天天在長安面對飛上枝頭變鳳凰的孫媳。

雲舒全然不知桑家的事情，一心忙著遷居。

平棘侯府上下忙著收拾雲舒進宮要帶的東西，丹秋、紅綃、天青、綠彤、靈風五人身為雲舒的貼身丫鬟，要一起帶進宮裡，加上雲舒也要把雪霏帶在身邊，七個人的行李實在不少。至於當初在雲莊伺候她的月亭與月容，此次並未跟來長安，順勢留在吳縣了。

當初得知消息時，丹秋驚喜到有些恍惚，反覆詢問雲舒是怎麼一回事，不敢相信這個事實。

雲舒解釋了好幾次，告訴丹秋這不是錯覺，她才如夢初醒忙碌起來。雪霏還小，不太懂到底發生了什麼變化，只是在知道不能跟小虎還有周子冉在一起後，非常不開心。

周子輝得到音訊後，送來厚禮祝賀，並把周子冉接回去了。

從宮裡來接雲舒的人馬到了平棘侯府，薛默及侯府眾人高興地把雲舒送走，雲舒向眾人揮手，忽然覺得有些失落。

從一個家到另一個家，家人不一樣，生活也會截然不同。

雖然只會在宮裡待到出嫁那一天，可雲舒已經能夠預料到，這些日子必然不會平靜。

雲舒進宮由皇后親自接待，皇后一早就在後宮正門等她，熱情地將她迎入宮中。

雲舒跟著陳嬌走在一起，從側面打量她的長相。其實陳嬌長得很好看，明媚大方，只是眉宇間透著一股驕縱之氣，讓人有些不舒服。不過她沒有太多陰謀陽謀，喜歡就是喜歡，不喜歡就是不喜歡，個性十分乾脆，接觸起來倒也簡單。

來到為雲舒準備的玉堂殿，幾十名宮人全都列隊兩側，跪迎公主回宮。

雲舒看著這些宦官、嬤嬤、宮女跪了滿地，努力壓制著心底的不適，接受他們叩拜。

陳嬌帶她到大殿坐下，招手喚來兩名嬤嬤說：「這是妳的主事嬤嬤，余嬤嬤和桂嬤嬤。我聽說余嬤嬤以前服侍過崔夫人，便把她賞了妳，想必她一定會全心侍奉妳。桂嬤嬤是皇上特地挑的，也是個能幹之人，皇妹以後儘管差遣她們兩人就是。」

雲舒看向垂首站立在下面的兩人，余嬤嬤依然跟雲舒之前偷偷見她時那樣，面色平靜無波，不知心裡想些什麼。桂嬤嬤臉上則掛著濃濃的笑，熱情萬分。

陳嬌又招手喚來一名宮女，說道：「她叫夏芷，是妳殿裡的女官，掌妳殿中一切大小事務。」

雲舒睜大眼睛看向身穿桑紫色女官服的夏芷，她正是與雲舒有過數面之緣的宮女。

夏芷盈盈一拜，笑著向雲舒問安，神色一點也不驚訝，彷彿早就知道自己要服侍的公主是雲舒一般。

貼身伺候雲舒的，依然是雲舒帶進宮那幾個丫鬟。這些人因為不久後就要隨雲舒出嫁離宮，並未上宮籍，雲舒進宮前便囑咐她們少在宮中行走，安靜在玉堂殿待著。

原本有些擔心宮女會欺負她帶來的丫鬟，現在一見掌管宮女的人是夏芷，雲舒的負擔頓時輕了一半。

雲舒帶進宮的行李已由宦官搬了過來，陳嬌就說：「皇妹收拾東西吧，我先回去了，待會兒到我那邊用膳。」

雲舒應允，笑著把皇后送走，接著便要余嬤嬤帶丹秋、紅綃還有兩個宮女收拾行李去了。而桂嬤嬤則被雲舒差遣著去照看雲雪霏，只留下夏芷和幾個貼身丫鬟在身邊。

雲舒笑著問夏芷：「夏女官可還記得我？」

夏芷微笑而恭敬地說：「公主於奴婢有恩，奴婢銘記在心，從未忘記。公主直接叫我夏芷就行了。」

都是一個殿裡的人，雲舒也不想見外，便說：「又不是什麼大恩惠，之前又在上林苑碰到，妳已經謝過，不必再謝了。只是今後我們同在宮中，我身邊帶來的幾個人，又都待在侯府，沒見過什麼世面，少不得要妳多照看一些，別讓她們在宮中闖禍。」

說著就要天青、綠彤、靈風給夏芷見禮。

夏芷是宮中女官，受得起丫鬟們的禮，但仍然避開半個身位，客氣地說：「公主放心，一定不會給公主添亂的。」

雲舒思忖著，她怎麼就這麼好運？安置到她身邊的人，都跟她有淵源，可以放心任用。覺得沒有天上掉餡餅的好事，又想到大公子為她在侯府安排的四個丫鬟，雲舒就覺得余嬤嬤、夏芷等人能來服侍她，少不了是大公子在其中安排，又覺窩心了幾分。

王太后跟幾位太妃住在長樂宮，離未央宮有一段距離。王太后平日不強求宮妃每天都要晨昏定省，只說逢五去向她問個安，平時多走動陪她說說話便好。

雲舒剛剛進宮，自然不敢懈怠，早早就起床乘車去長樂宮向太后請安。

陳嬌、衛子夫都知道雲舒今天早上一定會去向太后請安，自然也起得很早，驅車前往。

還未出未央宮，三輛馬車就遇見了，陳嬌高高興興地跟雲舒互道早安，卻對衛子夫橫眉冷對，喝斥道：「妳不好好養胎，又是要折騰什麼？太后娘娘不是說了嗎？皇嗣最重要，要妳不用去給她老人家請安了，妳沒聽到嗎？」

衛子夫雙手交疊在小腹前，微微有些顫抖，她抱歉地看了雲舒一眼，重新坐車回去。

陳嬌拉著雲舒說：「妹妹坐我的車吧，我們一道過去。」

雲舒依言坐上皇后的馬車，兩隊人馬合二為一。

陳嬌勾著雲舒的手，問她睡得習不習慣之類的話，雲舒一一回答了。

為了避免阿楚往後可能會因皇后遭遇禍事，雲舒想了想，抓緊機會試探性地說：「皇后娘娘，有些話我雖不當說，但想到娘娘待我這樣好，縱使說了會惹娘娘怪罪，我也要說。」

陳嬌嚇了一跳，說道：「自家妹妹，說這見外的話做什麼？」

雲舒輕聲說：「我以前在民間曾聽說，皇上為了娘娘專門鑄造金屋，兩人十分恩愛。可後來不出幾年，衛子夫出現了，帝后離心，全然沒有以往恩愛的樣子。」

陳嬌被雲舒勾起往事，想到他們青梅竹馬一起長大，還有劉徹當年「金屋藏嬌」，又想起現在兩人一見面就吵架，他卻對衛子夫百般疼愛，陳嬌就氣得胸悶。「都是那個女人的錯，若不是她，彘兒怎會這麼對我？」

雲舒握住陳嬌一隻手，諄諄善誘。「皇后真的認為是衛夫人的原因嗎？」

陳嬌不解地問道：「難道還有其他女人？」

雲舒搖搖頭說：「不是女人的問題，而是因為一個男人的自尊。」

陳嬌第一次聽到這種論調，十分不解，雲舒細細解釋道：「皇上繼位之前，因陳家支持才得到太子之位，後來登基，更是依靠陳家的幫助，才能鎮壓住各諸侯王的異心，皇后娘娘和陳家對皇上有大恩。」

陳嬌絲毫不避諱這一點，很得意地說：「那是當然，若不是母親和我，他怎麼做得了皇帝？」

「可也正是因為這份恩情，讓皇上在皇后面前抬不起頭、直不起腰啊！」雲舒此語令陳嬌愣了半晌。

「皇后和館陶長公主認為自己對皇上有恩，所以要求皇上對妳好，對妳們百般順從，一有不如意，便翻出舊事，館陶長公主早年甚至揚言要換掉皇帝。可有此事？」雲舒低聲問道。

陳嬌怯怯地點頭說：「是……可是母親只是嚇嚇他，想要他對我好一些而已。」

雲舒搖頭道：「皇后不曾站在皇上的立場思考，妳們這麼做，只會讓皇上覺得陳家挾恩求報，事事要聽從妳的，在臣子面前沒有皇帝的威嚴，在妻子面前沒有丈夫的尊嚴。」

陳嬌聽得有些發怔。她向來都是聽自己的母親說陳家付出多少，劉徹當了皇帝就翻臉不認人，他當初對她好，也只是要利用陳家……

陳嬌本來就是一點就燃的性子，覺得劉徹對自己不公平，內心有很大的怨氣，又因為生不出孩子，少了點依靠，讓她覺得吃了虧卻無處訴說。再加上天天看著劉徹對衛子夫百般寵愛，她哪能對劉徹說出什麼好聽的話……

雲舒稍微緩了緩，又說：「衛夫人出身卑微，在皇上面前溫柔恭順，不敢有絲毫違逆，皇上就是她的天和地。跟她在一起，皇上才覺得自己是真正的帝王跟大丈夫，這樣的女人，男人自然喜愛。哪怕不是衛夫人，平陽公主當初送的是其他歌女，情況只怕也一樣。」

陳嬌的臉色愈來愈蒼白，她顫抖地問道：「這些，是皇上告訴妳的嗎？他真的是這麼認為的嗎？」

雲舒搖了搖頭。「皇上並沒說過這些話。我只是覺得當局者迷，旁觀者清，說說我的想法而已。娘娘若覺得我說得不對，就當我胡言亂語一番吧。」

陳嬌悶悶地不作聲，顯然在認真思考雲舒說的話。

馬車行駛到長樂宮，雲舒輕輕扶住陳嬌，提醒道：「娘娘，到了。」

陳嬌回過神來，點頭跟雲舒一起下車。

經宦官傳報，她們兩人一起往太后的寢殿走去。路上，雲舒在陳嬌耳邊提醒道：「娘娘先別想那些事了，妳臉色不太好呢，太后看到必然會問的。」

「啊……」陳嬌腳步一頓，捏住自己的雙頰掐了掐，讓臉蛋看起來紅潤一些，這才和雲舒一起進去。

等到請安回來，早有工造司的手藝人在玉堂殿裡等待雲舒，為她量了尺寸做嫁衣，又拿衣服繡樣和鳳冠圖樣來讓雲舒挑選。

雲舒以為被拘束在宮裡的日子會很難熬，誰知每天被人探望、回訪、學禮儀、畫衣服圖樣，不知不覺間，竟已經到了十月底。

第一二七章　世子邀宴

雲舒正伏在小案上畫圖，下面墊著雲紙，手中握著用布條纏過的黑炭，就像用鉛筆在白紙上畫圖一樣方便。只可惜沒有橡皮擦，若畫錯了，不太好改，所以雲舒下筆格外慎重，旁邊的人也不敢隨意打擾。

夏芷輕手輕腳地走進來，站在一旁等雲舒停筆，等雲舒畫完一幅圖後，她才說道：「公主，明天平棘侯府為世子設宴，侯爺送來帖子請您赴宴，要去嗎？」

雲舒一直在等平棘侯府來信，便點頭說：「當然去。」

宴席當天一大早，雲舒帶了雪霏，還有余嬤嬤、桂嬤嬤、紅綃等人一起出宮。

平棘侯府大門洞開，迎接八方來客。

當管家經傳報知道長安公主的車駕到了，立即叩拜相迎，直接把車駕接進府中，直到內院才停下。

雲舒彷彿回到自己家裡一般熟悉，熟門熟路地跟著引路丫鬟往平棘侯夫人迎客的廳堂走去。

平棘侯夫人已收到消息，帶著葉氏和一干賓客出廳相迎。見到雲舒神采奕奕地走來，連忙笑著向她叩拜行禮。

雲舒怎能安然受她叩拜，連忙幾步上前，雙手托住平棘侯夫人說：「夫人快快請起，我怎麼受得起妳如此大禮！」

平棘侯夫人一臉欣慰地站起身來，拍著雲舒的手背說：「您如今貴為公主，自然受得起。」

一個是長安公主，一個是平棘侯夫人，尊卑有別。不過雲舒堅持不要她叩拜，她也就不強求了。

雲舒如今成了賓客中身分最尊貴的人，葉氏和其他女賓一起向雲舒行禮，請雲舒坐到客廳上座，敘起話來。

平棘侯夫人問雲舒在宮裡住不住得慣，又問了一些大婚準備事宜。

旁邊的人在下面坐著，或三兩人低聲說話，或獨自品茶吃果，但眼神都時不時地朝雲舒打量。

長安貴婦對雲舒的了解很少，只聽說皇上突然多了一個妹妹，封了長安公主並賜婚。有人以前常常光顧弘金閣，覺得雲舒眼熟，卻不敢隨意指認。有人的消息靈通一些，知道平棘侯世子是從雲舒名下過繼到侯府的，便不斷猜測這孩子會不會是長安公主的私生子？生父又是誰？

說話間，薛默已由丫鬟陪著，來到雲舒跟前。

多日不見雲舒，薛默再看到她，覺得很開心，快步走上去行禮，並喊道：「姑姑，默兒好想您！」

雲舒看他通身大紅色，很是喜慶，於是笑著把他摟在懷裡說：「一段日子不見，我們默兒好像長大、長高了不少。」

平棘侯夫人忍不住誇道：「公主，默兒可懂事了，教書的先生說他學東西快，老侯爺帶他出去見人，他也不怕，還應答得很好。」

雲舒在心中偷樂。活了幾輩子的人，若還做不好小孩子能做的事，那就真的笨死了！

一旁的雪霏則坐立難安，沒多久就拉著桂嬤嬤跑去看小虎。

今天賓客多，雲舒擔心出事，便叮囑薛默說：「快跟上去瞧瞧，別讓他們把小虎放出來，嚇到其他賓客。」

薛默笑著追去，沒多久又折了回來。「他們沒把小虎放出園子，只是跟著雪霏追進園子的嬤嬤嚇暈過去了。」

「呀！」雲舒和滿堂女賓都嚇了一跳。

雲舒趕緊起身對平棘侯夫人說：「我過去看看。」

平棘侯夫人命葉氏一起去瞧瞧，把人安置好，別鬧出事情。

薛默卻說：「娘還是別去了，小心把您也嚇到。」

老虎雖然養在侯府，但除了專門飼虎的人和薛默，其他人都不敢靠近，葉氏更是看都不敢看。

雲舒也笑著說：「是啊，我去看看就行了，這兒還有客人，給大家添亂，我過意不去。」

得了夫人和葉氏的同意，雲舒與薛默從客廳裡出來，雲舒疾步往虎園走去，薛默卻拉住她往另一個方向走。

「咦？小虎換園子了嗎？」雲舒不解地問道。

薛默笑著說：「那位嬤嬤沒事，已經被抬去休息了，我是帶您去見別人的。」

兩人走的方向是往薛默的秋菊苑而去，雲舒眼神一亮，問道：「誰在那邊？」

薛默便扳著手指說：「師父前兩天回長安了，就住在侯府裡，桑叔叔今天一早就來了，兩人在我書房中說話呢，就等姑姑過去了。」

男賓和女賓分別在前院和後院，基本上碰不到面，只有透過中間人相約才能碰頭，雲舒雖想過今天也許能見大公子一面，卻沒想到墨勤真的從北疆趕了回來。

「墨大哥回來了呀，走，我們快些！」雲舒迫不及待地說。

快步走到秋菊苑，院裡沒有旁人，丫鬟、小廝都被支開了，只看到半開的竹窗內有人影晃動，房裡傳出斷斷續續的談笑聲。

熟悉的聲音飄入耳中，雲舒臉上的笑容已止不住蕩漾，她快步上前，推開半掩的房門，喊道：「大公子、墨大哥，你們來啦！」

大公子起身微笑地看著雲舒，臉上的表情一如既往，好似三月的暖陽，溫柔而舒適。

雲舒看向多月不見的墨勤，當下愣住了；墨勤看向雲舒，也呆在位子上。

雲舒之所以吃驚，是因為墨勤已不同數月前的模樣，不僅黑了很多，還長了一臉落腮鬍，身體結實強壯，十分威武，有一種不言而喻的強大氣場，與這麼些年跟在雲舒身邊那個總是默不作聲的沈默男人，好似兩個完全不同的人，教她怎麼能不吃驚？

而墨勤的驚訝也不小，他緩緩打量著雲舒，感嘆道：「差點認不出來了。」

哪怕雲舒不喜歡繁瑣的打扮，但礙於公主身分，也得穿華服、綰高髻、戴首飾。如今耀眼美麗的她，已不再是之前那個穿著素布衣服、東奔西走的小姑娘了。

大公子看到兩人都在發呆，笑著對雲舒說：「過來坐下說話吧，一段時間沒見，應該有很多話要說才是。」

雲舒這才笑著到他們兩人身邊坐下。

墨勤對於雲默變薛默並成為世子的事情很是驚訝，對雲舒變成長安公主更是震撼，問了細節之後，不禁嘆道：「不過數月未見，竟已發生這種改天換地的大變化，如何不讓人震驚？」

感嘆了兩聲，墨勤又笑著問起雲舒和大公子的婚事。「聽說婚期訂在十二月？」語氣中似乎有點驚嘆速度太快了。

尋常人家嫁女兒，行完六禮就得花個一年半載，婚期甚至要拖兩、三年，想不到這兩位馬上就要在兩個月後完婚。

雖然有些意外，但這也是意料之中的事，畢竟已經盼了好些年了。

兩人一起點了點頭，大公子笑著說：「有錢沒錢，娶個媳婦好過年，我實在不想再等了，再說聘禮、嫁妝、司儀、新房，這些都沒有什麼好特別挑的，準備起來倒也快。」

皇家公主成婚都有規制，一切有舊例可循，準備起來的確很方便。

雲舒聽到大公子語氣中的急切，不禁笑了出來。想到一事，她又問道：「墨大哥，你這次回長安後，不再回北疆了吧？」

墨勤想了想，說道：「還是會再去一趟，很多門人尚在那邊。」

雲舒露出些許失望之色，追問道：「什麼時候走？來得及參加我的婚禮嗎？」

墨勤笑著點頭說：「自然會參加，我回長安還有點事，最快也得等到明年開春才去北疆。」

聽到這個回答，雲舒高興很多。

大公子又告訴雲舒：「大平、馬六、墨鳴、墨非，都收到妳要成婚的消息，全部準備過來道賀。他們因聯繫不上妳，所以我這邊就作主安排了。」

按理說那些人是雲舒的「娘家人」，可依雲舒現在的情況，實在不方便接待，只好全交給大公子。

幾個人坐著說了許久的話，薛默的丫鬟金翹前來尋他。「世子，侯爺在尋您，說有貴客到訪，要世子過去見禮。」

薛默站起身，眼珠子一轉，對墨勤說：「師父陪我一起去吧，我還有好多事情要向師父請教呢。」

墨勤微微一笑，懂了薛默的意思，便起身跟他一起離開秋菊苑，為雲舒和大公子製造兩人世界。

大公子起身送墨勤時，說道：「那我明天再到侯府拜訪墨先生。」

墨勤身為墨家矩子，大公子稱他為「先生」，以表敬意。

墨勤點了點頭，向大公子抱拳道別。

等到只剩下他們兩人，雲舒好奇地追問道：「咦，你跟墨大哥在商量什麼事嗎？」

大公子牽著雲舒的手重新在窗邊坐下，說道：「嗯，墨先生繪了一幅很詳盡的北疆邊關地圖，其中還有一些匈奴軍事要塞的位置及天險，十分有用。李廣將軍寫了一份引薦信，要我幫他把地圖呈送給皇上。」

地圖對戰爭非常重要，墨勤這幾個月在北疆果然沒白忙。

大公子很珍惜跟雲舒獨處的時間，不願再說旁人的事，拉著雲舒的手問道：「在宮裡住得怎麼樣？沒有人為難妳吧？」

雲舒嫌大公子貼得太近，輕輕推了他一下，說道：「皇上明著重視我，皇后暗著照顧我，連衛家也對我有討好之意，哪有人敢為難我呀？」

大公子開心地說：「那就好。」

雲舒忍不住問他：「大公子是怎麼做到的呀，連皇宮裡的事都能管得著？」

大公子做出「噤聲」的手勢，說道：「我是外臣，哪能插手後宮之事。只不過事有湊巧罷了……」

他愈是這樣說，雲舒愈想知道，大公子受不住雲舒的請求，一股腦兒全說了出來。

皇上重視雲舒，除了因為雲舒的確是他失而復得的妹妹，還有一個重要的原因，是因為雲舒能牽制田蚡。雖然雲舒沒明確感受到自己這個作用，但根據大公子所說，她跟劉陵兩人的親密來往，已成了田蚡的心頭病。
皇后陳嬌願意幫她，則是因為大公子的緣故。陸先生和阿楚一個幫皇后調理身體，一個貼身服侍，都是她的親近之人，更重要的是，皇上多次對陳家不滿，都是大公子暗地幫助他們，才讓皇上沒有對陳家下手。這些事情陳嬌或許不知，但館陶長公主卻是比誰都清楚。
至於衛家，更有意思。只因大公子在壽春抓住衛長君企圖幫助卓成逃跑的把柄，衛家人就噤若寒蟬，生怕引出什麼事端，惹得皇上懷疑他們。衛家迄今為止，所有的一切都是仰仗著皇上的寵愛，他們自然倍加珍惜，又怎敢得罪雲舒？
聽他說完，雲舒搖頭笑道：「這能說是湊巧？」
有些東西是雲舒早期埋下的種子，有些事是大公子自己引的線，但不得不說，不論哪一種，大公子都運用得很好。不僅達到自己的目的，還能在皇上、陳家、衛家之間找到平衡點。難怪大公子這幾年愈來愈紅，官雖不大，卻是個十分重要的人物。
雲舒歪著腦袋想事情，大公子伸手撥弄著她插在腦後的金蝴蝶簪子，簪子頂端的金蝴蝶停在雲舒耳朵後面的髮髻上，振翅欲飛的模樣十分逼真。由於金蝴蝶翅膀能輕輕顫動，大公子似乎覺得很好玩，一下又一下撥弄著。
「首飾、衣服都還夠用嗎？」大公子關切地問道。
提起這個，雲舒忍不住嗔怪。「我竟不知你在我進宮的行李中塞了那麼幾箱貴重首飾。天青她們收拾出來時，我還以為我錯拿了侯府的東西進宮呢！」
大公子笑嘻嘻地說：「宮中那種地方，這些東西少不了，妳一向不在意這些，我自然要幫妳準備齊全。」

雲舒微微有些臉紅，自己身為女人，飾品還要男人幫忙準備……但她依然嘴硬地說：「我一進宮，皇上、皇后、太后就賞了我好多東西，用都用不完呢。」

大公子卻十分自信地笑著說：「他們那些用過的舊東西，哪有我給妳的好？」

雲舒嘖嘖嘆道：「我還是頭一回聽到有人嫌棄御賜的東西不好。」

大公子立即換了表情，一臉的稀罕勁兒。「誰說御賜的不好？我覺得好極了，天底下沒有比皇上御賜的婚姻更好的了。」

大公子轉著彎跟雲舒打趣，逗得雲舒一陣陣笑。

兩人聊著天，總覺得話說也說不完，可是他們畢竟是來參加宴會的，不能一直待在這裡。見時間差不多了，雲舒就要回前面去吃宴席。

大公子送她過去，在路上說：「吃完宴席，妳就說要午休，到時我帶妳去一個地方。」

雲舒好奇地問道：「去哪兒？」

大公子卻故作神秘地說：「提前說就沒意思了，等我來找妳。」

把雲舒送到後院的宴廳附近，大公子就繞道去前院。雲舒走了沒幾步，就見紅綃在侯府丫鬟帶領下四處尋她。

紅綃眼尖看見雲舒，連忙走過來說：「公主，侯府夫人四處尋您，說是要開席了，怕客人太多，衝撞了您，要我們帶您過去呢。」

平棘侯府的後院為女眷開了三個院子的席位，一眼望過去，密密麻麻的，少說有上百人，更不消說前院男賓有多少人了。

雲舒被引到平棘侯夫人身邊的上席坐下，雖然周圍坐的都是上流社會女眷，但人多難免鬧哄哄的，周圍的人跟雲舒說了什麼，她都聽不太清楚。

笑著一一應付過去，雲舒轉頭喊來紅綃，要她去找雪霏來吃飯。只是紅綃剛準備去找，就見桂嬤嬤帶著孩子回來了。

桂嬤嬤臉色蒼白，鬢角的頭髮有些雜亂，眼神恍惚，看得出她仍心有餘悸。

雪霏倒是玩得滿面通紅，她小跑到雲舒身邊，挨著她坐下，二話不說就把呈上來開胃的五生盤吃了幾筷子。

五生盤是用羊、豬、牛、熊、鹿五種肉拼成的花色冷盤，尋常人家根本吃不到，桂嬤嬤看雪霏吃得急切，怕其他賓客看了笑話，以為她沒見過好東西，出言就要阻止。「小姐，慢慢吃，還沒開宴呢。」

雲舒倒不拘束這些，笑著說：「不打緊，小孩子嘛，玩餓了就讓他們先吃吧。」看了一下桂嬤嬤的面色，雲舒又說：「嬤嬤下去歇著吧，不用在這裡伺候了。養好精神，下午才好管束這個混世魔王。」

桂嬤嬤尷尬地笑了笑，許是真的有些疲倦，謝過雲舒就下去了。

雲舒望著桂嬤嬤蹣跚的腳步，心中不斷犯疑。第一次見到老虎，被老虎嚇暈過去，她能夠理解，但清醒了這麼久，依然沒緩過神來，還滿臉憂愁，就讓人不明白了……

若她是因為害怕而膽顫畏懼，那是膽子小，可她分明是憂慮不安……

想了想，雲舒對紅綃說：「桂嬤嬤身子不舒服，妳去照看著，順便取些吃的幫她送過去。另外……打聽一下她們去虎園的路上可有發生什麼事？」

紅綃機敏地點了點頭，迅速跟隨桂嬤嬤出了宴廳。

第一二八章　明哲保身

待宴席稍歇，葉氏就招呼賓客去花園看樂舞百戲，那邊搭了很長的臺子，十分壯觀。

雲舒記得大公子說要帶她出去，就推辭說想午歇，不想去看。

葉氏狀甚可惜地說：「公主不去看看嗎？是父親特地從西南請回來的班子，聽說技藝超絕，不看可惜啊！」

漢代的百戲跟後世的百戲不太一樣，並不是戲劇，而是類似雜耍，有翻筋斗、倒立、柔術、戲車、戴竿、繩技，對於不出遠門的婦人來說，吸引力確實很大。

雲舒搖頭說：「可能是最近忙著準備各種事情，有些累了，在宮裡尚不覺得，出來走幾步就犯睏。」

葉氏不再強求，說道：「那公主好生歇著，您之前住的香蘭苑還為您留著，去那裡歇一會兒吧，等晚些若覺得精神好了，再來看也不遲，百戲一直要耍到晚宴之前呢。」

雲舒自然答應下來。

紅綃已經從桂嬤嬤那邊回來了，兩人一起走向香蘭苑，紅綃說：「聽當時領路的丫鬟說，桂嬤嬤在路上遇到田夫人，田夫人喊住桂嬤嬤，不知說了什麼話，桂嬤嬤臉色就變得很難看，恍惚中走到虎園，還沒見到小虎，只聽得一聲虎嘯，就暈了過去。」

雲舒問道：「遇到的是田丞相的夫人？」

紅綃點了點頭。

雲舒心中稱奇，這兩個人怎麼扯上了關係？一個是多年生活在深宮中的老嬤嬤，一個是深居簡出的丞相夫人，她們之間說些什麼？雲舒很好奇。

不過這事並不急，當下雲舒得先把眼前的事情安排好。

她吩咐紅綃說：「我一會兒要出去，若有人找我，妳就說我在休息，若是侯府的人要進房看我，不妨直接對她們說我出去辦點事，不用找。等桂嬤嬤那邊休息好了，要她去找雪霏，孩子們肯定在府裡玩，跑不遠。」

紅綃並不多問雲舒要去哪兒，只是乖巧地一一記下。

雲舒來到香蘭苑坐下，喝了一杯茶歇了一會兒，大公子就找了過來。兩人避開賓客，從後院側門出去，乘了輕便馬車離開侯府。

雲舒坐在馬車裡，忍不住向窗外望去。平棘侯府座落在達官貴人群聚的朝陽大街上，左右相鄰的都是大戶人家，極少有平民和商販往這邊來。

馬車穿梭在朝陽大街背後的小胡同裡，十分安靜，兜兜轉轉，一直在這附近轉繞，並未到很遠的地方去。

待到了朝陽大街最西端，馬車停了，大公子帶著雲舒下車，站在一座正在修繕，尚未掛牌匾的府邸門前。

雲舒抬頭一看這座府邸，立即就明白了，她驚喜地問道：「這就是我們的新房？」

大公子點頭道：「嗯，因是由內向外修的，大門尚未弄好，我們先去園子裡看看吧。」

「好。」雲舒已忍不住主動提步上前。

敲了敲大門，門房見是大公子到來，急忙行禮，瞥見他身旁穿著富麗的女子，不用猜也知道是新封的長安公主，連忙跪下來磕頭。

大公子吩咐道：「去跟顧清和旺叔說一聲，我帶公主來看看，要他們通知下去，命工匠們稍避開一會兒。」

婚期在即，還有許多東西沒有弄好，工匠都是沒日沒夜地趕工，大公子也不敢要他們提前空出這一天，就怕請不來雲舒，反倒誤了婚期。

雲舒隨著大公子往裡面走，一面看著各處正在翻新的屋梁，一邊問道：「聽說這座府邸，是大公子主動獻出來做公主府的？」

大公子牽著她的手，點了點頭說：「皇上原本指了幾處府邸準備讓妳選，但我覺得有些破舊，即使修整，也修不出什麼好模樣。既然是我們兩人以後長久要居住的地方，我就想挑處好的，省得日後再搬家。這座府邸位處朝陽大街最西端，雖然偏僻了些，但很清靜，也方便擴建。所以我向皇上請求，把西邊百畝地討了過來，擴建成後花園。」

「這麼大？」雲舒驚奇地問道。

大公子卻笑著說：「對妳的公主身分來說，並不算大。若不是再往西就要面臨莊稼田地，還可以更大一些。」

雲舒笑著說：「耕作田地可不能占，那是百姓的命根子呢。」

大公子也點頭說：「正是這個理。」

兩人聊著天，往裡面走去。門窗和欄杆都換了新的，屋裡空蕩蕩的，家具還未擺放進來。外院沒什麼好看的，因是接待人的場所，講究氣派和莊重，沒有什麼很特別的地方。可能是因為這間宅子年月較久，所以庭院的樹木非常繁茂，雲舒看了很喜歡。

待到了後院，彷彿進入一個新天地。新建的亭臺樓閣被遮掩在深碧和假山之中，連綿的廊橋在樹林裡將座座樓閣連在一起，橋下有活水流過，假山周圍有池塘圍繞，走在其間，有如置身深山幽谷之中，格外愜意。

雖然時不時還能看到雜亂堆砌在一塊兒的沙石，以及一些躺在路邊等待種植的花草，但雲舒已能想像，等整座府邸全部修繕好，會是怎樣的別致出塵。

看到雲舒滿臉欣喜，大公子勁頭更足，帶著雲舒四處觀看。

一般人家的後院會被分割成數個小院子，有獨立的院門和圍牆。然而大公子修建的公主府後院卻以樹木為障，每個地方既有獨立的空間，看起來卻也渾然一體，絲毫不破壞園林的整體感。

「春天我們住在牡丹閣，夏天住在芳荷亭或蕙蘭水榭，秋天住在飄桂樓或麥香舍，冬天就在寒香苑賞梅或冬石院賞雪。」

大公子為雲舒描繪著美好的生活藍圖，雲舒十分感動且激動，不知道說什麼才好。

看出雲舒一臉感動，大公子摟住她的肩，往他懷裡一帶，寵溺地說了句：「傻瓜。」

雲舒吸了吸鼻子說：「大公子花這麼多功夫修建後院，前院卻還沒理出個模樣。我看後院已經很好了，大公子還是趕緊把前院修繕好吧。」

後院主要是雲舒的活動區域，大公子以後肯定要在前院待客，雲舒看他一心為自己著想，不為自己打算，有些不安。

大公子卻說：「這裡是妳以後要住的地方，我自然要修到最好，外院不管怎麼收拾，等裝扮上新婚的紅綢，總歸能待客。不能為了面子，丟了裡子。」

雲舒想想也是，前院格局沒什麼要修改的，到時候挑一些好的家具和新奇的布景，擺了自然就有氣勢。後院是關起門來過小日子的地方，是該多花些心思。

大公子又說：「這次多虧墨先生幫我引薦一批墨者工匠，他們的奇思妙想和精湛手藝，讓我開了些眼界。」

雲舒點了點頭，難怪後院的造景這麼奇特！

由於府邸太大，雲舒走著走著就累了，偏偏屋子裡的家具沒來得及佈置，沒有地方坐，只能在林子的石凳上歇息。

「今天帶妳過來，一是想讓妳先看看是否滿意，再者，想讓妳瞧瞧有沒有需要修改或新造什麼，我叫人加緊添上。」大公子說道。

雲舒搖了搖頭。「我不懂這些，再說，我覺得很好、很喜歡，就依大公子的意思做吧。」

大公子幫皇上修葺過上林苑，知道怎麼規劃佈置，又有墨者幫忙，精細之處就更見細巧，的確沒有需要雲舒操心的地方。

雖然她想用一些現代的東西，例如羽絨被、綠豆枕、百葉窗，讓生活更舒適，但那些等以後住進來了再弄也不遲，何必現在給大公子忙中添亂呢？

轉眼間已是十一月中，雲舒早上醒來時，覺得格外寒冷。天青已經準備好了棉襖，在火爐上烘熱了，等雲舒起床。

「今天怎麼這麼冷……」雲舒喃喃說道。

天青一面把衣服捧上，一面說：「公主，昨夜下雪了，今年第一場雪就下得這麼大，看來今年冬天會很冷呢！」

雲舒迅速穿上衣服，趴到窗邊去看雪。果然，窗外的未央宮一片雪白，紅色的屋頂全被遮住了。

「公主快把窗戶關上吧，剛起床，小心著涼。」天青叮嚀道。

雲舒把窗戶關上，搓了搓手，坐到梳妝檯前由天青為她打扮。

因這場大雪，宮人往各個宮殿裡送炭，生怕不夠用，皇上那邊也賞賜了皮手套和皮帽，以備她們出門賞雪用。

正說著話，就有宦官前來傳話。「公主，皇上請了工匠前來做雪雕，請公主移步到清涼殿觀看。」

清涼殿的後殿裡，建有一個冰池，上面豎著一座用雪堆成的巨山，旁邊架了幾個木梯，五名工匠正垂首站在一旁待命。

劉徹見雲舒來了，指了指旁邊的位子說：「來，快坐下。」

等皇后眾人也到了，劉徹就下令讓工匠開始雕刻。幾個工匠爬上木梯，揹著刻刀、鑿子就開始作業。

劉徹興致很高地問道：「妳們猜猜朕要他們雕什麼？猜中了朕有賞。」

陳嬌急忙說：「皇上給個提示，不然這怎麼猜呀！」

劉徹搖頭說：「妳猜不著可以不猜。」

陳嬌不服氣，想了半天，說道：「我猜歲寒三友。」

歲寒三友是以松、竹、梅三種耐寒植物構成圖案，頗為符合當下的時節，寓意也很好，陳嬌猜這個，算比較中規中矩。

不過劉徹只是笑，不說對錯，而是轉頭問雲舒：「皇妹妳猜呢？」

雲舒看了看池中的雪雕雛形，雪塵飛揚中，雲舒只看到最下端的工匠雕出一片斜紋和波紋組成的圖像，很像海水。

雲舒在腦海中想了想歷代帝王喜歡的畫面，便猜：「是不是『一統山河』？」

一統山河是指在一片海水上面立幾座尖狀山石，遠處水天交接之處，一輪明日正緩緩昇起。

劉徹聽了也沒說對錯，只是大笑起來。

陳嬌問道：「我們到底有沒有猜中的呀？」

劉徹笑著說：「妳們等會兒看就知道了。」

工匠的技巧很強，不僅雕刻迅速，手法和身姿也具觀賞性。三人一面看，一面討論。正說著話，就聽宦官通報說衛夫人來了。

陳嬌的臉色頓時一沈，連劉徹的眉頭也皺了起來。

衛子夫的肚子已有些顯懷，加上冬天衣服穿得多，走起路來很臃腫。

劉徹走下座位，上前扶住她，責備道：「雪天路滑，妳怎麼出來了？不是說要妳在屋裡待著嗎？」

衛子夫捧出一雙厚襪子，說道：「今天起來時覺得天氣格外寒冷，擔心皇上批改奏摺時腳冷。想起之前為皇上織的襪子，想送過去給您，卻聽說您和皇后娘娘在這裡看雪雕，我就來湊個熱鬧。」

劉徹接過襪子，有些動容，卻不把衛子夫往座位上帶，而是說：「東西妳差人送來就好了，何必親自跑一趟？清涼殿裡寒氣重，快回去吧。」

說著也不等衛子夫回話，就對外面候命的宦官喊道：「來人吶，送夫人回宮。」

衛子夫幽怨地看了劉徹一眼，又偷偷看了看陳嬌和雲舒，十分不甘願地回去了。

劉徹把襪子交給宮人，轉身回到位子上，看到陳嬌冰冷的臉色，很不自在地咳了一聲。

陳嬌坐得筆直，抿著嘴唇死死盯著雪雕，衣服都快被她的指甲掐透了。沈默了半晌，陳嬌突然開口說：「皇上，衛夫人有孕在身不能侍寢，臣妾打算在年前替皇上選一批秀女充盈後宮，也好早日為皇上開枝散葉。」

劉徹像是看著陌生人一般看向陳嬌，一向善妒的人竟然要送女人給他，他怎能不吃驚？

「皇后說笑吧？」劉徹不確定地試探了一下。

陳嬌轉頭看向他，說道：「臣妾今日就去呈報太后，早點選些人進來，宮裡過年也熱鬧一些。」

劉徹看著陳嬌，不置可否，眼神卻一直在閃爍，思考她到底是怎麼了。

陳嬌繼續看雪雕，過了一會兒，工匠完成了，她笑著說：「妹妹猜對了，是一統山河呢！皇上給什麼賞賜才好？」

雪白而晶瑩的雪雕立在殿中冰池上，卻無法吸引這三人的注意力。

劉徹心不在焉地招了招手，宦官端了盤子上來，上面有一對碧綠的玉鐲，質地非常純淨，一看就知道是好東西。

雖然雲舒並不差這些，但這是好彩頭，她就高興地收下了。

陳嬌看完雪雕就要回宮，雲舒跟她一起告退，卻被劉徹留了下來。「皇妹稍等，朕有個東西要給妳看看。」

陳嬌因衛子夫的事情變得心情煩躁，根本不想多看劉徹一眼，於是頭也不回地對雲舒說：「皇妹，我先走一步。」

送走陳嬌，劉徹帶著雲舒來到清涼殿的中殿，裡面放著一個比一人略高、有兩個人身高那麼寬的木架，木架上蓋著紅色的綢布。

劉徹顯得很興奮。「皇妹妳看，這是什麼？」

前。

劉徹大步走過去，一把扯下木架上的綢布，頓時，一張潔淨的獸皮地圖出現在雲舒眼

這張地圖畫工精細，用不同顏色的邊界線區分不同區域，各種地理符號也十分具象，山丘、沙漠、草原、湖泊，都一目了然。

在沒有精密地圖的這個時代，這樣一幅地圖，所具有的意義，就不單單是指路導向。劉徹看著它，彷彿看到北疆遼闊的土地等待著他去征服。

劉徹在木架前走來走去。「皇妹，妳知道嗎？這就是關外的匈奴一族，他們竟有如此遼闊的大地！」

雲舒隱隱猜到這是墨勤繪製的，果然，劉徹在感嘆了一番之後，問道：「皇妹，這是桑愛卿替一位墨者所呈獻的地圖，聽說那位墨者是皇妹的人，妳同朕說一說，那個人究竟怎樣，是否可用？」

雲舒若是個不經事的小姑娘，只怕就這樣掉進劉徹的圈套裡。

劉徹一出口便是「那位墨者是皇妹的人」，已經把墨勤劃分到具體派系當中，若她沒有注意到，只怕就害了墨勤。

雲舒知道大漢還延續著部分母系社會的傳統，有許多女人都很有權勢，像已故的呂雉、竇漪房兩位太后，以及王太后、館陶長公主、平陽公主等人，都是有政治雄心的女人，而且她們也的確摻和到政事之中。

雲舒知道劉徹生長在各種母系威壓之下，先由竇太皇太后掌權攝政，現有王太后和后族

之人插手，劉徹打心底不願讓這些女人干涉他的權力。

那他又怎麼會拿這種事情問雲舒？是因為她格外得到劉徹的信任？不，雲舒從來不敢這樣高估自己。

比起信任，雲舒更覺得這是試探……

劉徹剛愎自用，只信任自己身邊的人，其他任何黨系的人，他只會利用，而不會放心重用。她以前曾為劉徹和大公子出謀劃策，當時劉徹可以放心用她，但現在她的地位和立場改變了，不得不多想幾分。

雲舒深知自己的態度，將決定大公子、平棘侯、墨勤等人未來的發展，若她表現出一絲對權力的野心和慾望，那麼劉徹就會把他們劃為同黨，加以疏遠。

想了這麼多，雲舒笑著做出驚訝狀，說道：「呀，這竟然是墨大哥畫的？太了不起了！不過皇上，您知道嗎？墨大哥是墨者的矩子哦，可不是我的人，這話若是傳出去，墨家遊俠們只怕會為矩子不平，不斷找我麻煩呢！」

劉徹挑了挑眉，問道：「不是妳的人？朕怎麼聽說他幾年前一直是跟在妳左右的。」

雲舒笑說：「墨大哥是個重道義、知恩圖報的人，只因為我以前救過他手下幾名墨俠，他就堅持要保護我還恩。現在他有更重要的事去做，而我也沒什麼危險，他就釋然了。」

劉徹點了點頭，雲舒又說：「皇上若想用墨大哥，不如寫信問一問李廣將軍的意見，這段時日，墨大哥一直在北疆幫李廣將軍做事，將軍肯定對他有所了解。說來慚愧，墨大哥雖然跟我共處幾年，但我只知道他為人忠厚老實，做事仔細認真，其他的一無所知。是否任用他是國家大事，我不敢隨便向皇上舉薦。」

劉徹對雲舒這種謹慎且不干涉的態度很滿意，真心地笑說：「是朕疏忽了，不該拿這種事來為難皇妹。」

在收到李廣的舉薦信時，劉徹就已有了大概的想法，現在確認了雲舒的態度，心中就有了定數。

待雲舒回玉堂殿後，劉徹立刻下旨召墨勤覲見。而他們誰也沒有料到，又一個人的命運從此刻發生了轉折。

第一二九章 高臺細語

未央宮銀裝素裹，一位身著素色錦衣的佳麗，在雪後稍霽的雪地上，緩緩而行。她身後跟著兩行宮人，或撐傘，或抬著肩輿，或提著暖爐。

一位撐傘的宮女細聲對佳麗說：「公主，還是乘肩輿吧，當心濕了鞋。」

佳麗搖搖頭說：「這點風雪算什麼，再大的雪我也遇過。」

這位佳麗，就是從匈奴王廷接回來的南宮公主。

自從她回到大漢，就一直陪伴王太后住在長樂宮，除了宮宴，極少來未央宮走動。她今日專程前來，是有要事。

一個宦官從遠處朝南宮公主跑來，到了她跟前，宦官回稟道：「公主，皇上此刻不在宣室殿，而是在清涼殿會見外臣。」

南宮公主點點頭說：「那我們慢慢往清涼殿走，在側殿等一等吧。」

宦官領命，弓著腰背在前面領路。

南宮公主走到清涼殿側面的引廊，遠遠就看到一個魁梧茂髯的大漢，穿著單薄的粗布衣服，在宮人引導下，走上清涼殿正前方的階梯，往殿裡走去。

她看那人穿著寒苦，不像是官宦，好奇地問引路的宦官。「那人是誰？」

那公公抬頭看了一眼，答道：「回公主，聽說那個人是什麼墨者矩子，畫了一幅北疆的地圖獻給皇上，皇上正為了這件事召見他。」

宦官或許不知墨者矩子是什麼身分，更不知北疆地圖有多大的意義，然而南宮公主卻很清楚。她在匈奴領土住過幾年，深知其中利害。

匈奴騎兵以快速飄忽的戰術著稱，漢朝騎兵速度跟不上他們，對地形又不熟悉，每每碰頭，總是吃虧。若有了精準的地圖，事情就有轉機。

穿過引廊，南宮公主進入側殿等待，可她卻情不自禁地往主殿靠近。主殿和側殿由木質通道相連，中間被厚重的薑黃色帷幔隔開。南宮公主站在帷幔後面，清晰地聽到墨勤與劉徹的對話。

劉徹詢問了墨勤一些基本資料，又問他在馬邑做些什麼事、有什麼想法。墨勤不卑不亢、不慌不忙地回答，聲音清澈果斷，鏗鏘有力。

劉徹聽他條理清楚，且對戰事有很精闢的了解，不由得點了點頭，又指著地圖說：「你同朕仔細解說一下匈奴領土的地形，還有出關後有哪些關隘和險要之地？」

墨勤領命，走到地圖前，由南向北解說，頗有些指點江山的感覺。

南宮公主靜靜聽著他解說，跟她印象中的訊息十分吻合。當她聽到墨勤說「匈奴王廷附近巡守森嚴，不及其他地方打探得清楚，或有疏漏」時，情不自禁地站了出來。

「我在王廷居住多年，也去周邊一些地方走動過，或可幫這位俠士補充一二。」南宮公主說道。

劉徹和墨勤都嚇了一跳，他們的目光齊齊移到南宮公主身上，南宮公主這才驚覺自己不該出現在這裡，一時有些窘迫。
她遮掩道：「我不知皇上在見外臣……」
劉徹對這位姊姊十分憐惜，她為大漢吃了許多苦，所以對她格外包容。他笑著說：「皇姊來得正好，妳對匈奴比較熟悉，妳來看看這地圖畫得好不好？」
南宮公主整個人頓時放鬆，笑著走了過去。
她仔細地看著，回想墨勤剛剛的解說，笑著說：「有些地方，比我知道的還要精準呢。」
劉徹高興地說：「那就太好了。」他又問：「王廷這塊區域，皇姊看看有沒有什麼要補充的？」
南宮公主回憶著王廷周圍的地貌，講述哪個方向多少里內有密林或狩獵的小路，墨勤在旁看著地圖，一一記下，卻目不斜視，對南宮公主十分恭敬。
南宮公主看到墨勤的神色恭謹，態度認真，不禁暗暗點了點頭。
三人聊了很久，劉徹對墨勤褒獎了一番，對墨者的努力給予肯定，敕封墨勤為騎郎將，協助匈奴戰事。
墨勤謝恩告退，劉徹這才問南宮公主：「皇姊今日前來，所為何事？」
南宮公主回過神，這才想起自己來這裡的初衷……可她猶豫了一會兒，終究沒有說出口，只是笑著說：「我看到下雪了，想起以前跟皇弟雪林賞梅的時光，忽然很懷念，就來看看你。」

劉徹也想起自己還是太子時，姊姊們對他諸般呵護，一起玩耍時也處處照顧他，一時有些悵然。

「皇姊若想一起賞梅，這還不好辦？朕明日就在御花園擺宴，請姊姊們都來坐坐。」劉徹建議道。

南宮公主笑著答應了。

出了宮，南宮公主的貼身宮女看她笑容滿面，就愉悅地問道：「公主，皇上答應妳搬出宮去住的要求了嗎？」

南宮公主搖搖頭說：「我沒有提這件事。」

南宮公主從匈奴領土回來後，一直住在長樂宮，吃穿用度都是宮中的。可她畢竟是出嫁的人，嫁妝和食邑早就賜到她名下，現在再回來用宮中的東西，難免會被底下的宮人嚼舌根，說些有的沒的，傳到她耳中，不由得十分氣悶，便生出搬出宮去住的念頭。

明明已經作了決定，怎麼突然又不提這件事了？

「怎麼……」宮女欲言又止，怕公主嫌她多嘴，話就停在半途。

南宮公主笑了笑，說道：「我改變主意了，再等些時日吧。」

宮女以為她是要等到陪太后過完這個年再提搬家之事，便不再多說。

劉徹答應南宮公主要辦賞梅宴，隨即往各個地方傳話，請眾人隔日進宮賞梅。

王太后、皇后、館陶長公主、平陽公主、南宮公主、隆慮公主、長安公主、淮南翁主、修成君，全部都在受邀之列。

雲舒從沒參加過賞梅宴，不知道怎麼個賞法，若是坐在冰天雪地裡，豈不凍壞了人？若是坐在屋裡，又怎麼賞外面的雪和梅？

她疑惑地喊來夏芷，說出自己的疑惑。

夏芷笑著解釋道：「這次的賞梅宴設在雪香樓，早上辰時，眾人先在雪香樓東邊的芙蓉館集合，然後沿石渠往西走，道路兩旁皆是梅林，中間有寒遠亭、儲芳榭等亭閣可以歇息，不遠處還有高臺可以登高賞雪，只要午時來到雪香樓參加宴會即可。」

原來是自由活動！雲舒頓時覺得輕鬆很多，她原本很擔心是那種唐宋時期的吟詩作對的集會。

雲舒安心睡了一覺，隔天一早起來梳妝打扮。天青沒有幫雲舒梳髮髻，而是幫她編了很好看的兩根大辮子，上面用小珍珠點綴，方便她戴帽子和圍巾。

紅綃幫雲舒戴上棕黑色的水獺皮帽，圍上又白又長的狐尾圍巾，披上猩紅色的斗篷，又塞了個銀絲暖爐到雲舒手中，這才讓靈風、綠彤陪著雲舒去賞梅。

雲舒來到芙蓉館時，王太后和館陶長公主靠著暖榻相對而坐，皇后、南宮公主陪伴坐在一旁，雲舒忙著向眾人行禮。

屋子裡的四角生了火盆，但因館內的窗戶開得很大，寒氣依然比較重，大家都沒有解開披風，而是握著自己的暖爐說著話。

有宮女上茶，雲舒抬盞一看，是她的碧螺春，不由得笑了。

館陶長公主看到雲舒的笑容，就問道：「四公主，這茶，想必就是妳的雲茶吧？」

雲舒微微頷首，說道：「是呢，這是雲茶中的一種，叫碧螺春。」

館陶長公主跟她話起家常。「我早聽說雲茶的大名了，若不是能在宮中嚐嚐鮮，我只怕還不知道它是什麼滋味，實在太難買了。既然四公主在這裡，我少不得要厚著臉皮向妳要一些了。」

雲舒笑著應道：「是我疏忽了，早該孝敬姑姑的，我待會兒就傳書，差人送到姑姑府上去。」

陳嬌湊過來說她也要，雲舒卻笑著說：「宮中的我可不管，皇后問皇上要去。」

幾個人正笑得開心，劉徹就進來了，問道：「妳們說什麼？問我要什麼？」

陳嬌收了聲不說話，雲舒只好說：「皇后問我要雲茶，我說這些東西，自該由皇上賞賜，問你要去呢。」

劉徹笑著對雲舒指了指，說：「妳呀妳，賣人情還要我花銀子，真正跟桑弘羊一個脾性！」說完，他對站在身後的貴海說：「送一斤雲茶去椒房殿。」

皇后聽了，彎起嘴角，心情很是愉悅。

滿屋子的人針對將近的婚事打趣雲舒，氣氛十分火熱。

劉徹又問：「其他人呢？怎麼還沒到？」

皇后主動接話說：「宮中的都已經到了，其他人進宮要花些時間，已經派人去問了。」

劉徹點點頭，又喝了一盞茶，就見一群人由宮女簇擁著走了過來。

平陽公主、隆慮公主、淮南翁主、修成君四人是一起來的，進來互相問安後，王太后就問道：「倒巧了，妳們四個怎麼一起來了？」

劉陵「唉唷」了一聲，來到王太后身邊，說道：「太后娘娘，您真不知道今天早上大街上有多亂！有人揚著鐵鍬剷除自家門前的雪，驚了平陽公主的馬，與我的馬車撞到一起，兩人都不得前行。瞧見隆慮公主的馬車來了，準備一起坐她的馬車進宮，偏偏車輪又壞在了半路。我們急急忙忙命僕從去找馬車，誰知半天找不來，還好修成君路過，這才載了我們一起過來。」

王太后聽得頭暈，說道：「大雪天的要妳們進一趟宮，還折騰出這麼些事，等中午開宴，妳們可要多吃一些。」

幾人紛紛稱是。

劉徹說道：「既然都來了，咱們賞梅去吧。」

眾人扶了王太后起來，依序出了芙蓉館，沿著石渠往西走。

皇家梅園果然很大，宮粉梅、大紅梅、灑金梅、照水梅各色品種不一而足。寒冽的清香隨著冷風而來，沁人心脾，又令人精神抖擻。只可惜初雪化得太快，梅枝上的積雪斑斑駁駁，不再是一片銀裝。

王太后和館陶長公主由宮人攙扶著走在最前面，劉徹陪在旁邊，幾人不知在聊什麼。

劉陵被陳嬌拉著問衣鋪的事，平陽、隆慮和修成君三人則湊在一起，她們三個人都是有孩子，今天怕孩子受凍，都沒帶出來，現在想必是在交流育兒經。

如此一來，雲舒反倒走在最後面。

雲舒從沒見過這麼多奼紫嫣紅、各色各樣的梅花，別人都耐不住嚴寒，劉徹陪著兩位長輩早早往雪香樓去了，其他人或歇在儲芳榭喝杯熱茶暖身子，或是添手爐的炭火，只有雲舒不覺得冷，要去高臺看雪。

沿著梅林走了一段，遠遠的，雲舒看到斜前方有一座銅柱高臺，約有幾丈高，十分醒目。

古人都不習慣高處，雲舒卻不怕，她對靈風和綠彤說：「妳們在這裡等我，我去上面看看就下來。」

靈風和綠彤十分擔憂，卻來不及勸阻，轉眼間雲舒已腿腳敏捷沿著階梯往高臺上爬去。

雲舒氣喘吁吁地爬上高臺頂端，往下俯視。放眼望去，甚至能看到長安城，街道縱橫相接，十分整齊。

雲舒不由覺得十分興奮，很想振臂高呼。她大口喘著霧氣，突然有冰涼的東西隨風吹到她臉上——又下雪了。

眼前的景色漸漸被風雪遮蓋，到處都是一片霧白。雲舒撐著欄杆看了一會兒，待什麼也看不清了，就準備下去。

剛一轉身，就見一個彪形大漢站在她身後，把雲舒嚇得一個踉蹌，往後急退了兩步，撞在高臺的欄杆上。

雲舒身體有些後仰，她大驚失色地抓住欄杆，正有點把握不住平衡時，大漢一手捉住她的胳膊，把她拉了回來。

「嚇死我了！真是人嚇人，嚇死人……」雲舒驚魂未定，往臺子中間站了站，這才仔細向大漢看去，這一看更是不得了！

「衛青！」雲舒驚叫出來。「你一聲不吭站在我身後幹什麼？」

衛青規規矩矩向雲舒行了個禮，說道：「卑職負責這次賞梅宴的安全，看到公主的侍女在臺下等著，猜測公主一人上了高臺。現在起了風雪，公主當心路滑，早些下去吧。」

「哦？是這樣啊。」雲舒上下打量著衛青，看他剛剛站立的地方，除了落腳的腳印，旁邊已經積了不薄的一層雪，足見衛青並不是剛剛才上來，而是在雲舒背後站了很久。

雲舒不由得笑了，問道：「衛大人在我身後站了這麼久，不知可想清楚了什麼沒有？」

衛青低頭抱拳說：「卑職不知公主所指何事。」

雲舒不喜歡拐彎抹角，於是直截了當地說：「衛大人的恩人一心想置我於死地，你剛剛有絕佳的機會推我下去，替恩人完成心願，然後可以對眾人說我是因雪滑失足墜落，皇上也不會怪罪你，你卻白白浪費了這次機會，想必是想透了什麼。」

高臺上疾風呼嘯，冰冷的雪花夾雜在厲風中打在衛青臉上，他低著頭，沈默不語。

雲舒圍著他走了幾步，說道：「衛大人，你我無冤無仇，卓成能幫助你的，我絕不會做得比他差，而且我真心希望你能跟陵姊姊兩人終成眷屬，可你我之間偏偏硬生生橫亙著卓成那樣一個人……你說怎麼辦才好呢？」

卓成如今被押在地牢，衛青不會不知道他的處境，雲舒不信他們衛家跟卓成之間會有什麼恩情道義。衛青難道敢賭上自己的前途，賭上衛子夫母子，賭上衛家所有人的性命，跟雲舒死纏到底？

不，絕不會。

果然，衛青終於開口了。「我從不知公主與卓成之間有怎樣的恩仇，也沒有興趣知道。他的仇恨與我無關，至於他對衛家的恩惠，我已幾次搭救他，仁至義盡。時至今日，公主是主，卑職是僕，卑職這一輩子只會忠於皇上，皇上如此厚愛公主，卑職又怎敢動公主分毫？」

雲舒點了點頭說：「衛大人，卓成向來都不是個好人，我相信你也明白他在利用你，你絕不會後悔今天的決定。」

衛青依舊面無表情，雲舒猜不透他心底的真意，但他既然那樣說了，她就姑且相信他吧。

風雪更大了，雲舒攏了攏斗篷說：「宴會應該要開始了，我該下去了。」

走了兩步，雲舒回過頭，對亦步亦趨跟在她身後的衛青說：「對了，衛夫人這胎雖是女兒，但你要多勸她不要過於憂慮，她遲早會生出皇長子的。」

衛青的腳像被凍僵一般無法動彈，只能盯著雲舒那猩紅色的斗篷一抖一抖地遠去。

從高臺上下來，已有宮女尋了過來，說要開宴了，皇上派人要她趕緊過去。

雲舒趕到雪香樓時，眾人都已經入席，只差她一人。

她一邊脫下被雪水浸濕的斗篷，一邊賠罪道：「讓大家久等了，我在高臺上看雪，竟然一時忘了時間。」

劉徹看她衣服都濕了，說道：「快去換件衣服，小心風寒。」

雲舒不想再耽誤大家開宴，笑著說：「不要緊，屋子裡的熱氣烘一烘就乾了。爬了一次高臺，竟然餓得厲害。」

劉徹笑著搖了搖頭，說道：「趕緊坐下吧，馬上就開宴了。」

雲舒坐在隆慮公主的下首、劉陵的上首，剛一坐下，劉陵就拉著她問道：「妳爬到高臺頂上去了？」

雲舒點頭說：「是呀，站在上面，視野還真是廣闊。」

劉陵嘆道：「妳膽子還真大，我有一次爬了一半，就覺得風吹得人站不穩，不敢再上去了。」

雲舒笑著說：「扶穩就好了。」

劉陵叮囑道：「倘若再去那裡玩，要多帶點侍衛，免得出事。」

雲舒笑著點頭，看到熱菜上來，真的覺得餓了。

席間，隆慮公主瞧見雲舒和劉陵解開斗篷後，裡面的衣服款式都是新樣子，問道：「妳們穿的就是阿陵衣鋪裡做的衣服嗎？」

雲舒和劉陵一起點頭，劉陵更積極開始宣傳自己的衣鋪。隆慮公主生產後胖了不少，許多衣服都要重新製作，對劉陵的店鋪很感興趣，也說開張的時候要過去看看。
隆慮公主又問：「妳那邊做小孩子的衣服嗎？」
劉陵看了雲舒一眼，笑著說：「要做也能做，只是才剛開店，很多事情還沒來得及做，如果公主想要的話，專門為妳做就好了。」
隆慮公主笑著說：「尋常的衣服，府裡也能做，我是想要一些樣式不尋常的。等開春之後，我就要回封地了，想讓鄉下人見識見識長安的事物。」
劉陵連忙應承道：「沒問題，離開春還早，定然來得及。」說完，就對雲舒連連使眼色，意思就是要她快畫些小孩衣服的圖樣出來。
雲舒笑著點頭。
劉陵開心地從小爐子上的熱水盅裡取出熱酒，為左右兩旁的人各斟了一杯。大家吃飽喝足就散了，劉陵再三叮囑大家，後天就是衣鋪開張的吉日，邀請眾人前去。
南宮公主和王太后一起回長樂宮，其餘人出宮去了，劉徹還有事情留在原地處理，雲舒則和陳嬌同路，一起乘肩輿回宮殿。
雲舒因為暫時解決了衛家這個憂患，心情很好，卻發現陳嬌的情緒十分低落，不由得十分疑惑。剛剛劉徹賜給她雲茶時，她明明很高興的。
「皇后娘娘，是不是吹了冷風，哪裡不舒服？」雲舒關心地問道。
陳嬌搖搖頭，咬了咬嘴唇，說道：「皇上要人折了一瓶梅給那個賤人送去了。」
原來是吃醋了！

衛子夫因為懷有身孕，劉徹不准她出門，自然不會邀請她來賞梅賞雪，只不過席間他掛念著衛子夫，怕她失落，便差人送了梅花過去。

雲舒嘆了口氣，握著陳嬌的手說：「皇后娘娘何必跟她爭這個長短？即使皇上再寵愛她，甚至她誕下皇子，只要娘娘行事端正，讓人拿不住錯處，她還能越過妳去嗎？等以後後宮充盈了，難道只有她一個人能生孩子？到時娘娘只要養一個皇子在身邊，好好教導，就算她生了皇長子又怎樣？」

陳嬌不是不明白這個道理，只是她以前太重視劉徹，覺得輸了劉徹的愛，就輸了一切，反倒疏忽了這些事情。

「真的是這樣嗎？」陳嬌低聲說道。

雲舒再次強調。「嗯，只要娘娘不給她可乘之機。娘娘要記得，妳的任何失誤，都有可能成為她的機會，不想讓她榮耀，首先就是要克制自己，不讓她抓到妳的錯處。」

雲舒可不希望陳嬌日後弄出什麼巫蠱案，現在不得不持續叮囑和洗腦。

陳嬌聽了，若有所思地回了椒房殿。

第一三〇章 南宮心事

雲舒歇了兩日，抽空畫了一些小孩子穿的動物裝，像男孩穿的老虎、小熊裝，女孩子穿的兔子、貓咪裝，又畫了開襠的背帶褲，趁著恭賀劉陵開張，一併將圖紙送過去。

劉陵開張當日，長安最尊貴的女子盡數到場，侍衛開道，氣勢壯大，引得全城百姓圍觀。長安城中，大概沒有第二家如此高調的店鋪了。

雲舒和陳嬌結伴來到衣鋪時，牌匾上還蓋著紅綢，不知劉陵取了什麼名字。

因街上圍觀的百姓很多，兩人不多作停留，都被劉陵請到後院，其他公主們都來了，就是沒到現場的王太后和館陶長公主，也送了賀禮來，其他官員女眷就更不計其數了。

寬敞的店鋪裡，繡娘們成排站在兩側，牆壁上陳列著精美的衣物，屋裡成排的大衣架上，也都是炫彩的新衣。

劉陵把諸女眷請到內院後，說道：「我這裡狹小、簡陋，妳們且委屈一下，外面就要揭牌了，恐有些擠亂，我去去就來。」

就店鋪來說，劉陵的鋪子已經十分華麗了，但是跟貴女們居住生活的地方相比，自然簡陋。不過今天大家是來湊熱鬧的，看到人多，也不在意這些，只是湊在一起討論各種款式的衣服和新鮮的花樣。

只聽見外面一陣喧譁和叫好聲，應該是揭牌了，各府的僕從抬著賀禮，邊唱邊走送進店裡，十分熱鬧喜慶，讓圍觀的人看得嘖嘖稱奇。

劉陵又回到內院，請眾人移步到她的府邸去用午膳，來觀禮恭賀的眾人只是來湊個熱鬧，並沒有打算在這裡久留，知道劉陵很忙，也不多打擾，紛紛告辭。

平陽和隆慮回家看孩子去了，陳嬌則去探望館陶長公主。雲舒覺得在劉陵府裡應該能見到大公子和其他人，就想過去多玩一會兒。南宮公主回宮沒事，又好不容易挪步出宮一次，就跟雲舒結伴，一起乘了馬車，去了翁主府。

到了翁主府門前，馬車從可以行馬車的側門進去，在院子停穩後，雲舒就從馬車上下來，剛站穩，就看大公子和墨勤結伴走了過來。

雲舒驚喜地說：「大公子、墨大哥，這麼巧？」

大公子望著雲舒說：「看到妳的馬車到了，就過來找妳。」

正說著，南宮公主也從馬車上出來，大公子和墨勤沒有想到還有人在車裡，嚇了一跳，而後急忙行禮。

南宮公主看到墨勤也在這裡，微微有些驚訝，卻沒表現出來，而是淺笑著還了禮。

府裡的丫鬟和侍從多在前廳忙碌，大公子來得比雲舒早，就說：「翁主從淮南國帶來的人手不太足夠，今天賓客多，未必能照顧周全，我們就隨意吧。」

雲舒點點頭說：「我們不是外人，跟陵姊姊這麼熟，也不講那些虛禮。」

說著，四人避開喧鬧的廳堂，一起往園子走去，因還不到午膳的時間，就找了一處帶雕花窗的暖亭坐下說話。

雲舒坐下就急切地問道：「大公子看到衣鋪的揭牌儀式了嗎？我們說是去觀禮，卻坐在後院不能到前面去，連鋪子的名字都沒看到。」

大公子笑著說：「看到了，銅鑼陣陣很熱鬧，鋪子的名字叫『仙衣鋪』，還是皇上題的字呢，金光閃閃的很耀眼。」

雲舒和南宮公主都嚇了一跳，轉瞬間笑了起來。劉陵還真是把功夫做得很足，什麼人都用上了，小小的衣鋪也求得了劉徹的題字。

大公子又問：「妳們今天可挑了什麼衣服？」

雲舒搖了搖頭，她收到的賞賜和宮中發下來的新衣，以及劉陵送來的，已經夠多了。南宮公主說：「我看著新奇，選了一件，又幫母后挑了一件，也不知她滿不滿意。」

說著，南宮公主看了墨勤一眼，問道：「我看店裡也有賣男衣，騎郎將沒有選一件嗎？」

平民不能穿錦衣，穿著佩戴的東西都有限制，也不能乘馬車，只不過雖有這樣的規定，但官府管得並不嚴，有能力的富庶人家穿金戴銀、以馬車代步，也沒有人管。

南宮公主看墨勤今天跟進宮覲見時一樣，穿了一身粗布衣服，以為他奉公守法，受法令限制才如此。見墨勤和雲舒、桑弘羊都不說話，便解釋道：「騎郎將既已受封，就不必受限衣令的限制了。」

墨勤說起正事，口才尚可，但跟女人說話，卻是面紅口訥，當初跟雲舒相處那麼些年，話才多一些，如今聽南宮公主這般問話，一時之間竟不知說什麼才好。

雲舒在一旁驚訝道：「呀，墨大哥做官了嗎？我竟然不知道。」

大公子笑著說：「也就幾天前的事，本打算今天告訴妳的。」

雲舒很替墨勤高興，有本事的人自當受到重用才是。

墨勤趁著他們兩人說話，想了半天，才對南宮公主說：「孔席不暖，墨突不黔，我身為墨家子弟，雖富貴，卻不敢忘師門教誨。」

南宮公主面色一紅，原來是墨者作風艱苦，並不是因為地位卑微不能穿，連忙賠禮道：「是我淺薄，失禮了。」

墨勤也不太好意思地說：「公主客氣了。」

南宮公主低頭想了一想，就取下腰間一枚鳳形玉珮，說道：「我今天也沒帶什麼東西，就以此物祝賀墨大人封官。」

墨勤望著玉珮，覺得接受女子的禮物很不好意思，但這又是公主的賞賜，不好拒絕，一時有些為難。

南宮公主有些不好意思地解釋道：「此物是我當初和親之時，母后送給我保平安的，現在我已回來，用不著了，就把此物贈給墨大人，望它保護大人平安。」

雲舒掃了有些異狀的兩人一眼，連忙打圓場說：「對了對了，我倒忘了送賀禮給墨大哥了。」

她身上沒帶什麼東西，南宮公主送了玉珮，她不好意思送一樣的，全身上下找了一圈，卻找不到合適的禮物，一時之間有些尷尬。

靈機一動，雲舒說：「我想到了，等馬六來了，我要他尋一匹寶馬送給墨大哥，寶馬配英雄！」

有她這個舉動，墨勤就順理成章地接下南宮公主的玉珮，並謝過兩人。

雲舒打趣地問大公子：「咦，大公子不送墨大哥禮物嗎？」

大公子笑說：「我要人為墨先生量身打造了一套鎧甲，不過需要一些時日，現在還沒做好。」

雲舒點點頭說：「寶馬、鎧甲、平安符，東西齊了呢。」

幾個人聽了，都笑了。

眾人聊著天，大公子不知怎的就把話題引到匈奴之戰上，他向南宮公主問道：「不知左谷蠡王伊稚斜和匈奴太子於單是怎樣的人？」

南宮公主說：「伊稚斜殘暴凶狠，脾氣不好，但因為他打仗很厲害，縱使是軍臣單于，也讓他三分。而於單……這個孩子雖有勇武，然而心底慈軟，因此被單于訓斥過很多次。」

雲舒記得大公子以前跟她說過類似的話，不知他為什麼又要來問南宮公主。由於不知大公子作何打算，於是雲舒便靜靜聽著。

大公子對南宮公主說：「自從今年馬邑一戰讓軍臣單于重傷，聽聞他的傷勢一直惡化，不曾好轉。今年冬天寒冷，匈奴戰敗糧草不足，也不知他能否熬過這個冬季。萬一他去世，那麼左谷蠡王和於單太子必將有一場爭奪，南宮公主以為誰勝誰敗？」

南宮公主臉上露出憂傷之色，她雖然是在無奈之下嫁往匈奴和親，但軍臣單于終歸是她的夫君，兩人感情雖然不好，但一夜夫妻百日恩，如今聽說他時日不久，還是無法克制地感到悲傷。

「若……真是到了那一步，於單必不是左谷蠡王的對手，他下不了那個手……」南宮公主低聲說道。

太子於單雖不是南宮公主親生，但畢竟母子一場，她又憐惜那個孩子生性善良，一想到他將落得悲慘下場，不禁更加悲戚。

大公子思量了一下，詢問道：「公主，微臣說個假設，若太子於單敗於伊稚斜，我朝對太子於單勸降，他會俯首稱臣嗎？」

南宮公主頓時睜大眼睛看著大公子，喃喃說道：「勸降？」

雲舒明白了大公子的用意，他是想要南宮公主幫他勸太子於單投降。若他直接死在伊稚斜手上，那麼匈奴以後將會是伊稚斜的天下，不出幾年，匈奴人就會再次南下侵犯大漢。若於單活著，再稍加操作，總有些匈奴部落會發出不同的聲音。只要匈奴一直處在不安定的狀況，對漢朝的危險性就小多了。

南宮公主也許沒想到這麼多，但她一想到伊稚斜的殘暴，又想到於單軟弱的性格，便說：「若真的到了那一步，或可一試。」

因為這件事，南宮公主在接下來的午宴中，一直有些心不在焉。

雲舒跟大公子抽空湊到一起，大公子跟她說，大平已經回到長安吳家跟父母在一塊兒，茶園的管事也到了長安，眼下跟墨勤一起住在桑家，只等馬六趕到長安人就齊了。

雲舒自不必擔心這些事情，而是換了話題，悄聲說：「大公子能不能安排我見卓成一面？」

大公子覺得有些驚訝，問道：「見他做什麼？他現在在地牢裡，不能言語，不能書寫，已殘得不成人形，妳看了會害怕的。」

雲舒嘆道：「有些事，我想在我們大婚之前了結。」

大公子想了想，點頭說：「我安排一下，妳回宮等我消息。」

回宮之後，雲舒每日都在等大公子的消息，在還未等到他的消息時，雲舒卻從皇后那裡聽說一件事，軍臣單于傷重去世了。

陳嬌是來找雲舒商量的，她有些忐忑地說：「也不知道要不要去探望一下皇姊，她知道了這個消息，心裡肯定不好受，但是照我們的立場，又該怎麼安慰她呢？高興也不對，傷心也不對，真麻煩。」

雲舒想到南宮公主不是那種非常冷血的人，雖然軍臣單于是大漢的敵人，最後死在漢軍的刀劍下，卻終究是她的丈夫，現在必定感到難過。

雲舒想了想，說道：「皇姊現在只怕不願意見客，不如我們先去給母后問安，打探一下意思，再看怎麼辦。」

陳嬌連連點頭，兩人就結伴去了長樂宮。

王太后由嬤嬤服侍著躺在床上，臉色不是很好，雲舒急忙問道：「母后哪裡不舒服嗎？」

王太后擺擺手，嘆了一聲。看到她們兩人前來，王太后就知道她們的心思，說：「妳皇姊稱病，不見客，就讓她一個人靜靜吧。」

雲舒和陳嬌了然地點點頭。說到底，南宮公主現在變成孀居之人，跟以前不一樣了。太后精神不好，只怕也是因為這件事。

兩人陪著王太后坐了一會兒，太后不禁感嘆。「妳二姊現在還年輕，偏偏命這麼苦。那人不死，我兒擔憂；那人死了，我兒心憂。這可如何是好……」

雲舒寬慰道：「正如母后所說，皇姊現在還年輕，待過一段時日，把這件事情忘卻了，再尋一門好親事，也不是不可能。」

王太后聽了臉色稍霽，貴女再嫁也不是沒有前例。她當初嫁給景帝，就是二婚，還是叛夫棄女……

只不過，王太后隨即擔憂地說：「只是妳二姊頭一遭嫁的可是匈奴單于啊……」

言下之意是怕男人嫌棄，招不到好婿。

陳嬌聽了，傲氣地笑道：「就憑皇姊的身分，和太后、皇上對她的疼愛，不知多少人願意呢！」

雲舒卻覺得，南宮公主從來沒擁有過愛情，她嫁去匈奴是逼不得已，這次回來若能再嫁，要嫁一個她喜歡、對方也喜歡她的才好，斷然不能為了有個伴，就隨便指婚。

於是雲舒說：「這些事等一段時日後，再問問皇姊自己的意思吧。」

眾人都點了點頭。

回到未央宮後，雲舒和陳嬌各自命人送了一些安神養心的補品過去給南宮公主，聊表心意。

第一三一章 了結恩怨

眨眼間，便到了冬至。

「以冬日至，致天神人鬼」，劉徹一大清早就由期門軍護送出宮去灞上祭天，目的在祈福並消除疫疾，減少荒年與人民的飢餓及死亡。

宮中上下也忙碌個不停，待劉徹祭天回來後，將要擺宴，宴請國親和百官。

雲舒早早就收到了邀請，知道中午有宴會，所以起得很早。

就在她梳妝時，夏芷腳步匆匆地走了進來，低頭在雲舒耳邊悄聲道：「公主，桑大人在永安門外等您，說是要帶您見一個人。」

見一個人……

雲舒終於等到了這一天，她倉皇站起身來，說道：「速速帶我前去。」

夏芷看了雲舒盛裝打扮的模樣，立即要天青尋一件藏青色帶大帽子的斗篷為雲舒裹上，說道：「若有人尋公主，就說公主在焚香沐浴，稍後才能見人。」

天青自然稱是。

準備好之後，夏芷和雲舒兩個人從玉堂殿後門一個偏僻通道中，急匆匆往永安門外走去。

也許是宮人都在忙著準備宴會，也許是夏芷事先打點好了，雲舒從玉堂殿到永安門外，一個人也沒碰到。

待到了宮門口，雲舒見宮門有兩個衛兵，心中難免有些惴惴。誰知在她們走近時，那兩個衛兵不待她們說話，立即將宮門打開到一人能進出的縫隙，還左右張望，提防有人看到。

夏芷低聲對雲舒說：「公主快去吧，奴婢在這裡接應您。」

雲舒點了點頭，扯著斗篷將自己裹得嚴實，從宮門走了出去。

宮外的護城河上有一座小橋，雲舒急匆匆穿橋而過，旁邊立刻駛出一輛非常普通的小馬車。

雲舒看到車夫是旺叔，心中一喜，急忙走了過去。

當馬車駛到雲舒面前時，大公子掀開車簾，伸手大力把雲舒拉上車。馬車不做停留，很快就離開宮門遠去。

雲舒在馬車裡放下斗篷上的帽子，睜著一雙有些慌亂的眼睛問大公子：「是去見卓成嗎？」

大公子點頭說：「嗯，今天期門軍大部分都隨皇上祭天去了，趁著這個空檔，我才好在宮門和大牢安排我的親信。」

雲舒不禁讚嘆起大公子的謹慎和細心。

雲舒想出宮並不難，然而若被人知道她去過大牢，必然會引起一些人注意，若順藤摸瓜查出她跟卓成的事，就得不償失了。

除了這些，大公子有更重要的顧慮。雖然雲舒沒跟他說為什麼要見卓成，但他總覺得不只是見面這麼簡單，只怕雲舒是打算做些什麼，萬一卓成死了，他不希望有人查出雲舒，所以在安排上費了些心思。

大公子又對雲舒說道：「去年卓成被我帶回京時，是以與淮南王密謀造反的大罪扣押在地牢中，因皇上並不打算立即查辦淮南王，所以此案一直按壓未發，他被扣押一事也未公諸於眾。待會兒到了廷尉，妳別抬頭也別說話，跟著我進去便可。」

雲舒知道大公子是在保護她，感激地點了點頭。

冬至的街上十分熱鬧，因天子出遊祭天，很多人都到街上觀看過，直到現在，餘熱都沒散盡。

雲舒乘坐著不起眼的馬車，一路前行到廷尉後方一條街上。

大公子替雲舒拉起帽子，遮蓋好之後，扶著她下了馬車，兩長兩短地敲了幾下小門，很快就有人開門接應他們進去。

冬至之日，百官絕事，除了負責天子祭天的太常官員，以及準備進宮赴宴者，其他官員都放假在家。

廷尉內，只留下少數看守牢房的侍衛。顯然大公子事先打點好了，這些人全程沒有一句話，見到他們過來，就迅速把牢門打開。

雲舒走進牢房大門，被獄卒帶向右手邊的樓梯，沿著樓梯一直往下走。

冬天本就寒冷，愈往下走，就愈陰寒，且有陣陣酸腐的濕氣撲面而來。

獄卒冷不防說道：「大人小心腳下，地牢跟水牢緊挨著，地上有時候會沁水。」

大公子牽起雲舒的手，使勁捏了捏，在前面為她帶路。

地牢跟普通牢房不太一樣，一路上都是有鐵門的房間，雲舒看不到裡面的情形，更沒有聽到犯人喊叫。

待走到一間鐵門前，獄卒拿著大串的鑰匙抖了幾下，把牢門打開。重鎖應聲而落，碰在鐵門上，發出清脆而刺耳的聲音，在地牢裡不斷迴響。

獄卒閃開身，讓出路給大公子和雲舒，自己則守在門外。

進了牢門，還有十幾階樓梯要下，樓梯下是兩間石室，靠近樓梯的石室裡擺著各種刑具，以及一張木桌，上面點著豆大的油燈，是牢房裡唯一的光源。

而靠裡面的石室被一道連接屋頂和地板的木欄隔開，裡面有一堆枯黃的雜草，以及一個蜷縮在角落的黑影。

雲舒顧不得黴臭，深吸了一口氣。

大公子捏了捏雲舒的肩膀，說道：「妳有什麼話，就過去跟他說吧，我在門外等妳，不用擔心，他傷害不了妳。」

雲舒點了點頭，待大公子離開之後，一步步向木柵欄靠近。

「卓成。」雲舒冷冷地喊了一聲。

枯草堆裡的黑色人形哆嗦了一下，引得枯草發出簌簌聲，但他並沒有轉過身來。

雲舒走過去幾步，摘下斗篷的帽子，說道：「怎麼？許久不見，莫不是忘了我這個老朋友？我是雲舒啊，那個你殺掉、吃掉，卻陰魂不散的雲舒啊！」

卓成不答話，雲舒笑著靠近，說道：「你真的不跟老朋友打聲招呼嗎？哦，我倒忘了，你的聲帶被燙毀，說不了話了……」

黑影依然沒動，雲舒知道是卓成的自尊心受不了，不願以現在這麼慘的樣子面對雲舒，可是她偏要讓他清楚地看到兩人之間有多大的差別。

雲舒在石室內走來走去，冷笑著說道：「說不了話也就罷了，眼睛和耳朵也壞了嗎？當年有種把我分屍而食，現在連看都不敢看我一眼了？」

卓成忽然翻過身坐起來，已辨不出顏色的毯子滑落下來，露出裡面破爛的衣服，和結痂的皮膚。他頭髮黏成一堆，掛在臉頰兩旁，面容已辨認不清。

他是如此狼狽不堪，若不是因為那雙眼睛一如既往的狠毒、貪婪，雲舒幾乎認不出他。看到卓成有如此下場，雲舒冷笑著挖苦諷刺道：「你可還曾記得，我說過，你當初殺我、吃我、害我、不肯放過我，我日後定要讓你怕我、求我、後悔曾經折磨我，如今這一日到了，卓成，這是你的報應。」

她打量了卓成兩眼，看到他放在膝頭上的手指如嶙峋的枯枝，以奇怪的姿勢搭在腿上，便問道：「地牢的滋味好受嗎？陰暗、潮濕、冰冷、飢餓和各種刑罰……應該不好受吧？骨頭被碾得粉碎的十根手指，會不會因為風濕而疼痛得夜夜不能入睡？不過……這疼痛應該不及你當初一刀刀割在我身上那麼疼吧？」

卓成因為憤怒和害怕而發抖，他瘦骨嶙峋的身體如篩糠一般，彷彿被雲舒戳中了要害。

雲舒看到他這個樣子，笑著說：「我今天來，主要是想告訴你一個喜訊——我要成親了。」

雲舒笑得幸福。「新郎官你認識，就是桑弘羊，他的本事，我不說也罷，你該知道他是我的良人，我以後的日子，只會比現在更好。哦，對了，忘了告訴你，我現在是長安公主，我也沒想到自己這個身子，竟然是位公主。」

卓成難以置信地抬頭看向雲舒，雲舒瞧見他詫異的眼神，心情更好了。

她笑了兩聲，說道：「這大概就是命吧，我把它當作是老天給我的補償，心安理得地接受了。」

雲舒蹲低了身子，長長的斗篷垂在她身後，如同華麗的地毯，將她與骯髒的地牢分隔開來。

她與卓成平視，忽然不笑了，而是認真地盯著他問道：「卓成，你對我難道就沒有絲毫愧疚嗎？你第一次殺我，我可以理解為是求生的本能，在沙漠裡，你想活下去，所以對我動手。可是後來呢？當你認出我，難道就沒有覺得對不起我？為什麼毫不猶豫接二連三對我下手？你的心，就黑得這麼徹底嗎？」

卓成突然張嘴大叫起來，聲音嘶啞得分辨不出任何發音，他雙手拍打地面，身子前傾，眼睛中迸發出憤怒的目光。

雲舒看他做出這副姿態，冷笑道：「你是在怪我用手段害你至此？這不是你該得的嗎？當初你先投奔平陽公主門下，是大公子用『墜馬之事』陷害你，令你失去平陽公主的信任，可是若不是你利用平陽公主謀害我，我們又怎會這麼做？後來你轉投田蚡門下，是我讓你陷入牢獄之災，可你有沒有想過，若你不設計害陸先生，不綁架我，我又怎麼能讓你坐牢？最後你逃到淮南國，的確是我挑撥了你和淮南翁主及淮南王的關係，可你若不派人刺殺我和桑弘羊，我又怎麼能捉住你的錯處？」

說完，雲舒倏地站起身，俯視著卓成，說道：「自作孽，不可活。卓成，你自以為聰明，卻做了一輩子蠢事，你這種愚蠢又可憐，狂妄又自大的人，活在世上有什麼用？你在地牢裡苟延殘喘，難道是還在希冀什麼嗎？可笑可悲可憐！」

雲舒斜眼看向卓成，說道：「你且等著，我將以你的血肉，來慶祝我的大婚，必不會讓你痛快死去，我會將你千刀萬剮，讓你嘗嘗我當初的痛苦！」

說罷，雲舒斗篷一甩，轉身大步走出地牢，身後傳來卓成「嗷嗷」的大叫，和猛烈撞擊護欄的聲音。

雲舒心頭一口惡氣終於出完，她要在她最幸福的時候，看到卓成最悲慘的樣子！

大公子和獄卒站在門外，看到雲舒出來，都迎了上去。

雲舒心情舒暢，笑著對大公子說：「我要說的話都說了，咱們回去吧。」

大公子點點頭，對獄卒抱了抱拳，就帶著雲舒離開廷尉。

安全回到宮中，稍作收拾後，雲舒就去參加宴會，因解決了心頭大事，雲舒喝酒吃肉都覺得格外香醇美味。

她正歡笑著，靈風悄悄走近宴廳，來到雲舒耳邊，低聲說：「桑大人說，你們走後，那個人便撞牆自盡了。」

雲舒手中的酒盅微有一瞬間的停滯，她旋即把酒送入口中，一飲而盡。也好，不用她或其他人親手取他的狗命。

雲舒這邊剛得了消息，沒多久就見衛青走進宴廳，在劉徹耳邊低語了一陣。

劉徹的臉色並未有太大變化，雖然得知卓成死了，但他那樣一個不能說話、不能寫字的廢人，不能為他提供淮南王的罪證，留著也無用。

點了點頭表示知道後，劉徹讓衛青退了下去。

衛青離開宴廳時，若有似無地向雲舒這邊看了看，雲舒迎上他的目光，大方地微笑起來。衛青看到她的笑容，微微一怔，轉瞬便肯定了心中的猜測——卓成之死與她有關。

雲舒早早就退席，離開了宴廳。

大概是因為心情好，席間多喝了兩杯，酒量一向很好的她竟然覺得有些醉了，也許這就是所謂的酒不醉人人自醉吧？

從宴廳回玉堂殿的路很遠，雲舒不想坐肩輿，而是一搖一晃慢慢往回走。冬天寒冷的風吹在雲舒臉上，讓她清醒了幾分，但她依然覺得有些不真切。

卓成死了？真的被她氣得自殺了？或者，他是怕她真的把他千刀萬剮，所以乾脆撞牆死了算了？

懸在心中多年的罣礙，現在終於解決了，心卻像空了一塊……

宮中的圍牆又高又長，兩堵牆夾出的通道深邃而漫長。

雲舒扶著牆慢慢往前走，也許是遠離了宴會的喧囂，雲舒的腦子慢慢恢復清明。她突然打了個冷顫。不對，這絕不是卓成的做事風格！

雲舒轉過頭喊來跟隨在她身後的靈風，低聲耳語道：「迅速傳話給桑大人，告訴他，要仔細檢查那人的屍體，以及他住的牢房。切記，不能假他人之手，要快！」

靈風第一次見到雲舒這麼急迫的樣子，立即撒開腿就跑去找可以幫忙傳話的人。

雲舒扶住牆的手慢慢握成拳頭，她心中很不安，她不相信卓成死得這麼乾脆，就這樣放她過好日子……

回到玉堂殿，隔天就有消息進來，大公子說他把卓成的屍體燒了，並沒有直接棄在亂墳崗掩埋，而牢房也都檢查過，並沒有什麼異常，要她安心，不要多想。

雲舒內心的焦躁不安終於得到平復，她訕訕一笑，覺得是自己多想了。

第一三二章 風光出嫁

日子過得很快，又下了幾場雪，轉眼就到十二月初，雲舒的婚期近了。

她的嫁衣已做好，也試穿過，極為豔麗而貴氣，現在整齊地摺放在屋裡的大桌子上。她的嫁妝也有宮人前來裝箱打包，用紅綢紮起來。

南宮公主和平棘侯府葉氏，兩人都是孀居之人，吉日那天不能赴宴恭賀，所以提前來見雲舒，把賀禮送過來。

南宮公主比之前見面時瘦了一些，不過看起來精神似乎還好，應該不至於傷心過度。南宮公主笑著恭喜了雲舒一番，又把滿滿一盒首飾拿出來送給雲舒。

「雖然我們姊妹沒有在一起相處多久，然而我與妹妹十分投契，姊姊沒什麼好東西，只有這些了，妹妹千萬要收下。」

若是添箱，給一、兩件首飾就罷了，南宮公主卻送了一小箱過來。

見雲舒面有難色，南宮公主又說：「我現在是孀居之人，不比以前，許多東西不能穿戴了，放在我那裡也是浪費，妹妹若不嫌棄，就收下吧。」

雲舒不想再引南宮公主提起傷心之事，連忙收下東西，並囑咐她以後要常常出宮去她那裡坐坐。

葉氏進宮次數不多，這次來探望雲舒，不如在侯府那般自在，顯得有些拘謹。

她送了一套金子打造的富貴八珍給雲舒，又捧了一個巴掌大的盒子出來，說道：「這是默兒給公主的一點心意，我也不知他送了什麼、體不體面。他特地封上，不許我們看，說是要公主您親自打開。」

雲舒笑著接過來，不知薛默準備了些什麼？

她打開盒子一看，瞬間感動不已。

躺在盒子裡的，竟然是一對結婚戒指，由黃金鑄造的圈底，女戒上鑲著一個橢圓形的小翡翠，男戒上鑲的則是方形的，圓圈上有螺旋紋，十分好看。

漢朝成親時還沒有送結婚戒指的規矩，薛默卻為雲舒打造這樣一對漂亮的戒指，這份心意，怎能不讓她感動？

葉氏見雲舒神情激動，不知薛默送的那小小盒子裡，會是什麼好東西。雖然好奇，但見雲舒把盒子妥善收下了，便沒有追問。

雲舒高興地說：「請姊姊幫我轉告默默，他的禮物我非常喜歡，他的心意我也明白，謝謝他。」

葉氏忙點頭應下。

十二月十六，是太常訂下的送妝吉日。所謂送妝，就是在成婚之日前，把嫁妝送往男方家，同時女方會派人去男方家鋪床、掛幔帳，擺放禮儀器具，以待新人。

鋪房人必須是福壽雙全、家境富裕的「好命婆」。雲舒萬萬沒料到，皇上竟然請館陶長公主當她的鋪房人，而且館陶長公主竟然也答應了。

館陶長公主生得好、嫁得好，不但享受榮華富貴，還育有兒女雙全，兒子為侯娶了公主，女兒為后嫁了皇帝，的確是個「好命婆」。

這天一大早，穿著鮮紅的宮人就在掌故大人的帶領下，將雲舒的嫁妝抬往男方家中，也就是名義上的長安公主府。

雲舒在屋內，沒看見嫁妝到底有多少，不知有沒有書中所說的「十里紅妝」那麼誇張，余嬤嬤卻撫摸著她的手說：「公主有福氣，皇上賞賜了那麼多嫁妝，加上公主自己的東西，第一抬已經搬進了公主府，最後一抬還在宮裡的庫房沒有搬全。全長安城，任誰不羨慕？」

雖然當初余嬤嬤因為擔心崔夫人的私事曝光，不希望雲舒回復公主身分，然而命運安排雲舒不需要讓人再查證據就能回到皇家，也讓余嬤嬤的憂慮消除了。

雲舒在心中默默計算，未央宮在長安東，公主府在長安西，這一東一西有多少里？看來她的嫁妝真是多得出乎意料，還不包括她的馬場和茶莊，以及雲紙、衣鋪的紅利分成呢。

不過雲舒又想到，近幾年，皇家的錢都是靠大公子在賺，劉徹對她這麼大手筆，肯定跟這個有關。用大公子賺的錢做嫁妝，轉一圈，東西又回到大公子手中，既長了皇家的臉面，大公子又樂意，還真是誰也不吃虧！

雲舒不由自主地笑了，余嬤嬤看在眼裡很是欣慰，便服侍雲舒早些歇息。

第二日，已經顯得有些空曠的玉堂殿開始用紅綢、紅蠟燭佈置，紅綃等人也開始收拾雲舒平日吃穿用度的東西。

原本心情平靜的雲舒，在出嫁前最後一晚卻失眠了。

一想到七年的相守，在明天就要修成正果，她就由衷覺得幸福。可是說到嫁人，她前世今生還是頭一遭……

跟大公子一起過日子，她自認沒問題，以前做丫鬟時服侍他，對他的習慣很了解，而大公子這幾年對雲舒百般照顧，他也很熟悉雲舒的事，兩人生活上已不需要磨合。

至於公婆問題，從大公子單獨修建公主府就能看出他的態度，雲舒也不為這個擔心。

唯有……唯有那夫妻敦倫之事，一想起來，雲舒就面紅耳赤。

入睡前，余嬤嬤拉著雲舒說了許多夫妻之間的話，雲舒雖不是古代女子，早就知道敦倫是怎麼一回事，但真想到自己要那樣做，仍然很害羞。待過了那一步，她跟大公子之間，就真的沒有隱私可言了……

拜堂的吉時訂在十八日酉時，但從早上卯時起床開始，雲舒就沒有停歇過。

剛剛穿上中衣，還沒換上嫁衣，就有女官再次前來教導雲舒演習禮儀。雲舒雖然早已學會，但不敢馬虎，又從頭到尾學了一遍。

之後沐浴、淨面、焚香、換衣、梳頭，這些步驟全完成，就已經到了午時。

雲舒肚子很餓，但綠彤只端來削好的水果給她。「嬤嬤說公主不能吃別的，怕有三急，或口中有異味。」

雲舒沒想到還真的不准新娘子吃東西，不過想到穿戴這麼繁瑣，萬一要去茅廁，的確是個大問題，就忍住餓，吃了些果子充飢。

之後不斷有送親的女眷前來看雲舒，瞧著她的妝容和嫁衣，又是一陣誇讚，說著吉祥話。

宗族姊妹、達官貴人家的夫人小姐來了不少，看得雲舒眼花撩亂。其實她認識的人並不多，只需微笑端坐著，聽她們恭賀就行，連回禮都不用。

雲舒房間人滿為患，嬤嬤和丫鬟們就陪笑迎來送往，請賓客們去吃酒席——宮中中午開了宴席，專門宴請送親的客人。

待到下午申時，就有女官前來報，說新郎官入宮了。

消息一條條傳到玉堂殿來，一會兒說新郎官進了幾道宮門，一會兒說新郎官在正殿叩拜了皇上，正往這邊走來……

絲竹聲愈來愈近、愈來愈響，雲舒的心也隨之揪緊。

嫁公主並沒有什麼鬧新郎官的規矩，迎親隊伍一路走來，除了熱鬧，還帶著一份皇家的威嚴和尊貴。

不一會兒，外面就傳來禮官的聲音，說是新郎官來接新娘了，屋裡的恭賀聲頓時更加喧鬧。

這時結婚並不興蓋蓋頭，雲舒端坐在房裡，清楚地看著房內房外的人，卻緊張到聽不清他們在說什麼。

兩名女官笑著走進來，一左一右扶起雲舒。余嬤嬤拍了拍雲舒的手，笑著交代了一句話，但雲舒耳邊嗡嗡作響，根本沒有聽到她說了什麼，只能隨著女官往外走去。

雲舒今天毫無怨言地任由天青和宮中派來的梳妝嬤嬤擺弄，臉上的粉塗了一層又一層，白得很假，又偏在臉蛋上塗了胭脂，嘴唇畫成火紅的櫻桃小嘴，雲舒在鏡中乍一看，嚇了一跳，覺得跟上輩子在電視裡看到的日本新娘差不多。

不過日本很多文化本就是漢唐時期傳過去的，只是雲舒沒想到自己真會畫成這樣。火紅的嫁衣穿在雲舒身上，身後衣襬有數尺長，由宮女提著，伴著她一起走出門。

雲舒在女官扶持下，把雙手平抬到胸前，在面前合攏，讓長長的袖子一直垂到腳面。她遵照禮官的教導，目不斜視，盯著自己的腳下一步步走著。

出了屋，在一群紅衣人中，有搭著紅色紗帳的彩車停在殿前，大公子正在給討喜錢的人散彩頭。

女官扶著雲舒坐上彩車，然後放下紗帳。雲舒端正地跪坐在彩車上，這時才敢抬頭看前方。

被人高高抬在肩上的高度，雲舒透過半透明的紗帳，看到前面的大公子。他不能免俗地穿了一套大紅喜服，胸前還紮著紅花，雖然有一點點傻，但依然耀眼如昔。

坐了彩車去正殿，太后和皇上、皇后早就在那裡等著，雲舒一一向他們拜別。

劉徹看著眼前這對新人，桑弘羊的喜悅溢於言表，嘴巴都快咧到耳根下了；雲舒雖有些緊張，但喜悅之情也是難以遮掩。

劉徹不禁覺得有些羨慕。

當他察覺到自己這個想法之後，頓時嚇了一跳。他堂堂帝王，怎會羨慕他們？

看著雲舒拜別太后，劉徹想起自己迎娶皇后那一天，一時之間回憶竟有些模糊。他記不清太多細節，只記得忙碌地進行各種參拜及被人跪拜，而且似乎也沒有很開心，反而有些不耐煩……

劉徹微微有些內疚地看向身側的皇后，只見陳嬌一臉羨慕和喜悅地看著雲舒，笑得十分明媚純潔。

劉徹愣住了。他好像很久沒有這樣看待過皇后了，每每想到她，總是把她和陳家捆綁在一起去考量，沒有想過她依然是多年前那個女子，從未改變過。

王太后贈予新人幾句訓導和吉利話，雲舒又來向劉徹拜別，這才把他從神遊中拉了回來。

行完禮，雲舒又被禮官扶著坐上彩車，出宮往公主府前去。

出了宮門，雲舒才看到迎親隊伍極為龐大，方才只有宮中的禮官進宮，桑家人全在外面候著，加上期門軍護送，竟如天子出巡一般威武。

一路被百姓圍觀到公主府，賓客早就已經聚集，一聽到禮樂聲，就湧出來觀禮。

賓客有很多人都沒見過這位新冒出來的長安公主，見到車駕時，紛紛讚嘆新娘漂亮，還有人議論著嫁妝有多豐厚，羨慕嫉妒的聲音都有。

彩車落地，雲舒手中多了一條紅綢，一端由她拉著，另一端由大公子拉著。直到此時，雲舒才敢抬頭看大公子，四目相對時，兩人都是燦然一笑，旋即有些不好意思。

禮官在公主府大門前唱道：「吉時到，新人拜天地——」聞言，賓客全都跟在新人身後擠進了喜堂。

在裝扮一新的喜堂裡，桑老爺、二夫人坐在高堂位上，桑老夫人則坐在一旁的上席。隨著三叩首，禮官一聲「禮成」，雲舒的心瞬間安定了下來。他們真的拜堂成親了呢……從此以後，一切都跟以前不一樣了。

他們兩人接受滿堂賓客的恭賀，大公子留在前院招待賓客，雲舒則被禮官送進洞房。冬天酉時已暮色沈沈，雲舒走在園林般的路間，看著積雪在夕陽餘暉下鍍上一層暖色，覺得很平靜。

送雲舒進洞房的女官看到後院建得這麼別致好看，笑著說：「公主的府邸修得真是漂亮，以後住在這般園子裡，日子定然和和美美。」

雲舒應承地笑著，她比別人更清楚大公子為婚事各方面付出了多少。

新房設置在冬石院的樓閣內，大公子曾說過冬天要跟雲舒一起住在冬石院賞雪，雲舒現在一看，發現冬石院果然建在一片石林之上，是整個後院地勢最高的地方，視野的確很好。

新房內早由宮中的人佈置妥當，雲舒順著女官的安排坐在床邊等候即可。

女官集體對雲舒福了一福，說道：「公主先休息一些時候，等到洞房時我們再來。」

雲舒客氣地要她們安心去用晚膳，只留下丹秋和紅綃兩個丫鬟在身邊。

等女官們全走了，丹秋和紅綃便一起來到雲舒身邊恭喜她。丹秋跟著雲舒的時間長，情同姊妹，說著說著就紅了眼眶。「公主跟大公子終於成婚了，我這一路看著，可替你們著急了……」

雲舒看丹秋哭了，笑著打趣道：「妳是等不及自己想嫁人吧，竟然急哭了！」

丹秋跺了跺腳，但想到今天是雲舒大婚之日，便不跟她爭辯，只說：「公主還有力氣取笑我，想必還不餓吧？」

雲舒早就餓得前胸貼後背了，她指著桌子上放的果子說：「怎麼不餓，快拿些東西給我墊一墊肚子。」

紅綃忙說：「使不得，這些果子待會兒還有用的，若公主餓了，我去廚房幫公主端碗麵來吧。」

雲舒連忙點頭，紅綃應聲而去。

吃了麵，稍微墊了墊肚子，兩人又急忙幫雲舒補妝，把吃掉的口紅重新畫好。

第一三三章　洞房花燭

雲舒原以為會等到很晚，沒想到天黑後剛掌燈沒多久，大公子就回來了，房門外還跟著一串人，說著「等不及」之類的話消遣大公子。

大公子不顧他們的拉扯，一個勁兒地笑，跟女官們一起走進新房。其餘圍觀的一些人也一擁而入，把大公子推到床邊。

大公子大大方方跟雲舒坐在一起，還捏住雲舒平放在大腿上的手，傻乎乎地笑了，惹得旁觀者一陣哄笑。

女官端來紅漆盤，上面放著酒壺和酒樽，送到大公子和雲舒面前，笑著說：「新人喝交杯酒。」

大公子伸手把兩個酒樽端起，送了一個到雲舒手中，在大夥兒的哄鬧聲中，兩人挽著手臂把酒一乾而盡。

女官收回盤子，用紅綢將兩人的鞋綁在一起，說：「祝新人偕（鞋）同到老。」接著又取來桌子上的果盤說：「新人接福！接好了，要多接些，早生貴子——」

大公子和雲舒急忙把自己的衣襟撩起來，用手提成布兜狀，女官笑著抓起一把果子，往他們身上扔。

紅棗、板栗、花生跟下雨似地往雲舒身上砸，她都看不清了，只能拉開衣襟伸開手，想盡辦法接東西，至於那些砸到臉上頭上的，她完全顧不著了。

後面觀禮的賓客，也湊起熱鬧，把桌上另幾盤麥麩、米麵都扔了過來。雲舒的衣兜愈來愈重，大概是東西扔完了，眾人漸漸停了手。

女官拿了一個紮紅綢的簍子過來，把兩人接好的東西裝進去，交給紅綃，交代道：「這些東西記得煮成粥給新人喝。」

紅綃連忙把東西接過來收好。

折騰完，女官就開始把賓客往外面趕，要他們都去前院吃酒席去，洞房這才恢復安靜。

丹秋和紅綃急忙收拾地上和床上的東西，大公子和雲舒一起站起來為她們騰出空間，誰知差點摔倒——原來他們的腳還捆在一起呢！

雲舒因起得急，腳沒有邁出去，一個踉蹌往前撲去，大公子眼明手快，把雲舒一把撈回來摟在懷裡，低聲說：「不能這麼急，咱們得同心同步。」

兩人姿勢曖昧，又有兩個丫鬟在場，雲舒的臉無法克制地脹紅，連白皙的粉底都遮不住臉上的霞光。

丹秋和紅綃相視一笑，十分識趣地退了下去。

雲舒用眼神嗔怪了一下大公子，悄聲說：「還有人在呢，就說那些話。」

大公子不以為意地笑著說：「我沒說錯啊。」

雲舒看了看兩人被捆在一起的腳，有些茫然地問道：「能把紅綢解開嗎？有沒有什麼規矩？比如捆一晚上之類的？」

大公子聽雲舒問得可愛，點著她的鼻頭說：「自然要解開，不然的話，我們怎麼洞房？」

說完，就彎下腰去把腳上的紅綢解開，站起來時，順勢一把將雲舒攔腰抱起，惹得雲舒一聲驚呼。

雲舒猛然想起可能會有人在外面守夜，趕緊捂住嘴巴，不讓自己發出奇怪的聲音，然而她的心跳聲卻「怦通、怦通」愈加清晰。

大公子將雲舒放在床上，俯在雲舒正上方，雙眼明亮地盯著她。

雲舒雙手抵著大公子的胸膛，既緊張，又有些期待……

屋角兩個銅製火盆燒得正旺，桌上的獸首焚香爐噴著裊裊香氣，暖香鑽入雲舒的鼻尖，讓她的臉燒得發燙。

大公子一手撐在雲舒腦袋旁，另一手抓住雲舒抵在他胸口上的小手，迅速低下頭親了她一口，笑嘻嘻地說：「別怕，這是夫妻之間再正常不過的事，我會小心的。」

雲舒垂著眼睛不敢看大公子，她咬了咬嘴唇，在大公子動手解她的衣帶時，突然開口說：「等等……」

大公子疑惑地看向雲舒，她把他推開，坐起來指著自己的臉說：「我想先洗洗澡，這些東西塗在臉上，很難受。」

也是，跟麵餅似的，就這樣直接睡一晚上，明天就成白泥了。

大公子燦然一笑，說：「是我忘了……我去打水。」

雲舒急忙說：「讓丫鬟們伺候吧。」

大公子此時哪裡肯讓別人進來，搖了搖頭說：「不用不用，我來服侍娘子洗漱。」一聲「娘子」把雲舒喊得又羞又喜，想笑又拚命忍住。

與正房相連的裡間就是洗漱和洗澡的地方，裡頭早就準備好現成的東西。大公子倒了熱水，把臉盆和毛巾放到架子上，就喊雲舒來洗臉。

他從裡間探身出來，看到雲舒正坐在梳妝鏡前拆首飾，便擦乾手走出來，挽起袖子，也要幫雲舒拆髮髻。

拆了首飾，卸下髮髻，大公子拿起梳子，小心翼翼幫雲舒把頭髮捋順，然後用一根緞繩將她的長髮繫在腦後。

他笑呵呵地說：「我早就想幫妳梳頭了……」

雲舒轉過身，問道：「梳頭有什麼特別？」

大公子搖搖頭說：「妳以前幫我做過的事情，我都想幫妳做一遍。」

雲舒主動伸手牽起大公子的手，想到他替丫鬟代勞，親自服侍自己，估計他是想到以前自己做丫鬟時服侍他，令他心中有些愧疚。

雲舒淡淡一笑，也不點破，而是輕輕晃著他的手說：「那好呀，大公子不僅要替我梳頭，我還想讓你幫我畫眉。」

大公子臉上一喜，雲舒難得對他撒嬌，他哪能錯過此等好機會？他連忙應道：「好呀好呀，明天早上就幫妳畫，不過……」

雲舒仰頭瞧著他，問道：「不過什麼？」

大公子把臉湊近。「都拜過堂了，妳是不是該換個稱呼了？不過，不許喊那個什麼……不然還是得小懲一下。」

雲舒想起她之前喊他「羊羊」被打屁股那一次，頓時窘迫地說：「好嘛好嘛，不喊那個就是了。」

大公子笑得很開心。「那喊句相公來聽聽？」

雲舒不太樂意地說：「明天再喊也不遲。」說完就起身去裡間洗臉。

裡間熱氣騰騰，被玉屏風隔成了兩邊，靠近門的半間可以洗臉，屏風後的半間則用來洗澡。

雲舒走到盆架前，挽起袖子要洗，可是喜服的袖子太長，雲舒便想把外套脫掉再洗。剛要動手解衣帶，大公子就跑進來說：「我來我來。」

雲舒哭笑不得，只好垂下手，讓他幫忙。

冬天的衣服厚，脫了外面的棉袍，裡面中衣還有幾層，沒有任何暴露的地方，雲舒不以為意，大公子卻有些緊張地盯著雲舒，怕她退縮或拒絕。

脫了外套，雲舒便說：「大公子也洗洗吧，待會兒就要就寢了。」

大公子盯著她看了兩秒，就轉身走向屏風後面的浴室。不一會兒，屏風後面就傳來水聲，雲舒搖了搖頭，不讓自己多想，彎腰開始洗臉。

雲舒洗了很久，動手換了幾次水才洗乾淨。

皮膚終於重見天日，雲舒舒坦了許多，剛長吁一口氣，一雙手就從她身後環腰抱住了她。

大公子把下巴靠在雲舒肩上，低聲說：「一起洗吧……」

從他嘴中呼出的熱氣吹得雲舒有些發顫，她心中不停打鼓，大公子說一起洗，難不成是洗澡？

感覺到雲舒身體微微抖動，大公子輕輕一笑，也不等她回答，就拉著她的雙手把雲舒帶進屏風後面。

屏風後面的澡盆十分大，有一人長、兩個身子寬，一看就是特製的雙人澡盆。

雲舒臉紅道：「大公子找誰做的澡盆？讓人知道了會被笑死。」若讓外人知道他們洗鴛鴦浴……雲舒想了就臉紅。

大公子安慰道：「不怕不怕，外人不會知道的。」

說著便把雲舒抱進澡盆裡，熱水瞬間浸濕了雲舒的衣服。

雲舒低呼一聲，責怪道：「大公子，我的衣服還沒脫呢！」

大公子也鑽進浴桶裡，低聲說：「我來……」

熱水環繞著兩人，雲舒的黑髮漂在水面，如一團水藻纏繞著她。大公子趨身靠近雲舒，雲舒卻不由自主地往後退，直到她退到浴桶邊緣，再無路可退。

大公子一手撐在桶壁上，一手扣住雲舒的後腦勺，毫不猶豫地低頭印上一吻。

雲舒洗淨唇脂的雙唇，如初春的桃花瓣一樣，粉紅而柔軟，大公子彷彿品嚐美食一般，伸出舌頭舔舐，直至用舌尖挑開雲舒因緊張而緊閉的牙齒，開始攻城掠地。

雲舒的呼吸有些急促，身體開始發燙，不知是熱水的原因，還是其他緣故……

她雙腿發軟，在水裡無法支撐住自己，不禁伸手摟住大公子，以他的身體作為依託，防止自己下沈。

大公子得到雲舒的回應，心中歡喜，十指靈活地在雲舒身上遊走，迅速把她的中衣解開，扔到桶外。

沒有濕衣服的纏繞，雲舒手腳靈活多了，她正要收回手，卻忽然被大公子抓住手腕，帶著她的手沈入水中。

「別怕，聽說第一次在水裡，不會那樣疼……」大公子輕緩低柔地說。

聽到這句話時，雲舒不知怎的覺得很幸福，有一個人這般想要她，如此牽掛她，這麼憐惜她……

兩具身體在水中緊密連在一起，大公子卻不敢亂動，因為每動一下，他就能夠感覺到身體某處的激動。

是興奮？還是喜悅？

兩個人都是第一次，小心翼翼地摸索前行，浴桶中的熱氣漸消失，兩人的呼吸聲卻越發低沈急促，皮膚也泛出一層緋紅，額頭上更有點點汗滴冒出……

冬天的早晨非常寒冷，當一陣陣冷風從脖子灌進被子裡時，雲舒終於醒了。

咦？為什麼冷風會灌進被子裡？

雲舒疑惑地睜開迷糊的雙眼，天色並沒有大亮，不知現在是什麼時辰。

大公子趴在雲舒身上，正在親吻她的脖子和前胸，被子被他頂在後背上，露出大大的空檔，難怪風會灌進來。

「大公子……」雲舒睡意盡失，看大公子一大早就這樣，不禁有些窘迫。

大公子抬起埋在雲舒胸前的頭，披散的烏髮順滑下來，落到雲舒身上，讓她覺得有些涼涼的。

「娘子，妳終於醒了……」大公子的聲音聽起來有些哀怨。

雲舒急忙問道：「什麼時辰了？是不是晚了？」

大公子搖搖頭，撲下去抱住雲舒，說道：「還很早，可以再睡會兒。」

雲舒反抱住大公子。「那大公子躺下來再睡一會兒吧。」

大公子搖搖頭，低聲說：「想娘子了。」

雲舒先是覺得疑惑，兩人就在一起，有什麼好想的？再細細思索，才領會出大公子這個「想」的深層涵義，腦海中頓時浮現出昨晚浴桶裡的情景，不禁覺得十分羞澀。

她掙扎著要起床，忽然想到一件事，瞬間僵直了身子，急忙拉住大公子說：「怎麼辦、怎麼辦！」

大公子看她突然慌了神，忙問道：「怎麼了？」

「元帕……」雲舒焦急地說：「我們昨晚在水裡……沒有元帕。」

原來是雲舒突然想起他們沒有收集能說明雲舒是處子的證據，一時驚慌起來。
可是大公子卻不明白，追問道：「『元帕』是什麼？」
雲舒結結巴巴地解釋道：「就是第一次的時候……會流血，要用一方白淨的手帕接住……證明貞操……」
大公子聽了覺得很奇怪，問道：「我並未聽說新婚有這樣的規矩。」
雲舒吃驚地看著大公子，難道這時候還沒有這種規矩？
雲舒鬆了口氣，說道：「沒有就好……」
大公子笑著說：「妳家鄉的規矩可真有趣。」
雲舒聽大公子說了這句話，覺得有些異樣。若按照雲舒之前的說辭，她小時候就因水患離開家鄉，家鄉這些習俗，又怎麼會是她一個小女孩能知道的？可是，大公子竟然絲毫沒有懷疑，甚至也不追問是哪裡的規矩……
以大公子的敏感和細心程度，不可能發生這樣的事啊？
雲舒有些驚疑不定地看著大公子，卻見他披上外套開門喚丫鬟進來，表現再正常不過。也許是他新婚太開心，所以沒注意？雲舒安慰了自己一番，當看到丫鬟們進來時，急忙鑽進被窩裡。
雲舒穿衣時，大公子就披著外套坐在一旁看。
雲舒問道：「大公子怎麼不換衣服？」
大公子回道：「平時伺候我更衣的是小廝，如今不方便進房，以後就有勞娘子幫我更衣了。」

雲舒抿嘴笑了笑，吩咐紅綃去拿大公子的衣服來，親手幫他穿好。

待兩人都換了衣服，一起坐到梳妝檯前，大公子伸手要去拿梳子，雲舒卻搶先拿過來。

「咱們急著去問安，可不由大公子胡鬧了，就讓天青快快梳好頭吧。」

雖沒搶到梳子，但大公子堅持要為雲舒畫眉，說是兩人昨天講好的，不許反悔。

雲舒拗不過，只好把炭筆給大公子，要他幫自己畫眉。

原本做好了洗臉重畫的準備，可等大公子畫完，雲舒一照鏡子，才發現竟然畫得相當好看，有股說不出的風情。

雲舒恍然大悟，大公子丹青畫得不錯，畫得了美人，自然也能為美人描眉了。

天青替雲舒梳妝好後，又為大公子梳頭，待一切打理完畢，時間已經有些緊了，兩人匆匆往後院的正堂——冠雲樓而去。

第一三四章　各有所圖

後院正堂。

冠雲樓取自「仙苑停雲」之意，位置在後院正中央，格局寬敞明亮，因此被大公子選為後院正堂。

此刻，桑老夫人、桑老爺、二夫人、桑招弟、桑辰龍及一些從洛陽趕來參加婚宴的桑家姨娘及庶女們，全都在冠雲樓齊聚一堂。

桑老夫人坐在正中高座上，桑老爺和二夫人坐在兩旁，其餘晚輩、姨娘都站在屋裡，而余嬤嬤和夏芷兩人，則帶著府中的丫鬟們伺候眾人。

大公子帶著雲舒來到正廳時，看到的就是這麼一副情景。雲舒正想著該怎麼敬茶，卻見三位長輩從座位上站起來，領著眾人一起向她行禮。

雲舒有些驚慌，但夏芷卻衝著她點點頭，要她不要亂動。雲舒這才明白，她雖是桑家媳婦，可是先君臣後長幼，在她向長輩敬茶行禮前，他們先得給自己問安。

頗為不安地受了眾人一拜，雲舒急忙上前將幾位長輩扶起來。

待長輩就座後，余嬤嬤帶領端著茶的丫鬟，笑著說：「新媳婦敬茶了。」

地上墊了兩個大紅團花的錦團，余嬤嬤扶著雲舒跪下去，桑弘羊也陪在一旁行禮。

雲舒向桑老夫人磕了一個頭，從旁邊接過一盞茶，舉過頭頂送到桑老夫人面前，喊道：

「奶奶，請喝茶。」

桑老夫人面色複雜地接過茶，看著眼前貴氣而靚麗的女子，實在想不到那個多年前在桑家受她賞賜新衣的小丫鬟，已蛻變至此。一年多以前，她在雨夜將雲舒趕出門時，更沒想到會有今日。

真是十年河東，十年河西啊！

老夫人不敢讓公主久跪，喝了一口茶之後，掏出一個鼓鼓的荷包，裡面裝了三支頭釵，當作見面禮送給雲舒。

一對新人接著對桑老爺磕頭。

桑老爺以前雖有些對不住雲舒，然而他還是很喜歡雲舒這個兒媳，不僅因為她會做生意，也因為她如今的身分能為桑家和兒子帶來榮耀，因此滿臉喜氣。

聽雲舒喊了一聲「爹」，桑老爺笑呵呵地喝了茶，從桌子上拿起一個匣子贈給雲舒，說道：「你們兩人苦盡甘來，以後一定要和和美美，讓我早點抱上孫子。」他指了指匣子說：「這是弘兒母親的一些遺物，我就交給妳了。」

雲舒頗為驚訝，轉頭看向桑弘羊，他也是一臉激動。

桑弘羊幼年喪母，身邊並沒有什麼母親的遺物，也極少聽父親提起母親，沒想到此刻還能見到母親生前用過的東西。

匣子裡，一對玉鐲、一對金鐲，還有一些頭釵、耳環及項鍊，雖然存放多年，卻依然散發耀眼的光芒。

雲舒鄭重地將東西遞給余嬤嬤，要她收好東西，這才轉向二夫人。

二夫人自從聽說雲舒當上公主，就十分慶幸自己當年沒特別為難過她，更慶幸自己曾幫桑弘羊推掉田家的婚事。她看了看眼前這對新人，再看向站在一旁的兒子桑辰龍，內心不禁相當歡喜，有這樣的哥哥和嫂嫂，兒子的前程就不用愁了。

二夫人哪敢要雲舒多跪，在雲舒剛彎身磕頭時，她就扶著雲舒站起來，說道：「公主是金枝玉葉，民婦怎敢受公主大禮，快快起來吧。」

說著，她就從袖子裡抽出一張單子塞給雲舒。「我沒什麼好東西送給公主，公主就收下民婦這點心意吧。」

雲舒不解地低頭看了一眼，嚇了一跳，那單子竟然是一座染坊的契約！

雲舒睜大眼抬頭看向二夫人說：「二娘，這個萬萬不可，禮太重了。」

二夫人敢自行把染坊送人，就說明這是她個人的所有物，她把一整間染坊送給雲舒，不僅僅是染坊沒了，還有染坊以後帶來的收益也沒了，這個損失很大。

二夫人連忙把雲舒遞回來的單子推回去。「這是見面禮，公主不可推辭。」

旁人都不知道二夫人送了什麼，一臉好奇，桑弘羊也不太清楚，但他覺得雲舒沒有什麼禮是受不得的，就在旁邊勸說：「長者賜不可辭，二娘的心意就收了吧。」

雲舒只好先收下，準備等會兒再跟桑弘羊商量該怎麼辦。

桑招弟抱著孩子站在一旁，看著他們這對新人，內心止不住歡喜。

雲舒許久沒見到她，更想瞧瞧她的孩子，互相行禮後，桑招弟作為長姊給了雲舒見面禮，雲舒也趕緊拿出一串小瑪瑙送給孩子。

桑招弟的女兒取名玲瓏，還不足一歲，桑招弟笑著對他們說：「等玲瓏周歲時，你們一定要來作客。」

大公子和雲舒點了點頭。他們是韓玲瓏的嫡親舅舅和舅母，自然要去。

桑弘羊又領著雲舒見了九歲的桑辰龍，以及五位庶妹，還有桑家的何、姚、洛三位姨娘，其中姚姨娘還抱著一個半歲的男孩子，那正是桑家今年新添的三公子，桑寅坤。

雲舒依次給了孩子們見面禮，只是那五位妹妹都低著頭不敢看雲舒，雲舒也沒能認真分辨她們的長相。

雲舒雖不是第一次看到二公子桑辰龍，但上次見他時，他還被人抱在懷裡，差不多兩歲上下，跟現在自然大不相同。

他的長相跟桑弘羊不太一樣，大概是因為大公子像生母鄭氏，而桑辰龍更像二夫人田氏一些。他性子很開朗，大大方方看著雲舒，嘴巴甜甜地喊著「公主嫂嫂」，讓雲舒看著就喜歡，二夫人在旁邊瞧了，更是歡喜。

因為這裡畢竟是公主府，桑家的人不做久留，一家人一起用過早膳後，桑老爺就帶眾人回桑家在長安的宅子。而桑招弟一個人帶著孩子出來，怕韓家人不放心，也早早回去了。

臨上車前，桑老爺拉著桑弘羊到一旁說了些話，等他回來，雲舒就見他臉色不太好。

兩人一起走回冬石院的路上，雲舒關切地問道：「爹說了什麼？」

桑弘羊說：「奶奶和二娘她們過年後就要回洛陽，不在長安住了。」

雲舒有些吃驚，今天是十二月十九，也就是說，她們很快就要回去了。

桑弘羊怕雲舒誤會，忙說：「主要是因為幾個妹妹都到了議婚年齡，父親覺得在長安不好說親事，還是由奶奶和二娘帶她們回洛陽比較好，那邊有一些門當戶對的世交。」

長安多是官宦高門，憑桑家庶女的身分嫁過去，只能做妾。雖然想嫁入官家做正妻也不是不可能，卻怕外人議論，說她們是借公主的身分攀高枝，嫁過去後恐不好做人。

若是回洛陽跟商賈世家議親，桑家就占有很大的優勢，到時只怕是別家爭相求娶桑家女，那些妹妹嫁過去，也會受到重視。

雲舒剛嫁過來，不好插手桑家的事，只是勸道：「現在路上不好走，你還是勸奶奶等開春再回去吧。」

桑弘羊點點頭，不再多說這件事，問道：「二娘送了什麼東西給妳，讓妳那麼吃驚？」

雲舒拿出契約說：「你看，竟然把染坊送給我了。」

桑弘羊也吃了一驚，旋即笑著說：「二娘真捨得下血本，她有這個心，妳收著就好了。」

「真的收下？」雲舒追問道。

桑弘羊說：「二娘在桑家不愁吃穿，要這作坊做什麼？她現在唯一操心的就是二弟的前程，父親對二弟一直不滿意，覺得他被二娘寵得太紈袴，現在又多了三弟，以後說不定還有四弟、五弟，二娘此刻想討好我們，便賣她個人情吧。」

桑弘羊入仕後，桑家的生意就沒辦法全權交給他，必定要選其他人跟大公子配合，一起撐起桑家的門楣。

依桑弘羊顧全大局的想法，縱使二夫人不囑託他，他也會關照、培養二公子桑辰龍，畢竟他也快十歲了，能學一些東西，比把期望放在半歲的桑寅坤身上實際多了。

只不過，還未確定的事情，二夫人怎敢掉以輕心，自然是殷勤地巴結他們，確保桑辰龍的地位。

雖在桑家門下工作過多年，然而內院許多事情雲舒都不是很了解，現在成了桑家長媳，自然要慢慢認識。

回到冬石院時，屋內已經被收拾得乾淨整潔，桑弘羊攜著雲舒的手坐下，說道：「一會兒我要管事的把名冊、權杖都送來給妳，妳熟悉一下府內的情況，往後他們就依妳的命令行事。」

這本就是女主人該管的事，雲舒在宮裡管不到，現在嫁人了，自然要幫桑弘羊分擔，就笑著答應了。

桑弘羊知道雲舒管人和管帳都不錯，並不擔心她是否好接手，幾句話帶過這件事後，又提到另一事。

「妳的人已經在昨晚搬到這邊的客房來住了，妳還沒見過他們，看什麼時候有空，見一見吧。」

雲舒知道大公子說的是馬六、墨鳴、墨非還有大平他們，她從宮中出來，生意方面許多事情都要一一處理，今天要整理公主府的內務，只怕沒時間，後天又是「三天回門」，再接下來就要準備過年的事，只有明天有空。

於是雲舒便說：「我與他們許久不見，如果相公明天有空，中午就在家中擺宴聚一聚吧。」

新婚期間，劉徹自然放桑弘羊假，他點頭說：「好，就依妳的安排吧。」

說完，他微愣了一下，轉頭望向雲舒，笑著問道：「妳剛剛喊我什麼？」

雲舒抿嘴淺笑，低著頭不說話。

桑弘羊握住雲舒的手，微微推了推，說道：「再喊一聲聽聽。」

雲舒偏不開口。「以後日日都要這麼喊，你肯定會聽厭的。」

桑弘羊央求道：「絕對不會聽厭的，娘子再喊一聲聽聽。」

見他如此央求，雲舒就說：「相公想聽，我就多喊相公幾聲好了，這有何難？」

桑弘羊喜不自勝，抱住雲舒就親了一口。

桑家家大業大，雲舒自己的生意也愈做愈大，雲舒身為女主人，在享受不到一天的新婚之喜後，轉而投入名副其實的「管家」工作上。

與各生意的管事商量完事情，雲舒就問身旁服侍的人。「大公子現在在何處？今天在哪裡用膳？」

靈風去打探了一番，回來在雲舒身旁低聲說：「大公子正在書房跟吳縣周家的公子說話，大公子說，若公主不介意，他就帶周公子一道過來了。」

雲舒微微有些驚訝，周子輝怎麼找上桑弘羊了？是為了恭賀他們新婚，還是有別的事情？

微微定了定神，雲舒就說：「那就一併將周公子請過來吧。」

三人用午膳時，雲舒問道：「周公子這次是為何事而來？」

周子輝說：「我此次進京是走親訪友，我爹娘前幾日也到了長安，我們一家人準備在長安過年。」

雲舒嚇了一跳。周家舉家來長安了？連腿腳不便的周夫人也來了嗎？

雲舒覺得周子輝有事瞞著她，周家舉家進京的原因肯定不簡單，這其中牽涉到桑弘羊，她一定要弄個明白才行。

午膳過後，雲舒和桑弘羊一起回到冬石院。遣退了屋裡服侍的，雲舒關切地問道：「相公，周家求你什麼事？是想承接宮裡的絲綢生意，還是想到長安做生意？」

桑弘羊搖了搖頭說：「都不是。」

「不是？」雲舒想不到還有什麼事，眉頭皺得更緊了。

桑弘羊說：「周家的事挺麻煩的，不過也不是不可行。」

雲舒緊張地望著桑弘羊，等待他細說。

「周家想替周子輝捐一個侍中。」桑弘羊緩緩說道。

「周家想出仕？」雲舒驚嘆道。

桑弘羊點頭說：「皇上正缺錢，以他們家的資產，捐個侍中也不是不可能，只是有一點很麻煩，妳可知周家是誰的後人？」

雲舒搖搖頭，周氏是大姓，她哪猜得到？

桑弘羊嘆氣道：「周老爺的身分可不一般，他是絳侯周勃的長孫，也是文帝絳侯公主之子。」

他怕雲舒不清楚周家的背景，解釋道：「絳侯周勃有兩個兒子，長子周勝之，次子周亞夫，周老爺正是長房周勝之之子。絳侯周勃去世後，長子世襲他的爵位，娶了公主為妻，可惜沒幾年，周勝之就因罪死去，公主也因病去世，爵位沒能落到周老爺身上，文帝下旨傳給了次子周亞夫。」

周亞夫很有名，雲舒知道他。他帶兵打過勝仗，平定叛亂，還當上丞相，只是最後下場不太好。

正如雲舒記憶中那樣，桑弘羊說：「周亞夫侍奉文、景兩代先皇，功不可沒，只可惜他晚年時先得罪了太皇太后，又頂撞了先帝，最後因為他的兒子犯法，受累坐了牢，在牢中憤恨吐血而亡。

「周老爺是罪臣之後，周家二房還在時，他們在周亞夫的庇護下，尚能在長安立足，等二房一倒，他們便舉家遷到南方。」

世族一旦垮臺，若留在長安，就是任人欺辱的分兒，若是遷去偏遠的小地方，境況就要好很多。

雲舒嘆道：「原來是名門之後，難怪他們山莊裡的護衛訓練得跟軍人一樣，連吳縣縣令也對他們禮遇有加。只是，既然是罪臣之後，又何必再回長安冒險？」

桑弘羊說：「周家是念著絳侯的爵位吧。」

爵位世襲罔替，當初景帝因為不滿周家，所以在周亞夫死後壓旨不發，而周家長房因怕被牽連，首要之事就是保命，哪敢奢望取回爵位？

不過如今改朝換代，劉徹登基為帝，當年周亞夫在景帝立太子一事上站在劉徹那方，且不論怎麼說，周老爺也是文帝公主之子，跟劉徹有親戚關係，所以周家就存了這個心思，想捲土重來。

桑弘羊把事情原委解釋一番後，雲舒心中已有了大概的輪廓。這件事雖有風險，但也有成功的可能性，她漸漸明白大公子為什麼沒有直接拒絕。

雲舒思忖了片刻，問道：「算下來，館陶長公主是周老爺的姨母？他怎不求館陶公主幫忙，反倒找我們幫忙？」

大公子點了點頭，難為雲舒能把他們複雜的關係弄清楚。他解釋道：「當初周家敗落時，館陶長公主和其他宗親做壁上觀，周老爺早就不對他們抱希望了。更重要的一點是，若尋求館陶長公主幫忙，周家就會被皇上冠以外戚之名，但若是從皇上貼身的侍中做起，那就表示只對皇上效忠。因周老爺想明白了這一點，所以我才願意插手此事，幫他們一個忙。」

如此緊要的事，難怪周家難以對雲舒坦白，雲舒也已經理解，心情不再難受。

出嫁第三天是回門的日子，雲舒和桑弘羊一大清早起床，隨便吃了些東西，就準備進宮謝恩去。

剛打開房門，鵝毛大雪就撲面而來，雲舒驚呼一聲，說道：「這雪悄無聲息，竟下得這般大。」

桑弘羊點頭說：「昨天半夜開始下的，到現在還沒停，路上只怕不好走，還好我們起得早，不然誤了時辰就壞了。」

雲舒點了點頭。

紅綃拿著兩把傘過來，桑弘羊自己撐了一把，紅綃替雲舒撐了一把，一前一後向外走去。

一同坐上馬車，他們準備先去長樂宮向太后問安。

馬車上，雲舒說起了南宮公主的事。

「相公，你上次對南宮公主說起軍臣單于之後沒多久，軍臣單于逝世的消息就傳了回來，你是不是事前知情？」

桑弘羊沒點頭也沒搖頭，只是笑著說：「是有那麼一些消息傳來。」

雲舒又問道：「那勸太子於單投降之事，是真的嘍？」

她記得漢武帝時期的確有一位匈奴王子投降的事情。

桑弘羊點點頭說：「南宮公主已寫信給他，現在書信已在路上了，估計年後就有消息回來。」

雲舒讚嘆道：「你辦事速度可真快，平時只見你在我身邊打轉，你是什麼時候辦的？」

桑弘羊呵呵直笑，卻不說話。

到了長樂宮，南宮公主已陪著太后一起等待他們。

桑弘羊和雲舒向太后磕頭，太后笑著問他們在公主府住得習不習慣、兩人好不好。

一一回答後，太后就賜了早膳，眾人一起坐著吃了。

席間，雲舒看南宮公主雖然穿著素衣，頭上戴了一朵小白花，給軍臣單于戴孝，但氣色看起來還好，就說道：「二皇姊沒能參加我的婚禮，等過兩日天氣好，我邀二姊去我家玩，到時候一定要來呀。」

南宮公主點點頭說：「若妹妹不嫌叨擾，我一定去。」

從長樂宮出來，他們接著去未央宮宣室殿向劉徹謝恩。

劉徹見了他們，正常地問了幾句話，就把桑弘羊留下，對雲舒說：「你們中午留在宮裡用膳，妳先去皇后那裡坐坐，朕跟桑弘羊還有些事情要說。」

雲舒退了出來，在一名宦官帶領下往椒房殿走去，卻在半路見到一群花枝招展的少女，個個撐著彩傘結伴走來。

雲舒在宮裡住了幾個月，從未見過這麼多年輕姑娘，看起來不像是新進的宮女，不知是什麼人。

兩路人碰上了，那群姑娘顯然也不認識雲舒，直到為雲舒領路的公公說：「各位順常，還不拜見四公主？」

順常，是後宮非常低的一種侍妾位號。

雲舒錯愕地看著眼前五、六人，沒想到她出嫁不過三日，後宮就多了這麼些侍妾。

那些姑娘又是緊張又是好奇地打量雲舒並行禮，想看看這位從宮外找回並十分得寵的公主是怎樣的人物。

雲舒看著這些順常，想到陳嬌是在怎樣掙扎的心境下才弄了這些人進宮，心情一時複雜起來，不知道說些什麼，衝她們點了點頭，就轉身離開了。

這個舉動落在那些姑娘眼中，卻覺得雲舒孤傲。

有人低語道：「原來這就是長安公主，真看不出來是長在宮外的。」

望著她的背影，有人答道：「聽說她極富有，在宮外的日子過得也很好，並非傳言中的乞女、丫鬟什麼的。」

有人微微有些嫉妒地說：「有錢又怎樣，嫁得好才是真的。聽說她只嫁了一個侍中，既不是世家，也沒有爵位，跟其他公主可沒法比，畢竟只是外面找回來的。」

這話說得很大膽，若傳到皇上、皇后或其他人耳中，必定要問罪，一時之間，其他姑娘們都不說話了。

那說話的順常也覺得失言，連忙補救道：「不過聽說那位大人長相是數一數二的，公主大概是看上他這點了吧。」

她這句話比沒說還糟糕，眾女皆是搖了搖頭，不再議論此事，繼續往學習禮儀的宮殿走去。

雲舒在椒房殿見到陳嬌，互相問候了一番，雲舒就說起在路上碰到的順常。「怎的一下子就多了這些侍妾？」

陳嬌似是想通了，神色並未有太大變化，只說：「就如妳之前所說，我光跟衛子夫鬥氣有什麼用，有些東西我爭不來，但我可以讓別人去跟衛子夫爭。我就不信全天下的女人都贏不過她。」

雲舒心中五味雜陳，一方面為她不再執拗感到高興，至少這樣，她日後應該不會對衛子夫使出什麼巫蠱之術，能保她皇后地位不倒；一方面也為她感到傷心，不管怎麼說，她對劉徹的一腔少女情懷，已經開始變質了。

第一三五章　匈奴太子

年前，大平和丹秋的婚事也有了結果，兩人訂在二月初六成婚，雲舒讓丹秋認了余嬤嬤做乾娘，從公主府出嫁，她的婚事自然也由余嬤嬤、夏芷等人幫忙準備。

只是有一點比較出乎雲舒的意料，大平並沒有選擇在長安當掌櫃，而是選擇繼續為雲舒在外地奔波。

當丹秋替大平轉達這個決定時，雲舒驚訝地問道：「那你們豈不是要長期分開？」

丹秋說：「大平今年才十八，我們都覺得趁年輕多在外面見識見識才好，等歷練幾年後再回長安定下來也不遲。」

雲舒點了點頭。他們能這麼想很好，多練幾年，她以後才敢委以大平重任。「那妳呢？是跟他一起，還是留在長安？」

丹秋笑著說：「等我嫁過去，就是長媳，自然是留在長安照顧公婆和弟弟妹妹，而且我還想繼續服侍公主呢。」

雲舒想了想，說道：「既然大平不留在長安，那我長安茶莊的掌櫃就沒人當，我這邊會請大公子幫我物色一個人選，不過，到時候就要妳去幫我管帳了，行嗎？」

丹秋有些緊張地說：「我行嗎？」

雲舒笑著說：「妳是我一手教出來的，怎麼不行？」

丹秋怯怯地答應了。「我一定不給公主丟臉。」

丹秋的事情定下來後，雲舒又叫來公主府的萬管家，要他找工匠去把她以前在長安買的院子重新修葺一番，當作陪嫁送給丹秋。

忙忙碌碌中，轉眼就到了過年。

雲舒是新婦，地位跟之前也有天翻地覆的變化，但這個年卻過得又忙又累，整天四處奔跑，讓桑弘羊心疼不已。

出了正月，二月初六就是丹秋嫁人的吉日。

公主府作為丹秋的娘家，為她準備了很多東西，丹秋一大早就去向余嬤嬤這位乾娘辭別，又來給雲舒磕頭。

雲舒看著丹秋坐上馬車，由紅綃、夏芷將她送去吳家。看著她離開自己身邊，雲舒雖有不捨，但更多的是高興。

丹秋陪伴自己多年，如今總算是得到她的幸福。吳家是跟她在一起這麼多年的貼心人，丹秋嫁過去自然會過得很好。

紅綃晚上回來時，開心地對雲舒說：「吳家的婚事辦得很熱鬧，向街坊鄰居借了地方，搭了五十多張桌子，左右近鄰全請到了。丹秋姊姊的嫁妝抬過去時，眾人都說比一般小姐家的還多，很是羨慕。吳家的新房也粉刷得很好，我看是那一帶最得體的房子。參加酒席的賓客都說吳家大兒子跟著公主有了出息，又娶了公主貼身的人，他們家的日子只會愈來愈好，都眼熱著呢！」

雲舒笑著說：「要妳跟著去送親，莫不是看得也想嫁人了？」

紅綃紅了臉，忙說：「公主取笑奴婢了，奴婢只想一直服侍您。」

雲舒自不信這種話，只是笑著繼續說：「等妳以後嫁人，也一樣幫妳辦得熱熱鬧鬧。」

紅綃感激地看向雲舒，由衷覺得自己跟了好主人。雲舒對身邊之人如何，她可是看得清清楚楚。

待到三日回門時，大平陪著丹秋回來拜見雲舒。

雲舒看丹秋已綰了婦人頭，臉上紅光更甚，笑著與她說了話，然後又對大平說：「既是新婚，就不要趕著出遠門，在家待滿三個月再出門辦事。」

大平頗為猶豫地說：「可是馬上就是春茶的季節了……」

各處管事在元宵節之後，已經陸續啟程回莊，準備開始為新的一年忙碌。

雲舒佯怒道：「自有其他管事去做事，難道沒了你，春茶就收不了了？哪有放著嬌妻獨守空房的道理，就算丹秋依你，我也不准！」

大平只好紅著臉答應了，丹秋也在一旁羞得說不出話。

待到二月底，長安又迎來了一件大事，駐紮在馬邑、雁門關一帶的部分將士回朝了。與他們一起回來的，還有歸降的匈奴太子於單。

他們的歸期比劉徹、桑弘羊預計的要早，滿朝大臣喜出望外。

因去年在馬邑打了勝仗，這次又接回歸降的匈奴太子，舉國上下十分歡騰。將士進城那一天，百姓冒著寒風出門夾道歡迎，劉徹更是在宮中大擺筵席，宴請百官以示慶賀。

加官的加官，賞賜的賞賜，雲舒因為貢獻了計謀及馬鞍、馬鐙的設計，被劉徹偷偷賞賜了很多東西，只是不好拿到檯面上來說。

匈奴太子於單被封為涉安侯，在長安賜了府邸。

雲舒雖然參加了宮宴，但並沒有看到太子於單本人，只是在後宮中跟常見的那些人一起用膳，說說體己話。

南宮公主成為話題中心，她是於單名義上的母親，又在匈奴領土住過，大家自然熱衷地詢問她一些關於匈奴或是於單的事情。

南宮公主的表情極為複雜，時常不在狀況內，神遊太虛。雲舒大概能理解她的心情，她寫信勸於單歸降，現在真的做到了，卻有些擔心自己做得是否正確吧……

隔了兩日，雲舒聽宮裡傳出消息，說南宮公主要求搬出長樂宮，去跟涉安侯於單居住。皇上念在他們是母子關係，而涉安侯在長安人生地不熟，南宮公主過去陪他，對安撫他的心境很有好處，就允了此事。

南宮公主搬出來那天，已是三月，眾姊妹都過府一聚，祝賀她喬遷新居。

涉安侯從叔父伊稚斜刀下逃出來時，未能把匈奴的妻子一同救出，所以劉徹在他歸降時，賞賜了很多美人。

現在涉安侯府中，美人雖多，卻沒有侯府夫人，南宮公主作為於單的母親，直接擔任侯府女主人的角色。

雲舒去拜訪南宮公主時，劉陵已在花廳中向眾姊妹宣揚起生意經，講她仙衣鋪種種事情，經常惹人陣陣發笑。

雲舒進去時，不知她們講到了什麼事，只知眾人望著她，笑得更甚了。

雲舒有些窘迫地打量了一下自己，又看看眾姊妹，問道：「我哪裡不妥嗎？」

劉陵笑著把她拉過去，說道：「妳妥當得很，是別人不妥當。」

原來，劉陵剛剛說起一個中層官宦家的太太去仙衣鋪訂製衣服，因聽說雲舒在歸降慶祝宮宴上穿了一件帶流蘇的罩裙，行走間流蘇閃動，如行雲流水般引人注目，便要求做一件有長長流蘇的裙子。

「我記得妳那裙子的流蘇只有三寸長，可那位夫人要我幫她做一件有一尺長，且上下共有三層流蘇的裙子，乖乖，也不想想那成什麼模樣了……」劉陵邊說邊忍著笑。

雲舒聽了也搖頭笑了，這就是過猶不及吧，並不是裝飾得愈多愈長就愈好看。那麼長、那麼多的流蘇，她當是穿草裙嗎？

大概是她們說笑的聲音太大，忽然有名男子走了過來，十分好奇地問道：「母親，這些都是您的姊妹嗎？」

眾人循聲望去，嚇了一跳，涉安侯於單不知怎的到內院來了。

漢朝的規矩雖然沒有那麼嚴格，可也是講究男女之防的。於單這麼不經通傳突然出現在女眷的廳堂裡，立即讓眾人嚇得不輕。

南宮公主看眾姊妹、姪女都不自在，不禁有些訕訕，然而於單本就是侯府主人，她只好上前介紹道：「這便是涉安侯。單兒，來見過你各位姨母和姊妹。」

雲舒對這個喪父且失去王位的匈奴太子很是憐憫，覺得他雖是歸降了，但也不知能過多少天好日子。劉徹雖會顧及南宮公主的面子，然而若不是為了留下他與伊稚斜抗衡，又怎會好吃好喝地供著他？

這樣想著，雲舒就微微抬眼打量過去。

於單沒有想像中那樣落魄不堪，雖然頭髮鬈曲沒有束冠，而是隨意披散在肩上，但衣衫整齊、身姿筆挺，十分高大魁梧，一雙褐色大眼十分好奇地打量著廳堂裡眾女。

他的五官立體，臉型如削，若不是因為皮膚有些黑裡透紅，雲舒倒真覺得他算得上是個美男子。

感覺到雲舒在觀察他，於單竟然絲毫不避諱地打量回來，好在雲舒是他「長輩」，倒也不避諱什麼。

南宮公主見狀，在一旁介紹道：「這是你四姨母，年前剛剛成婚，你該恭賀她才是。」

於單聽了就笑著說：「恭賀四姨母新婚大喜。」

他的腔調怪怪的，惹得屋裡的人低聲偷笑。

於單比雲舒年紀大，這般喊她，讓她很不好意思，但古人講究輩分，她只好大方接受。

劉陵好奇心重，對這個匈奴外甥分外的感興趣，立即走過來說：「大外甥，聽說你在家裡被欺負了，不過別怕，到了咱們這兒，姨母們疼你。」

劉陵的話惹來眾女一陣哄笑。這話說得實在不好聽，不要說於單和南宮公主，就是雲舒，也覺得話中有羞辱之意。

不過漢朝百姓向來仇視匈奴人，於單又是太子，劉陵對他有挑釁之意也是難免，只是雲舒怕南宮公主面子上不好過。

她一把拉過劉陵，說道：「妳口口聲聲說要疼大外甥，也不知妳要怎麼疼。」眼神交錯間，劉陵明白了雲舒的意思。她已比幾年前懂事多了，不再是那般刀子嘴，當即圓話道：「回頭我就幫大外甥訂做幾套合身又好看的衣服。」

雲舒就笑著對南宮公主說：「姊姊聽到了，到時一定要派人去取，可不能讓她敷衍，定要選最好的布料才行。」

南宮公主感激地看了雲舒幾眼，讓於單見過眾人之後，說是有事，先帶於單下去了。

他們兩人一走，劉陵就對雲舒說：「妳還真把他當親外甥啦？又不是二皇姊親生的，妳還這麼偏袒他。」

雲舒壓低了聲音說：「不管是不是親生的，我們今天為了二皇姊來，總不能讓她丟臉。」

劉陵卻說：「也不想想他們匈奴人殺了我們多少百姓、搶了多少東西，他一個降犯，卻這樣好好被供養著。」

雲舒知道在民族大義和家國仇恨前說大道理沒什麼用，便緩道：「自有男人們去對付懲治他，我們姊妹間別傷了和氣才好。」

劉陵想想也是，兩人又轉向其他話題。

劉陵問道：「後天就是韓家女兒的周歲宴，妳準備了什麼好東西？」

韓玲瓏即將滿周歲，又逢韓嫣回朝，他雖然沒有單獨立功，然而將帥們都受了嘉賞，韓家也不例外，所以韓家準備把周歲宴辦得熱鬧一些，請了很多人。

雲舒說：「送如意圈、平安鎖什麼的，覺得太尋常，那些金銀孩子現在也用不上。我想來想去，就託人為孩子做了個學步車，等天氣暖和起來，孩子身上的衣服少了，就該學走路了。」

劉陵好奇得不得了，問道：「什麼學步車？是怎樣的車子？」

雲舒笑著跟劉陵解釋，學步車就是下面帶了輪子，孩子在中間坐著，腳剛好著地可以使力學走路的車。

這東西比起金銀玉器什麼的，根本不值錢，然而貴在新奇，畢竟這時候還沒這東西呢。

劉陵腦中沒概念，想了半天也不知學步車是什麼東西，就嚷著後天一定要好好看看。

雲舒又問劉陵準備了什麼，劉陵就說：「幫孩子做了八套春夏的衣服，因孩子長得快，也不敢讓人多做，再過半年，指不定孩子長多大呢。」

雲舒笑著說：「沒想到妳這麼有心，還特地為玲瓏做衣裳。」

劉陵淺笑道：「好歹是你們家大小姐的孩子，而且我兒時也常跟韓嫣一起玩，都有交情，自然要費點心思，總不能隨便拿點東西敷衍。」

雲舒聽完，淡淡地笑了。

在涉安侯府用了午膳，眾人紛紛告辭，南宮公主獨獨把雲舒留下來說話。

雲舒心中疑惑，南宮公主倒是開門見山地說：「妹妹明天有沒有空？我想帶單兒去妳府上拜會妳和桑大人。」

雲舒驚訝地問道：「拜會我們？」

南宮公主說：「嗯，單兒能夠順利到長安，桑大人出了不少力，若不是他，單兒只怕性命難保。再者單兒沒有趕上你們的成婚大禮，想補個賀禮。」

雲舒不便推辭，只好說：「二皇姊和涉安侯別這麼客氣，我們只當是自家人過來玩，也別帶什麼賀禮，過來吃頓便飯吧。」

見雲舒答應了，南宮公主便很高興地把她送出門。

回到家裡，雲舒把此事告訴桑弘羊，桑弘羊略一沈吟，說道：「來就來吧，只是得多找些人作陪才是。」

是因為不想單獨接待於單，怕傳出什麼流言吧？雲舒心想。

桑弘羊把握時間，當即寫了帖子，邀請衛青、韓嫣、墨勤等年輕官員作陪。

次日南宮公主和涉安侯來訪時有些驚訝，他們沒想到公主府裡還有其他客人，桑弘羊就笑著說：「自那日宮宴後，滿朝都知涉安侯有海量，我一個人哪裡陪得住，於是請幾位朋友來，必定陪涉安侯喝個盡興。」

雲舒看著這群男人，覺得這樣的組合很奇怪，之前還是水火不容的兩國，現在卻能坐一起吃飯喝酒。

雲舒不怕韓嫣、墨勤把於單當敵人給解決了，卻怕於單面對這些殺父仇人時會眼紅。可於單卻一派雲淡風輕，一點脾氣都沒有，看得雲舒連連搖頭。

第一三六章　灞橋迎春

韓玲瓏周歲宴當天，雲舒夫婦一大早就到韓府。一群熟識的姊妹，或跟韓家有世交的夫人都來看孩子，並坐下說了一會兒話。

桑招弟收到雲舒送的學步車，立刻就把玲瓏放到車裡坐上。玲瓏又短又胖的腿開始亂踢，當真把車子弄得開始走動，不過因為玲瓏靠在中間的座位上，挺著一個小肚子，雙腳蹬地，車子竟是倒著跑的。

滿屋女人看著都笑了，桑招弟更是說：「唉唷，這沒學會走，反而學會倒著跑了。」

到了吉時，桑招弟帶著奶娘抱起孩子招呼大家去大堂，孩子將在那裡抓周。

因為人實在太多，雲舒沒擠到最前面去看孩子抓了什麼，只聽見一陣歡呼，有人歡喜地說：「姑娘是個愛俏的，抓了把鏡子在手中，以後必定生得國色天香。」

不過是湊熱鬧，抓周哪真能定終身，隨玲瓏抓個什麼，都會有人說好聽的話。不過憑韓嫣和桑招弟的長相，玲瓏倒真的長得不會差就是了。

桑弘羊見自己的外甥女那般粉雕玉琢，打從心底想早點要個孩子。從韓府回來以後，他整夜纏著雲舒，累到最後，雲舒連手指頭都不想動一下。

大公子把雲舒摟在懷裡，輕聲說：「皇上說要去灞水踏青飲宴，估摸著這兩天就要傳口諭下來，妳肯定得一同去。」

雲舒累到無力，輕輕點頭說：「這兩日還要去幫奶奶收拾東西，送她還有妹妹們回洛陽，我原指望能稍微歇一歇的，誰知皇上玩興還是這麼大。」

桑老夫人在正月過後就鬧著要回洛陽，雲舒等人多次勸說，好歹讓她等到過完玲瓏的周歲宴後才走。今天雲舒前腳剛從韓家出來，二夫人就差人來知會她，說老夫人又鬧著要離開了。

雲舒知道老夫人在長安住得不自在，老夫人雖沒指望能讓公主伺候她，但每每想到自己的長孫媳婦不來向自己端茶遞水，心中難免不平。但與雲舒見面時，雲舒禮儀總是周到，又和顏悅色，老夫人挑不出錯處，只能自己生悶氣，不如回洛陽更舒坦。

桑弘羊摟緊雲舒，耳鬢廝磨了一番，說道：「等熬到五月，我們一塊兒跟皇上去上林苑避暑，在那裡隨我們怎麼玩都沒事，自在得很。」

雲舒在桑弘羊懷裡低低應了一聲，漸漸沈入夢鄉。

隔日起床後，雲舒就帶人去桑家幫桑老夫人整理物品，備車備馬清點箱籠，足足忙了三日，才把桑老夫人、三位姨娘和女兒們送回洛陽，長安只留下桑老爺、二夫人和桑辰龍三人。

二夫人不用伺候婆婆，更不用照顧下面一群小的，內心歡喜不已，覺得這些都是因為有了公主兒媳才能這樣，對雲舒更是百般討好。

送人回來的路上，二夫人和雲舒坐在車上說話，二夫人感激不盡地說：「多謝公主總是替龍兒想著，他能去當平棘侯世子的伴讀，真是件好事。平日從侯府回來，他總是會鑽進書房研讀，有時還主動找先生問問題，聽說是跟世子較勁地學。老爺看他如此勤勉，心情也好了許多。」

雲舒笑著說：「這是二弟自己肯上進，也是二娘的福氣。」

兩人在街頭分了車，各自回府，桑弘羊就乘機鑽進來坐在雲舒身旁。「跟二娘說了什麼，她下車時眉飛色舞那樣開心。」

雲舒笑著遞了個果子給他吃，說道：「還不是二弟，現在二弟肯好好讀書，爹和二娘自然高興。」

桑弘羊也笑著說：「我原本擔心一群孩子在一塊兒玩興會愈來愈大，沒想到個個力爭上游。」

雲舒聽了，也是欣慰地微微頷首。想來薛默除了自己，也有心提攜、照顧桑辰龍，不枉她對他寄予厚望。

雲舒要隨桑弘羊陪伴皇上出遊踏青那天，雪霏哭鬧著要去玩，但雲舒覺得雪霏大了，不願再把她帶往人多的場合，所以任雪霏怎麼哭鬧，雲舒都堅持不肯。

雪霏在家裡關了一陣子，天天上課繡花，耐心早就到了盡頭，現在見有機會出去，自然不願輕易放過，使出百般方法，最後幾乎要抱著雲舒的腿在地上打滾，看得雲舒既生氣又心疼。

桑弘羊見兩人糾纏許久都不見分曉，又瞧雲舒的胸脯上下浮動，顯然就要動怒，連忙過去把雪霏從地上抄起來抱在膝頭，哄道：「我們雖說是去踏青，可是卻要被拘束在皇上身旁，不能四處走動，一點意思也沒有。雪霏如果想玩，今天就放妳一天假，妳和其他幾個姊姊一塊兒出去玩，好不好？」

一聽到「放假」，雪霏自動停止哭泣，連連點頭。

桑弘羊又說：「妳周姊姊家剛換了新房子，妳還沒去過，今天讓她帶妳過去作客，把三福也叫上，下午我跟妳母親去接妳。」

「好！」雪霏扭著身子從桑弘羊膝頭上跳下來，迫不及待就要走。

雲舒趕緊叫來桂嬤嬤，要她幫忙安排孩子們的行程。

待安頓好這些事情再出門時，時間已稍微晚了，雲舒有些急躁地說：「之前都未知會一聲，就把孩子們送周家去玩，周夫人只怕要手忙腳亂了，回頭還得去向周夫人賠禮。」

桑弘羊安撫道：「不過是孩子們去玩耍一天，沒多大的事，別放在心上。」說著又幫雲舒把脖子上的項鍊扶正。

雲舒看桑弘羊這般鎮定，覺得自己太焦躁了些，做了幾次深呼吸，心跳才漸漸平靜下來。

未央宮南華門前，隊伍整裝待發，雲舒在宮門前跟桑弘羊分頭，走去女眷集結的地方，與平陽公主、南宮公主、淮南翁主四人一車。

劉陵看雲舒過來，連忙說：「哎呀，來得這麼晚，我還當妳不來了呢！」

雲舒不好意思地說：「孩子鬧著要來，所以耽誤了出發的時辰……」

平陽公主難得和顏悅色地說：「我家襄兒也是，早上見我出門，大哭了一場，偏偏一個字也不會說，就張著一雙小手要我抱，看得我心疼極了。」

南宮公主和劉陵都朝平陽公主看去，心想她怎麼會主動接雲舒的話？一直以來，她對雲舒都是愛理不理的樣子。

雲舒心中也有疑惑，不過還是笑著跟她攀談。

沒多久，隊伍緩緩移動，向城外的灞水行去。

路途中，劉陵挑起話題。「告訴妳們一件好玩的事。」

眾人都朝她望去，知道她現在做生意，跟長安各家夫人小姐都有聯繫，知道的新鮮事也最多。

劉陵壓低聲音，指了指後面的馬車，裡面坐的是田家母女和修成君。

「田府又傳出醜事來了。田丞相抱怨膝下無子，想要納妾，選中的人，竟然是田小姐的貼身丫鬟……」

眾人皆倒抽一口冷氣，他竟連自己女兒房裡的人都下手！

平陽公主皺著眉頭說：「咱們這個舅舅真是沒臉沒皮，累得我們臉上也沒光！」

劉陵朝雲舒聳聳肩，意思就是說，田蚡是平陽和南宮的親舅舅，卻不是她們倆的親舅舅，所以她很開心地看戲。

南宮公主憂心忡忡地問道：「田夫人沒說什麼嗎？」

劉陵眉飛色舞地說：「怎麼沒說？田夫人今天出來，恐怕就是為了向太后告狀。現在除了太后，田丞相還聽誰的話？」

眾人聽了皆是點頭，可雲舒卻覺得田夫人這次找太后也沒用，田夫人生不出兒子，田家就要絕後，太后怎麼會樂意看到這種事情發生？就算不是納田小姐身邊的丫鬟，也會有其他人。

不過這些跟她也不相干，不過是看戲罷了。

幾人說著話，很快就到了灞水。下了馬車，雲舒就為眼前的景色所震撼。

灞水有如寬闊而透亮的水綠色絲帶在綠地中徜徉而過，河上修有一座橋，名為灞橋。灞橋兩岸，築堤五里，栽柳萬株。

現在正值三月，春風撲面，柳絮漫天飛舞，煙霧濛濛，這便是所謂的「灞柳風雪」。

太后、皇上、皇后都下了馬車，引領眾人在地勢最好的水邊平地上坐下。

雲舒隨眾人走過去陪太后說話，聊了幾句，太后就說：「難得出來一次，你們都去玩吧，不用陪著我了。」

劉徹率先告辭，向周邊走去，想來是要帶著他的近臣去哪兒玩樂。

眾人見皇上離開，也漸漸散開來。

劉陵眼睛左右梭巡，看了一會兒，在雲舒耳邊說：「我今天就不陪妳了，別生我的氣呀。」說完就笑嘻嘻地跑開。

雲舒好奇地看過去，只見劉陵腳步輕快地跑過灞橋，在柳樹下跟一人會合，看那身形……是衛青吧。

平陽公主和南宮公主也瞧見了，平陽公主有些感慨地說：「也不知這丫頭怎麼就看上衛青了。」

衛青是平陽公主府的馬奴出身，現在雖受皇上重視，但到底比不上劉陵出身顯赫，所以在外人眼中，都覺得衛青高攀了。

雲舒只是淡淡一笑，並不多說。

平陽公主不再聊劉陵和衛青的事，而是主動邀雲舒一起去水邊走走。

雲舒不習慣跟平陽公主獨處，又怕南宮公主落單，就說三人一起去，平陽公主臉上也沒有異色。

平陽公主自從生完孩子之後，豐腴了很多，現在臉圓圓的，比以前少了許多霸氣，顯得更容易親近一些。

平陽公主問起雲舒送給韓玲瓏的學步車。「我派人找了很多工匠，都沒人聽說過那種車，更沒人會做，不知妹妹在哪兒做的，我也想幫我的襄兒弄一個。」

外面的工匠當然不會做，那是雲舒畫好圖，特地請墨勤介紹墨匠做出來的。

雲舒應道：「那是我府裡的工匠做的，回頭我要他再做一個，親自送到皇姊府上去。」

平陽公主很高興，笑著點點頭。

三姊妹走到水邊，見河中有木船划過，平陽公主便指著不遠處的小渡口說：「走，我們也坐船去。」

河兩岸垂柳依依，坐在木船上肯定十分愜意，雲舒和南宮公主都欣然前往。

三人上船之後，船夫順水而划，慢悠悠地讓她們欣賞兩岸的景色。

此時，少女的嬉戲聲從後面傳來，雲舒轉頭看去，是田茵和幾個官宦小姐也坐船跟來了。

田茵要船夫追上雲舒她們的船，對著平陽公主和南宮公主喊道：「大姊姊、二姊姊，我們正要去前面的淺石灘玩，妳們要一起去嗎？」

平陽公主沈了臉，說道：「還有妳四姊姊，怎麼不向她見禮？」

田茵瞥了瞥雲舒，似是想到了之前受到的訓斥，很規矩地喊了一聲：「見過四公主。」

之前田茵在一個宴會的場合，不僅不肯向雲舒下跪行禮，甚至辱罵雲舒不過是個從外面撿回來的野種，不配姓劉。為了教訓田茵藉著田丞相的官位目中無人、蠻橫無理，雲舒略施小計，假意哭泣、委曲求全，讓早就對田家不滿的客人為她打抱不平。

流言傳到太后與皇上耳中，皇上大怒，連同田丞相無禮一事一併懲罰他們父女。不僅人心大快，也明白田家再怎麼樣囂張，都不可能越過皇家頭上，不但形同搧了田蚡一巴掌，更無人敢再議論雲舒的身分。

只不過田茵仍然不服氣，所以只叫雲舒「四公主」，而非「四姊姊」。雲舒跟平陽公主她們不同，不是王太后親生的，更不是田蚡的外甥女，田茵這聲「四公主」倒也讓人挑不出錯處。

平陽公主不再多說，只道：「我們坐一坐就上岸了，妳們去玩吧。」

田茵也不多話，斜睨了雲舒一眼，從鼻孔裡歙出一聲冷哼，就要船夫把船划開。

第一三七章　河灘爭執

到了淺石灘，田茵跟船上幾家小姐上了河中央的灘塗，早有僕役安置了竹椅在上面，只是田茵來得晚，早有人坐在竹椅上。

灘塗地方不大，有人或垂釣、或玩水，不亦樂乎，誰也沒理田茵。

田茵看沒地方坐，忍不住抱怨「來晚了沒處坐，真掃興」，說著就要回船上離開。

此時，忽有一人從竹椅上站起來，說道：「田小姐來這裡坐吧，我正要回去。」

說話的不是別人，是臨江翁主劉蔚。

田茵回身看了看她，冷笑一聲，說道：「誰要坐妳坐過的地方！」

劉蔚的臉色瞬間慘白，她知道外面都傳她剋夫，未出閣的女子不願與她親近，但沒料到田茵竟然這樣直衝衝地就說了這麼一句。

旁邊有人聽不下去，其中御史大夫韓安國之女韓葶最看不慣田茵平日的作風，於是收了釣竿，不冷不熱地說：「田大小姐最近派頭真是愈來愈大，公主她不認，翁主她不理，想來我們這些普通官宦小姐，更是沒資格跟她說話了。」

田茵見韓葶取笑她，轉過身劈頭蓋臉就是一句：「妳沒派頭妳去坐，我看妳敢不敢坐這個剋夫女的位子！」

這話一出口，淺石灘上的女子們都止了聲，個個都驚訝地盯著田茵，劉蔚的眼淚就這麼掉了下來。

田茵咬了咬嘴唇，心想自己又衝動了，扭頭就要走，卻被韓葶衝上前來一把拉住。

田茵看著自己被揪住的手腕，冷聲喝道：「鬆手。」

韓葶卻是瞪圓了眼睛，頂嘴道：「就不放，去道歉！」

田茵的人生中從來沒有「道歉」這個概念，她扭了韓葶的手，兩人就這樣推打起來。

眾女看情況不對，連忙上來試圖拉開她們兩人，又有人去安慰劉蔚，一時之間亂成一團。

田茵平時野蠻慣了，韓葶雖有一腔正義之氣，終究推不過田茵，自己反倒被田茵推得倒退好幾步，不僅濕了鞋，還差點掉進河裡。

這邊的紛爭動靜不小，雲舒幾人的船光是從河中經過，都能聽到吵鬧聲。

平陽公主看女孩子們擠成一團，而劉蔚站在水邊哭個不停，立刻要船夫把船靠過去。

平陽公主上岸後，提氣喝道：「吵什麼吵，成何體統！」

長公主不是白當的，她這氣勢瞬間把眾小姐都給震懾住了。

平陽公主掃視了一圈，目光落到田茵身上，問道：「怎麼回事？」

田茵扭過頭不回答，韓葶脫掉自己濕掉的鞋子摔在地上，氣憤地說：「臨江翁主好心讓位子給田小姐，田小姐卻罵她剋夫！」

平陽公主一聽，臉色瞬間黑到極點。

田茵仍不知死活地頂嘴道：「又不是我說的，是她婆婆說的。她是什麼樣子，自己不清楚嗎？不避諱也就罷了，偏偏還想拉我下水，她不嫌出來丟人，我都嫌她晦氣！」

「啪」的一聲，一個極響亮的耳光甩在田茵臉上，打得田茵往側面晃了好幾步才停穩。

田茵捂著臉，難以置信地看向平陽公主，哭喊道：「大姊姊妳打我！」

平陽公主懶得跟她廢話，對一旁嚇得瑟瑟發抖的僕從喝道：「把田小姐帶到太后和田夫人面前，我今天就要理論理論，看你們家究竟是怎麼教養女兒的！」

田茵大哭道：「去就去，姑姑一定會為我作主的！」說著又對旁邊一個丫鬟吼道：「愣著做什麼，去喊我爹來！」

平陽公主走到臨江翁主面前，也不安慰，同樣冷聲說道：「哭什麼哭，面子是自己掙的，偏湊上去給人甩臉，沒出息！」

雲舒在一旁看得震撼不已，她這才見識到平陽公主的厲害，回想起來，她以前對自己不過是暗地使絆子，想來已經算是柔和的了。

劉蔚哭得更厲害了，雲舒上前遞給她手絹，然後扶著她隨平陽公主上船。

一群人鬧到太后面前時，幾乎讓她傻了眼。

哭的哭、鬧的鬧，有身上掛彩的，還有濕了鞋襪的。

平陽公主不待太后發問，就迅速將事情說了一遍。田夫人在旁邊聽了，氣得拉過女兒的手打她的胳膊。「妳就這麼不留口德，平時為娘是怎麼跟妳說的?!」

田茵氣得反推田夫人，大喊：「她打我，妳也打我，又不是我的錯！」

田夫人怒喝道：「還不認錯！妳個孽障……」說著，就一邊哭著捶起自己的胸口。

田茵兀自爭辯道：「外面的人都是這麼說，又不是我編的，誰也不想跟她一起，為什麼只說我一個人？我就該被她纏上嗎？」

「夠了！」王太后聽不下去了，低沈地大喝一聲，田茵這才低下頭不再言語。

劉蔚在雲舒懷裡哭得快要暈過去，她不過是想讓位子給田茵，就被田茵說成「纏」，躲她如瘟疫，只怕死的念頭都有了。

畢竟是在平陽公主身邊養過的女孩，平陽公主不免有些心疼，對王太后說道：「母后，您今天一定要為蔚兒主持公道，怎能由著外面這麼編派她的不是！」

王太后看了哭到臉色發青的劉蔚一眼，對一旁的嬤嬤說：「把臨江翁主扶下去休息，都呆了嗎?!」

臨江翁主被攙扶下去，王太后這才對田茵說：「茵兒，這次是妳不對。外面那些沒見識的人胡說八道，妳怎麼能跟著以訛傳訛？蔚兒本就是個苦命的孩子，妳還這麼欺負她，等我奏明皇上，再罰妳思過一個月。」

田茵不服，正要說話，卻聽王太后對平陽公主說：「平陽，妳也不對，就算茵兒再不懂事，妳怎麼能出手打她？」

平陽公主畢竟城府深一些，她忍住胸中那股氣，說道：「女兒錯了，只是當時聽了實在生氣，一時激動才動手。」

這邊王太后已經快處理完畢，卻見一群男子蜂擁而至，田蚡跑在最前面，人還未到，就聽他喊道：「茵兒被誰打了？誰敢打我女兒?!」

剛剛那丫鬟心驚肉跳地跑去找田蚡，只說了一句「小姐被人打了」，田蚡就急忙跑了過來，事情的原委卻沒弄清楚。

待他看到田茵臉上赫然一個巴掌印子，當場大喊道：「真是無法無天，在皇上和太后眼皮子底下打茵兒的是誰？是誰?!」

說著，一雙利眼就朝雲舒看去，顯然為了之前她與田茵的恩怨懷恨在心，認定是她出的手。

平陽公主表情平靜，淡淡地說：「舅舅，您不用看長安，是我打的。」

田蚡顯然沒料到是平陽公主動的手，頓時有點洩氣，但還是板著臉問道：「妳怎麼能打茵兒，她是妳妹妹！」

平陽公主又把事情說了一遍，並十分不給面子地訓道：「舅舅該好好管教管教妹妹一張嘴，莫把人都得罪完了，自有你們的苦果子吃！」

劉徹從後面走過來，已有人在他耳邊說了事情始末。他也板著臉訓道：「修身、齊家、治國、平天下，舅舅是該好好管管自己的女兒了。」

被晚輩訓斥，田蚡臉上很難看，而劉徹話裡的意思，更讓他心驚。

他怕劉徹藉機說他不能齊家何以治國，立刻撲在王太后腳下哭道：「姊姊啊，他們現在都敢這樣欺負我，若沒有妳，我田家哪還有立足之地啊！姊姊，妳要為我作主啊……」

雲舒見識到田蚡撒潑打諢的樣子，簡直跟罵街的女人沒兩樣，這樣的人竟然是堂堂丞相！

已有女子忍不住掩嘴偷笑，劉徹、平陽公主更是頻頻皺眉。

王太后扶起弟弟，說道：「我已經訓斥過平陽了，你又鬧什麼？快別讓晚輩看笑話，我自不會讓你們被人欺負的。」

說著就對劉徹說：「這次的事情平陽和茵兒都有錯，我已經分別訓斥過了。難得出來玩，別讓大家掃興，這件事就算了。另外，你得好好管管蕭家的人，讓他們好生對待臨江，若再讓我聽到那些風言風語，必不輕饒！」

不過眨眼，這罪過就全被推到臨江的婆家身上了。

太后要圍觀的眾人散了，各玩各的去。

平陽公主擔心臨江翁主，就去後面休息的帳篷裡看她。雲舒和南宮公主嘆著氣走開，找了一處柳樹下的木凳坐著，無聊地看著河水。

桑弘羊、墨勤兩人聽到消息，尋了過來。桑弘羊關切地問道：「聽說田小姐跟人打起來了，妳沒事吧？」

雲舒搖搖頭說：「我沒事，是臨江翁主被田小姐欺負，平陽公主看不過去教訓了田小姐。」

桑弘羊點點頭說：「妳沒事就好。」

他跟墨勤又與南宮公主打了招呼，四人一起坐下。

雲舒現在跟墨勤見面見得少，一直惦記著他什麼時候去北疆，問道：「戰事暫歇，墨大哥還會去北疆嗎？」

墨勤點頭道：「中旬就要啟程了。伊稚斜奪了王廷，按照他暴戾的作風，肯定會打著為軍臣單于報仇的旗幟，侵犯我朝，需要過去幫李將軍提早做準備。」

雲舒微微頷首。的確，伊稚斜是個好戰之人，絕不會就此甘休，戰火不久後恐將重新燃起。

南宮公主捏著絲絹的手緊了緊，小心翼翼地說道：「刀劍無眼，墨大人要小心啊。」

墨勤微微有些害羞，言語笨拙地謝道：「多謝公主，微臣一定當心。」

雲舒在一旁說道：「過幾天我們擺宴為墨大哥餞行吧，也不知墨大哥這次要多久才能再回長安，咱們好好聚在一起喝一頓。」

桑弘羊和南宮公主都說好，此事就這麼定了下來。

中午擺了水宴，都是些河鮮，雲舒隨便吃了一些，過午就跟著大夥兒回城。

因雪霏還在周家玩，雲舒跟桑弘羊就一塊兒去接她。

桑弘羊帶著雲舒來到周家新宅大門前，不禁感到震撼，這高門大院著實太氣派了些。

桑弘羊解釋道：「這是以前的絳侯府，當年被抄收，周家前些時間花了點功夫，用大筆銀子買了回來。」

大筆銀子……雲舒沒敢問這個價錢具體上是多少，不過皇上肯讓他們買回去，應該就是好現象吧……

第一三八章 田府醜聞

從周府接了雪霏回來，雪霏在馬車上興奮地跟雲舒說今天的事。

「小順哥哥好厲害，他在冉冉姊姊家的花園子裡也能找到草藥。」

雲舒詫異的問道：「小順今天也跟你們一起？」

雪霏點頭說：「是呀，我想著好久沒看到弟弟還有辰龍哥哥他們了，冉冉姊姊就說把他們叫來，剛好小順哥哥送藥到弟弟家，就把他也一起找來了。」

雲舒心想，這麼多個孩子，今天周家肯定被他們鬧翻了，看來她得好好跟周夫人賠罪。只不過，比起這件事，她更在意剛剛丫鬟們從周家離開前的態度……

雪霏顯然玩得很開心，意猶未盡地說：「冉冉姊姊說等她家的牡丹花開了，再請我們過去玩。」

雲舒耐心地聽雪霏講孩子們之間的事，待回到公主府，她把雪霏送回芳草軒休息，這才帶著紅綃往冬石院走。

在路上，雲舒問紅綃：「我們從周家出來時，妳們因何慌張？」

紅綃如實說道：「因四處找不到桂嬤嬤，所以丫鬟們就慌了手腳。」

雲舒挑了挑眉，她早上明明把孩子們囑託給桂嬤嬤了，怎麼現在反而找不到她人？

「現在還沒找到她嗎？」雲舒問道。

紅綃點點頭說：「問過小姐身邊的丫鬟了，說早上到周府之後，桂嬤嬤就說小姐有東西落在府裡忘了帶，要回來拿，自那時起就一直沒看見她了。」

雲舒不禁皺起眉頭，若真有東西忘了拿，何須桂嬤嬤親自出馬，派個小丫鬟回來取就是了。這分明是藉口，不知跑去了哪裡。

想了一會兒，雲舒對紅綃吩咐道：「桂嬤嬤若回來了，要她來見我，要是她到夜裡還沒回來，就跟萬管家說一聲，派人出去找，別出了什麼事。」

紅綃神情嚴肅地領命。

待到晚膳之前，桂嬤嬤面如死灰地回來了，紅綃立刻把她請到冬石院雲舒的房裡。剛一見到雲舒，桂嬤嬤二話不說就跪在她面前。

雲舒看她身子搖搖晃晃的，像是下一刻就要暈倒，嘆了口氣，讓紅綃搬了小凳子給她，說道：「嬤嬤今天雖然擅離職守，偷偷跑出去，可是妳好歹是宮裡出來的老人，坐下來慢慢說吧。若有什麼隱情，我也好體諒一二，不然的話，只有交給夏芷按規矩懲處了。」

聽見雲舒這麼說，桂嬤嬤將臉埋在雙手中大哭了起來，整個身子抖到不行，倒把雲舒給弄慌張了。

「嬤嬤這是怎麼了？我一沒吼妳，二沒罰妳，妳怎哭得這樣撼天動地……」雲舒耐著性子問道。

桂嬤嬤抬起頭，滿臉淚痕，一雙渾濁的眼睛看向雲舒，跪著行到她面前，哭訴道：「老奴知道公主最是慈悲心腸，求公主幫我一把吧！」

雲舒聽出端倪，把桂嬤嬤扶起來坐在小凳子上，說道：「嬤嬤說清楚一些，到底是怎麼了？」

桂嬤嬤眼神閃爍，捏著手指頭，終於下定決心。「老奴年輕時在田府當差，偷偷生下一女，後來被丞相夫人送進宮中當嬤嬤，孩子就被夫人扣在田府。近幾日，我聽說丞相要納我女兒為小妾，可這卻是萬萬不能，求公主幫老奴一把吧……」

宮中的規矩雲舒知道得雖然不詳盡，然而最基礎的幾項要點，她還是明白的。能在宮廷當差的嬤嬤，全是未婚未育的女子，很多是由宮女一路當上來的，桂嬤嬤這種在宮外生過女兒的人，怎麼會進宮當嬤嬤？田夫人又為何要把她女兒扣在手中？

想到內情可能不簡單，雲舒表情嚴肅了幾分，說道：「嬤嬤，我雖年輕，但也不容易被人欺騙。嬤嬤隨口這樣胡說，要我怎麼信妳，又要我怎麼幫妳？我看嬤嬤精神恍惚，事情只怕不簡單，若嬤嬤真想要我出手幫忙，就說明白一些。」

桂嬤嬤從小凳子上滑坐到地上，哭著說出了往事。

桂嬤嬤閨名桂香，原被家人賣給田夫人娘家做丫鬟，後來田夫人嫁給田蚡時，隨田夫人陪嫁進入田家。

她原本頗得田夫人器重，誰知卻被田蚡糟蹋，此事被田夫人知道後，就把她打發到莊子上去做苦活，再也不讓她在屋裡服侍。

然而不過兩個月，莊子裡的人就告訴田夫人，桂香懷孕了。田夫人和桂香都知道，這是田蚡的種，可田蚡自己卻不知道，更沒注意到那個被他玩弄過一次的丫鬟不見了。

田夫人深怕田蚡知道桂香有了他的孩子，就把她接回田府做姨娘，於是瞞下此事，直到孩子在莊子裡出生，田夫人就強行把孩子搶了過去。

恰逢王太后那時剛剛晉升為皇后，她想從宮外選一批自己的人進宮去服侍她和劉徹，田蚡身為王太后的親弟弟，自然接手承辦此事。

田夫人欺騙田蚡，說她的丫鬟跟莊稼漢有了苟且之事且生下孩子，現在孩子被她握在手中，若把那丫鬟送進宮，她必然會對太后和田家無比忠誠。

田蚡覺得這樣也不錯，就把桂香送進宮當嬤嬤，而桂香因為擔憂孩子的安危，不敢不從。

桂香的孩子取名小穗，作為家生子從小在田府做丫鬟，因靈活能幹，被挑到田茵身邊做貼身丫鬟。只是田夫人也沒料到，田蚡竟然看上了小穗，現在更要納小穗為妾！

桂嬤嬤講得滿臉是淚，險些要喘不過氣來。

她跟田夫人都知道小穗是田蚡的骨肉，兩人萬萬不能在一起，可是田蚡跟小穗卻不知道，一個願娶，一個願嫁，把田夫人和桂嬤嬤急壞了。

雲舒聽得發怔，她拿起杯盞喝了幾口水之後，才緩過來一些。

她想起有一次桂嬤嬤帶雪霏去看小虎，桂嬤嬤當場暈倒，後來有人看到她跟田夫人碰過面，於是問道：「桂嬤嬤，妳上次在平棘侯府暈倒，是不是因為田夫人跟妳講了這件事？」

桂嬤嬤含淚點頭說：「因為田小姐之前頂撞公主，丞相一家受到皇上訓斥，所以丞相不敢在那個當口納妾，事情就拖了下來。老奴一直找機會出府去田府找小穗，就是想勸她不要做妾，誰知她怪我生她卻沒養她，要我別攔著她過好日子。她這是鬼迷心竅了啊……」

雲舒扶了扶額頭，很顯然田夫人不願意把真相告訴田丞相，而桂嬤嬤也沒想過要把真相說出來。就目前這個情況，田夫人和桂嬤嬤說話都不管用，那麼就必須有個強大的外力來阻止這件事才行。

雲舒撐著頭想了想，招手對桂嬤嬤說：「嬤嬤妳過來，我教妳怎麼去跟田夫人說……」

桂嬤嬤和田夫人拿田蚡沒辦法，除了太后，只剩下一個人能拿捏田蚡了，那就是田茵。

「田小姐先是被皇上訓斥，又被平陽公主掌摑，外面定然會有一些流言蜚語。加上她平時性格驕縱，說親時肯定會遇到很多問題。桂嬤嬤不妨要田夫人跟丞相說，田小姐之所以嫁人困難，是因為外面傳她家門混亂，當爹的挑小老婆挑到女兒房中，使田小姐處處被人取笑。」

田茵年紀不小，但婚事至今仍沒定下來，願意跟丞相攀親的，田茵嫌棄他們家世不好、人不好；真正家世好的世族，卻不願跟田蚡結親。

不管田茵因為什麼問題嫁不出去，只要田夫人把癥結推到田蚡身上，他肯定會動搖，畢竟納妾人選有很多，女兒卻只有一個。

桂嬤嬤聽了，怯怯地點頭，問道：「這樣有用嗎？」

雲舒說：「妳且去跟田夫人這麼說，最好把這話偷偷傳給田茵聽，到時她在田府裡鬧起來，田蚡想納小穗為妾就不太可能了。」

桂嬤嬤含淚連連點頭，又向雲舒磕了好幾個頭才下去。

桑弘羊在內房躺著看書，雲舒和桂嬤嬤在外面說的話，他聽得一清二楚。

待雲舒走進來時，他便搖頭苦笑說：「真正荒唐。」

雲舒也搖著頭說：「人在得意之時，難免忘形。田丞相從一布衣，藉著太后直抵青雲，連皇上也要讓著他，他哪裡還知自己是何人？」

桑弘羊拉著雲舒坐到自己身邊，說道：「還是我的娘子懂事，從丫鬟成為公主，卻依然不驕不縱，可愛可親。」

雲舒輕輕推了他一把。「我這個公主跟其他公主完全沒得比，跟皇上不是一胞兄妹，又沒有父母為依靠，憑藉的，不過是皇上對你我的信任和器重罷了。所以我們行事格外要小心，若有偏差惹皇上生疑或生氣，我們的好日子就到頭了。」

桑弘羊看雲舒心裡跟明鏡似的，感嘆道：「娶妻當娶賢，我真是娶了一位好妻子。」

雲舒輕輕一笑，反倒打趣起桑弘羊。「若說不驕不縱，我看相公你當數第一。不說有萬貫家財卻不揮霍，就說你十三歲為官至今蒙聖上恩寵，也沒見你做過什麼仗勢欺人之事。」

桑弘羊笑得摟住雲舒的腰，把她壓在身下。「既然娘子說了，那為夫就告訴娘子，我這輩子就想做一件仗勢欺人之事，那就是仗男子漢之勢，欺負柔媚嬌妻——」

雲舒見桑弘羊忽然沒了正經，一掃心頭沈悶，跟他打鬧起來。

第一三九章 小宴餞別

由於天氣轉暖，雲舒和桑弘羊準備從冬石院搬去牡丹閣居住。那裡的花園修建得十分漂亮，不僅種植成片的牡丹，還有其他花卉，此時正是百花爭豔之時。

雲舒想把墨勤的送別宴擺在牡丹閣後面的百花園裡，這幾日就帶了管事，往百花園去查看地形和場所，精心佈置起來。

在準備為墨勤送行的同時，桑弘羊為雲舒帶來一個頗為震撼的消息。

周子輝捐官不成功，皇上不允，只讓他參軍，此次將隨墨勤一同前去雁門關。

雲舒琢磨著，劉徹不准周家絳侯後人直接捐官入仕途，卻要他們從行伍出身，聽起來似乎很糟，但細想下來，卻比捐了侍中更妥當。

桑弘羊也解釋道：「皇上這個安排雖然出乎我們的意料，然而周子輝若能在軍中立功，回朝之後，周家恢復爵位也就指日可待了。這是皇上給周家的一次機會，不然只是捐個虛職，周家恢復往昔榮耀依然遙遙無期。」

雲舒點頭道：「這條路是難走了一些，可也是個好機會。」

只不過桑弘羊有些顧慮。「只是，周子輝是周家僅剩的一根獨苗，此番上戰場，萬一有個三長兩短，周家就完了。」

真是一步天堂，一步地獄。

就如桑弘羊所擔心的，周夫人得知周子輝要入伍參軍後，哭了個昏天暗地。周老爺卻咬牙狠下心，支持周子輝參軍，還說他們周家原本就是戰場上打出來的，現在想要回爵位，自然也得走這條路。

雲舒和桑弘羊聽到這些話，都在心裡默默點頭，看來周家還有明白人。

正因如此，餞別宴更為熱鬧，除了墨勤、南宮公主，周家也被邀請了。

薛默聞訊，也前來為師父墨勤送別，桑辰龍陪他一起過來，和雪霏一起安慰因哥哥要上戰場而傷心的周子冉。

雪霏牽著周子冉的手說：「冉冉姊姊妳別擔心，墨叔叔的武功可厲害了，妳看我弟弟才跟著墨叔叔學了一點功夫，都已經那麼強，子輝哥哥跟他一起，肯定不會有事的。」

桑辰龍聽的重點卻不一樣，他急忙問雪霏：「世子的功夫是跟墨叔學的？我看侯府為世子請了騎射師父，還以為世子是跟那些人學的。」

雪霏一臉不屑。「那些人的武功怎麼能跟墨叔比？弟弟跟那些騎射師父學，不過是擺個樣子，他厲害著呢！」

桑辰龍十分羨慕薛默一身功夫，看到比自己小的男孩子比自己厲害，桑辰龍也很想變強，無奈他就是學不好，四肢協調不當，連招式都比劃不齊全。

雖然很受打擊，但桑辰龍發現自己在算術方面強上許多，每次一起玩薛默發明的「二十四點」遊戲時，他總是能輕鬆贏過其他人，因此他決定把自己這唯一的特長發揚光大，免得事事都不如周圍的朋友。

雲舒和桑弘羊幾個大人坐在花園的席位上，她拿出一份禮物給墨勤，說道：「這是我拜託墨匠做的指南針，根據司南修改，用法一樣。墨大哥繪製地圖、領兵打仗時應該能用到。」

墨勤看著做工精緻的指南針，比司南要靈敏許多，又是驚嘆又是感謝。

南宮公主也取出自己帶來的禮物，是一個牛皮水袋，想必是她一針一線縫出來的。

在漠北打仗，水袋是貼身必備之物，墨勤從南宮公主那邊收到一份這樣的禮物，心中升起一股異樣的感覺，他不禁摸了摸放在胸口裡的那塊鳳形玉珮，那是他被封為騎郎將時，南宮公主送他的祝賀禮物。不知為何，他總是情不自禁地貼身帶著。

雲舒見墨勤收下水袋，卻捧著呆坐在那兒想了半天，而南宮公主看他如此模樣，早就紅了臉。雲舒左右瞧瞧，瞬間就明白了。只是此宴是餞別宴，有些話不方便說，雲舒暗自決定，待墨勤從漠北回來，若南宮公主心意未變，她便要出頭為他們兩人爭取一番。

因周子輝從未上過戰場，在餞別宴上，墨勤、桑弘羊以及被拉來當陪客的韓嫣跟他說了不少話，重點在於傳授經驗。

周子輝的表情極嚴肅，他認真地聽著，時不時還會問一些問題。

雲舒不打擾他們說話，又見幾個孩子在院子裡坐了一圈玩遊戲，便邀南宮公主在園子裡散步。

「二皇姊搬出宮來住，還習慣嗎？」雲舒關心道。

南宮公主雪白的頸背彎曲，微微頷首道：「侯府的規矩不如宮中，沒什麼拘束，若得閒，還可以隨時來找姊妹們說話，挺好的。」

雲舒點點頭，試探性地問道：「只可惜二皇姊孤身一人，身邊沒有人陪伴。於單雖跟妳有母子名分，但終究不是親生，又是異族。二皇姊現在還年輕，不如尋個意中人相知相守，若能有個孩子，那就更好了。」

南宮公主知道雲舒看出了一些端倪，立即紅了臉，腦袋垂得更低了，她呢喃道：「妹妹快別說了，新寡之時，怎敢談這些……」

雲舒心中了然，南宮公主是因為新寡而避談這些，可心裡卻是有意。時下風氣雖然開放，女子再嫁並不稀奇，然而南宮公主守寡不久，為了名聲，也該再守些時候。

反正墨勤這一去，估計又是一載才能回來，雲舒也就不深問，留待以後慢慢挖掘。

餞別宴上，大家把酒言歡，並沒有說太多傷感離別的話題，雲舒、南宮公主也陪著喝了幾杯。雲舒酒量大，只是微微醺紅了臉，但南宮公主腳步卻有些踉蹌。雲舒見狀，急忙和紅綃扶著南宮公主去自己屋裡歇下。

安置好南宮公主，雲舒返回百花園，卻被周子輝在半途攔住了。

周子輝也喝了些酒，看他的樣子像是有話要對雲舒講，雲舒就把他領到臨水的麗水軒坐下，並要紅綃去泡壺醒酒的綠茶來。

周子輝坐在麗水軒裡，看著外面輕輕蕩漾的池水，半晌才開口說：「我爹娘就我這麼一個兒子，我雖不懼死，卻總怕有個萬一，到最後丟下父母和幼妹無人照料。」

雲舒有些吃驚，沒想到周子輝一開口就是說這個。

周子輝抬眼看向雲舒，說道：「我今日來赴宴，是想求公主一件事，看在往日在吳縣時兩家的情分上，我以後若是有個三長兩短，求公主對周家照拂一二，不要讓我爹娘和妹妹受人欺負。」說著，還向雲舒跪下。

雲舒急忙扶起他。「周公子這說的是什麼話！你這次必定能夠安然歸來，何必想這些有的沒的，聽了怪讓人擔心的。」

周子輝卻像鑽進牛角尖一般，非逼著雲舒答應。

「我也是以防不測……若我還有別人能夠託付，也不會為難公主。只是人心叵測，這次周家回長安，我遵照父親的意思去拜訪過多位故交，可他們對周家都是避之唯恐不及，連與妹妹有婚約的世家都抵死不認，真正氣煞人也。這幾個月來，也只有桑大人和公主願意伸手幫我們一把……」

世態炎涼，一向如此。雲舒雖曾氣過周家利用她，然而在知道原委後，也理解了周家的用意。想起在吳縣的種種，以及周夫人和冉冉對她的情誼，雲舒點頭道：「你放心吧，只要是我力所能及的，定會照拂你的家人。」

周子輝感激不盡，不顧雲舒的阻攔，行了一個大禮，方肯起身。

兩人一起回到宴席上，桑弘羊看了他們兩人一眼，笑著拉了周子輝繼續飲酒，並不問他們怎麼會在一起。

晚上宴席散盡，雲舒服侍桑弘羊梳洗，隨口抱怨道：「你們今天喝得也太多了，好大的酒氣，縱是成親那日，也沒見你喝這麼多。」

桑弘羊任由雲舒幫他脫掉外衣，然後轉身撲向雲舒說：「周子輝跟妳在園子裡說了些什麼？是不是要走了，捨不得妳？」

雲舒震驚地瞪圓了眼睛。桑弘羊這是在吃醋嗎？她從未見過他這麼明顯的表達過自己的醋意，莫不是真的喝醉了？

「胡說什麼呢，我跟他談什麼捨得不捨得，他是放心不下家人，拜託我多照顧一些而已。」雲舒也顧不得桑弘羊是不是清醒，仍耐心地解釋。

桑弘羊摟著雲舒，頗為不滿地哼了兩聲，說道：「那又何必攔了妳單獨去說，跟我說也一樣……」

雲舒拉開桑弘羊的雙臂，把他往洗漱的內間推去。「你一個大男人，如何照顧周家的妻兒？好啦好啦，別胡思亂想了，快點洗澡歇下吧。」

桑弘羊醉眼矇矓，著實沒精神繼續追究下去，洗漱一番之後，就抱著雲舒睡著了。

第二日醒來，桑弘羊渾然不知道自己昨晚跟雲舒說了些什麼，只模糊記得好像講了不恰當的話。他期期艾艾好半天，旁敲側擊地問雲舒，雲舒笑著跟他說了，他卻脹紅了臉，十分慎重地向雲舒道歉，說他不該說那些混帳話。

雲舒並沒有生氣，不管怎麼說，桑弘羊都是在吃醋，才會如此。若一個男人跟她躲在林子裡好半天，桑弘羊卻不聞不問，鬱悶的人只怕是她。

第一四〇章 忙裡偷閒

幾個月以來，雲舒一直忙個不停，好不容易得空歇在家裡，劉陵就主動找上門來了。

雲舒以為劉陵是為春裝的設計圖而來，著實忐忑了一下。她一直沒能抽出空來想新樣式，現在什麼東西也拿不出來。

她自牡丹閣門口接了劉陵進屋，兩人一起在窗邊坐下，窗外幾株牡丹開得正好，奼紫嫣紅，引得蝴蝶在窗前飛舞。

雲舒親自為劉陵奉上一杯茶，主動告罪道：「自過年以來一直不得空，裡裡外外的事情亂糟糟的，我一直沒能空出閒來畫圖，今日姊姊恐怕要白走一趟了。」

劉陵自在地喝茶，揮了揮手說：「我自然知道妳忙，所以要繡娘直接修改冬裝的樣式，換了料子弄成春裝。比如帶斗篷的，就改成綃紗罩衣；帶皮草滾邊的連衣帽，就改成披帛，一樣好看。」

雲舒忍不住在心中驚嘆，劉陵真是個做生意的料，舉一反三的本事很厲害。

不過她又疑惑道：「那姊姊今天來是為了什麼事？」

劉陵放下茶盞說：「劉爽的生日在下個月，他送了帖子給我，我打算去衡山國一趟，我猜想妳去不了，只是來問問妳可有什麼東西要我幫妳帶過去？」

其實雲舒府上也收到了請柬，只不過她現在不宜遠行，所以要夏芷準備一份厚禮送過去給劉爽。

不過，她沒想到劉陵今年還會千里迢迢地趕過去。

雲舒眼睛轉動了幾下，問道：「姊姊去衡山國可是有什麼事？」

劉陵的表情漸漸變得凝重，她點點頭，放下茶盞說道：「我父王跟三王叔恢復了來往，他今年也會去衡山國。十六哥知道我現在不願回淮南國，寫信要我趁這次機會，跟我父王再談談。我雖不指望著父王能聽我的勸，但好歹是一家人，我以後想要成婚，還得他點頭吶……」

雖然淮南王之前態度曾稍微軟化，暫時擱下謀反之意，可是隨著他與衡山王關係修復，兩人似乎發現彼此都有異心，因而有了勾結的意思，讓劉陵非常擔心，便離開淮南國躲到長安來，已經過了好一陣子了。

雲舒了然地點了點頭。劉陵跟淮南王不可能一輩子老死不相往來，他們無論如何都是父女。既然劉陵不願回淮南國，那在別的地方談一談也好。

「姊姊此去一路上要注意安全，跟淮南王坐下來好好談談，縱使在政見方面有所不同，但畢竟是一家人，若能趁此次把妳的婚事談妥，妳出嫁後問題便少了。」雲舒安慰道。

劉陵點點頭，苦笑了一下。把婚事談妥，只怕不易啊……

雲舒又問起劉爽的近況。「他在衡山國還好嗎？」

強勢的後母、昏庸的父王，不知劉爽的境況是否有所好轉？

雖然房裡只有劉陵和雲舒兩人，但劉陵還是忍不住壓低聲音說：「十六哥在衡山國鬧得不可開交，他和許都尉聯起手來對付徐王后，兩邊形勢相當，一直膠著。」
劉爽是衝著許都尉這位老丈人而選中許小姐。這樣的出發點對於愛情與婚姻來說，也許是個悲劇，可對劉爽而言，卻是再好不過的事情。雲舒只希望他的境況改善之後，能對許小姐好一些，也許日久生情，兩人真能琴瑟和鳴。
又坐了一盞茶的時間，劉陵囑託雲舒幫她照看著仙衣鋪的生意，交代了一些瑣碎事情，就離開了。

雲舒送走劉陵後，歪在臨窗的榻上想著劉陵剛剛說的那些事。
比起劉爽，她真的覺得自己很幸福，縱使曾經地位卑微、處境貧寒，但此刻她有溫暖的家，有親近的姊妹，皇上和太后待她也不錯。
反觀劉爽，他生在錦衣玉食的環境中，可是現在卻步履維艱……
雲舒正出著神，紅綃掀起珠簾走過來，稟報說：「公主，桂嬤嬤求見。」
雲舒坐起身子，點頭道：「請嬤嬤進來吧。」
紅綃領著桂嬤嬤進來，桂嬤嬤二話不說，就對雲舒磕了幾個響頭。雲舒看她磕得一次比一次還大，嚇得立即要紅綃把桂嬤嬤扶起來。
桂嬤嬤一臉激動，熱淚盈眶地說：「老奴這輩子都不會忘記公主的大恩大德……」她聲音哽咽，已有些說不出話。
雲舒揮手要紅綃退下，單獨與桂嬤嬤說話。

「看嬤嬤這歡喜的樣子，田府的事已有著落了？」雲舒問道。

桂嬤嬤連連點頭。「果真如公主所說，當田小姐以為自己被田丞相拖累，毀了清譽無法出嫁時，在田家大鬧一場，逼得田丞相不得不把小穗打發出府。田夫人原打算拿小穗挾持我，可到了這般田地，她卻反怕我把真相說出來，於是給了小穗一大筆錢，把她配給外面莊上一個小管事，田夫人還特地讓我去看了那個管事，說是個勤勉老實的人，我一顆心總算是放下了。」

瞬息之間，小穗的命運就發生了巨大的轉折，她卻絲毫沒有掙扎的餘地。

雲舒原本已經做好打算，如果桂嬤嬤求她把小穗贖出來，她也未必不會答應，只是因為小穗是田蚡的私生女，田夫人心裡有數，不一定會輕易放桂嬤嬤母女逃脫田家控制，免不了要想些其他辦法才成。

可是此刻小穗能配個普通平實的人家，就已經讓桂嬤嬤感恩戴德，並無其他要求，加上此事關係到田府的內務，既然桂嬤嬤沒提出來，雲舒也就不插手了。

沒有過多追問，雲舒賞了一些錢給桂嬤嬤，好讓她為她女兒出嫁時打點添箱。

桂嬤嬤謝了又謝，方含淚退下。

到了五月，天氣逐漸炎熱起來，劉徹果然拉著一干近臣前往上林苑去避暑。因桑弘羊要陪駕，雲舒也在隨行之列。

臨出門前，雲舒十分放心不下雪霏一個人在家，可是她卻一本正經地跟雲舒說：「娘放心去吧，我會跟姊姊們在家用功學習，回來讓您看我的繡品。」

雲舒驚訝得半天合不攏嘴，幾乎要感嘆雪霏一夜之間長大了，可是個性老實的三福沒能忍住，忽然笑場，雪霏看了在一旁急得跺腳，連周子冉也跟著哈哈大笑。

雲舒看得莫名其妙，問道：「妳們這是在笑什麼？」

三福見雲舒問，便答了：「雪霏昨天計劃了一晚上，說等公主去上林苑後要怎麼玩。她現在見您不放心，很怕您要帶她去上林苑，所以說些正經的話好讓您安心去消暑，可是我實在……看她故作正經的樣子，實在好笑……」

雪霏現在的心情就是等父母不在家，好大鬧天宮吧。

雲舒失笑地揉了揉雪霏的頭，想到兩千年後的孩子還有暑假，雪霏卻得天天學習，也頗為辛苦，就說：「現在天氣熱，我會要夏芷跟師傅們說，以後上三天學休一天，妳們休息時可以在家玩，若要出去，須經由桂嬤嬤同意，也要有人跟著，不准丟下照顧的人偷跑出去，若讓我知道了，就取消妳們的假期。」

雪霏開心得合不攏嘴，連連保證一定聽話。

雲舒帶了余嬤嬤和紅綃、天青兩人去上林苑，在車廂裡悶熱了大半天，終於到了山林裡的涼爽之地。

上林苑比雲舒先前來時更美了，庭院裡的樹非常茂盛，不知名的小花也開得遍地都是。

劉徹這次單獨賞了弄溪院給雲舒和桑弘羊居住。弄溪院裡，一條從山上流下的小溪流入院中，隨著竹筒的接引，匯聚成池。水池分高、中、低三層，池中養了睡蓮和紅鯉魚，每一層的水溢滿而下，到最底層再匯集成小溪流出庭院，十分有趣。
丫鬟和宮人在屋內收拾行裝，桑弘羊則拉著雲舒在院子裡的大樹下乘涼。
來到上林苑，桑弘羊比雲舒更高興，他歡喜並心疼地說：「在這裡沒人吵妳，也沒那些繁雜的宴會。妳最近一直沒怎麼歇息，這段時間該好好養一養，看妳好像更瘦了。」
雲舒也樂得偷懶，公主府的事務、永無休止的人情往來，這兩個月可以暫時拋在腦後，閒適過生活。
雲舒把腦袋擱在桑弘羊肩膀上，說道：「這裡的確清靜，只可惜你每天要陪皇上處理政務，直到午時過了才有空，可下午偏偏熱得很，我們哪兒都不能去呢。」
桑弘羊是上林苑的常客，又是半個設計者，對此處再熟悉不過，他輕聲一笑，說道：「我知道有個好去處，沿著百步梯上到山頂，清晨可觀日出，看完日出沿著羊腸小徑走到後山的碧心池，轉一圈再回來。沿路景色十分美麗，也用不了多久時間，我們早起些，在皇上處理政務之前就能趕回來。」
初夏清晨時節的山林美景最是青翠欲滴，石間清泉叮咚作響，晨露晶瑩剔透，加上蓬勃而出的朝陽……雲舒想像了一下，頗感興趣。
「若不耽誤相公的公事，那我們明早就去看日出吧！」雲舒難得這樣急性子。
桑弘羊很久沒有跟雲舒單獨去哪裡玩了，心中同樣十分期待，當下便安排宮人去把百步梯至碧心池附近的小路清掃一遍，以防樹叢茂密，擋住了去路。

待到第二天凌晨，外面還是黑漆漆的一片，雲舒已經被桑弘羊輕輕搖醒。雲舒知道看日出要趁早，也不敢賴床，迷迷糊糊地隨桑弘羊爬起床。

紅綃、天青昨晚已經知道他們今天早上要去爬山，一聽到動靜，就推門進來服侍他們洗漱。

待雲舒的頭髮快梳好時，她才徹底清醒過來，發現天青為自己穿上的是適合爬山的窄袖束腰錦衣，滿意地點了點頭。

為了防止爬山時首飾掉落，天青心靈手巧地用絲帶把雲舒的長髮盤到頭上，因此雲舒頭上什麼髮釵也沒戴，既清爽又方便。

打扮好了之後，雲舒就見桑弘羊手上提著風燈，腰間挎著水袋在門口等她。

紅綃為雲舒披上輕薄透氣的披帛，說道：「早上林子裡的涼氣恐怕還沒散盡，公主披著吧，免得露水沾濕了衣服受涼。」

說著，又把提前備好的、裝著小糕點的小盒子送到雲舒手中。

猶豫了一下，紅綃頗為擔憂地看著桑弘羊和雲舒，問道：「大公子和公主上山，真的不帶幾個人隨行嗎？」

桑弘羊為的就是跟雲舒獨處，自然不想帶人，他牽了雲舒的手說：「不用，這山不高，路也好走，我們兩個去看看，沒多久就回來了。妳們且去睡個回籠覺吧。」

說著，就跟雲舒兩人提著燈，腳步輕快地往後山走去。

朦朧的晨色中，可以看到如霜一般貼在綠草和樹葉上的露氣，稍一碰觸，便匯聚成一滴露珠，從葉面上滾落。

待到了樹林邊緣，一陣陣鳥雀啼鳴從樹林深處傳來，聽在耳中，雲舒頓時覺得神清氣爽。

雲舒由桑弘羊牽著，兩人一起踏上百步梯，灰色的石階上有些濕潤，但是綠苔已經全部被宮人刮除，走起來很安全。

一氣爬了百階樓梯，桑弘羊只是呼吸有些加重，可雲舒已是扶著腰大喘氣了。

桑弘羊攙著雲舒，問道：「還行嗎？要不我揹妳吧？」

雲舒抬起臉搖了搖頭說：「沒、沒事……只是忽然，走得急了。」

百步梯頂端修有一座石亭，桑弘羊扶著雲舒走過去，把自己的披風脫下來墊在石凳上，讓雲舒歇息。

雲舒從桑弘羊手中接過水袋，喝了兩口，感慨道：「我以前體力很好，現在出行總是坐馬車，在家或宮中也都乘肩輿，不過半年，體力就差了好多。」

桑弘羊站在亭子旁眺望遠處濛著白霧的山林，說道：「以後我常帶妳出來走走就好了。」

暫歇了一會兒，因為顧及日出的時間，兩人再次上路。

之後的路就沒有百步梯那麼好走了，是一段蜿蜒上山的小路，沒有鋪石子，只有前人走出來的痕跡。

桑弘羊在前頭開路，雲舒亦步亦趨跟在後面，又走了約一刻鐘，眼前豁然開朗，他們已經到了小山坡的頂端，兩塊巨大的白色石灰岩佇立在邊緣。

「來，我們去石頭上坐著等一等，太陽一會兒就該出來了。」桑弘羊吹滅風燈，把披風鋪在石頭上，雲舒也把披帛鋪展好，而後兩人一起坐上去。

天色似明非明，天邊雖已有亮色，然而頭頂上的夜空，還看得到星星，特別是天邊的啟明星，格外亮眼。

雲舒往後躺在石頭上，指著天空說：「真好，還看得到星星，見了星星看太陽，一舉兩得。」

耳邊時而有蟲鳥鳴叫，除此之外，一片寂靜。

桑弘羊坐在她身邊，看雲舒額頭上有微微的細汗，便掏出汗巾俯身幫她擦拭。一上一下四目相對，桑弘羊為雲舒擦拭汗珠的手漸漸停止動作，放下汗巾捧著雲舒的臉慢慢摩挲。

雲舒不好意思跟桑弘羊相視，垂了眼看著自己的鼻端。

桑弘羊俯身在她額頭上親了親，沒說什麼話，卻淡淡笑了。

雲舒覺得好尷尬，一骨碌坐起身，從旁邊拿出點心盒子，餵了一塊軟軟的梅花糕到桑弘羊口中，堵了他的嘴。

為了化解曖昧的氣氛，雲舒口中還不停說著話。「昨晚吃到這梅花糕時，就覺得軟而不膩，又不黏嘴，特地要紅綃幫我們帶了一些，姑且墊墊肚子，免得一會兒沒力氣下山了。」

說著，她為自己挑了一塊梅花糕，咬了一角叼在口中，還不忘伸個懶腰。

桑弘羊見她這般可愛，趕緊吃完自己口中那塊，然後輕輕一撥雲舒的肩膀，湊上去把她叼在嘴邊那半塊咬了下來。

雲舒來不及反應，只能瞪著眼睛看桑弘羊敏捷地搶走自己嘴邊的食物。

她摸摸自己剛剛被碰到的鼻端，一個粉拳打到桑弘羊胸前，說道：「相公好賴皮，吃著嘴裡的，還看著鍋裡的，愈來愈欺負我了！」

桑弘羊單獨跟雲舒一起時，格外喜歡逗弄她，他抓過她的手腕把雲舒拉進懷裡，說道：「娘子嘴裡的，格外好吃……」

雲舒的臉瞬間紅了，她推了推他。「快別鬧了，當心被人看見。」

桑弘羊卻不鬆手。「不會有人的，皇上來上林苑前十天，已經派人搜過山，周邊都封鎖了起來，附近的居民絕不會進山。至於皇上他們，此刻醒都沒醒呢。」

雲舒低聲嘀咕道：「即使是在深山野地，相公也不能亂來……」

桑弘羊看她這扭捏的模樣，更起了玩鬧之心。「我怎麼亂來了？娘子以為我要怎樣？」

這話羞得雲舒沒了言語，掙扎著推開桑弘羊說：「哎呀，太陽要出來了，你快看！」

果然，天邊的薄雲已經被染成一片緋紅，霞光四射之中，一輪紅日冉冉昇起。

早晨的第一縷霞光，璀璨卻不刺眼，隨著陽光照射，樹林裡升起一陣霧氣，雲蒸霞蔚中，紅日愈升愈高，也愈來愈明亮。

山腳下的上林苑近在眼前，宮殿或巍峨或奇秀，沿著山勢而建，樹林被朝陽曬去晨霧，愈見蔥翠。陽光從大片雲朵之間射下來，光影投在地上或明或暗，隨著風把雲朵吹開，光線更是瞬息萬變。

「真美……」雲舒嘆道。

桑弘羊看著旭日東昇，似乎有所感觸，從石頭上站起來走到邊緣背手而立。站了一會兒，他回頭笑著對雲舒說：「娘子，妳可知道我第一次在這裡看日出時，是什麼情景？」

雲舒略一思索，問道：「是你幫皇上修建上林苑的時候嗎？」

桑弘羊點點頭，踱步到雲舒身邊。「那時妳遠在婁煩，我一人在長安，為了得到皇上的信任和器重，事不分大小，為皇上鞍前馬後地奔波。修建上林苑耗資巨大，桑家財力幾次都險些無法支撐，我身邊無人可信，無人可用，每當這時，我就特別思念千里之外的妳，於是就跑到山頂眺望遠方。總想著如果妳在我身邊，妳會怎樣鼓勵我？會幫我出什麼主意？一想到妳，我的心就變得平靜，覺得再大的難題也會迎刃而解。

「坐在山頂，有時看日出，有時看日落，有時看著太陽的光影交錯，彷彿看到時光的流轉。我又想，日子這樣一天天過下去，沒有妳在身邊，真是一點意思也沒有。就是那個時候，我思念成疾，我暗自發誓，一定要把妳接回身邊，永永遠遠跟妳在一起。」

雲舒聽完，眸光閃動。桑弘羊從未對她抱怨過什麼，她雖然能預料到他肯定會遇到一些難題，可他總顯得那麼沈著有把握，漸漸的，她也不再擔心他，覺得他一切都行。想來，是她太放心了。

雲舒主動伸手摟住桑弘羊，在他耳邊清晰地說：「相公最後做到了，我們會永永遠遠在一起。」

桑弘羊回抱雲舒，將她摟得緊緊的。

晨風吹來，已沒有了凌晨的寒氣，逐漸有了夏天的熱度。桑弘羊收起石頭上的兩件衣物，帶著雲舒從另一條路下山。

「從這裡走，可以看到碧心池，順便下山。那池子生得巧妙，恰好是個心形。我當初瞧著意思好，就要工匠把旁邊的樹修了修，開闢出連貫山上和山下的路。皇上去年經常帶衛夫人來這裡，還曾下水玩過。」桑弘羊邊走邊向雲舒解釋。

走到半山腰，透過密林，果然看到下面有一汪清澈碧綠的水池，待走得近了，樹木漸稀，能夠看到池子的全景，的確是個很標準的心形。

「當真奇妙！」雲舒歡喜地走到池子邊，蹲低身子捧水洗臉，衝著身後的桑弘羊招手道：「這水好清涼，你也來把臉上的汗洗一洗。」

桑弘羊正點頭走近，卻忽然停住腳步，愣愣地看著雲舒，表情有些奇怪。

雲舒先是覺得莫名，可順著桑弘羊的目光，瞬間明白發生了什麼事。

夏天的衣衫本就單薄，爬山上下過程中，她的腰帶微鬆，衣領有些敞開，加上蹲下的姿勢和方位，恰好讓桑弘羊看到她雪白的半球……

雲舒自成婚之後，身形漸漸豐腴，桑弘羊雖然總是心疼地說她瘦了，可她卻發現自己該胖的地方漸漸出現該有的形狀。

此刻桑弘羊目光炯炯地看著她，惹得雲舒渾身發熱，她急忙站起身整理衣領。

或許是心中慌張，也許是起身過猛，雲舒竟然一時站不穩，歪歪地向後倒去。

桑弘羊看得一驚，急忙上前伸手拉她，可也只揪到雲舒的前襟，未能阻止雲舒倒下。

連續「撲通」兩聲，兩人相繼落水，桑弘羊忽然想起他第一次見到雲舒，從池塘裡救起她那一次，便以為雲舒不會游泳，急忙在水裡抱住她。

雖然夏天的水不冰冷，可雲舒仍然有些受驚，難免呼叫出聲，嗆了一口水。待她的頭被桑弘羊扶出水面時，她便下意識抱住桑弘羊。

桑弘羊怕她胡亂掙扎，忙說：「沒事，別慌，水不深的，抱著我別動……」

雲舒抹了抹臉上的水，頗為尷尬地說：「我、我諳水性，只是一時驚慌……」

雲舒的前襟因為在落水前被桑弘羊使力拉了一下，已經完全散開，隨著她出水上岸，衣服順勢滑落，露出半邊肩膀和大片春光。

雲舒手忙腳亂地整理衣服，桑弘羊卻上前止住她的手。「脫下來把水擰一擰吧，不然這樣會受涼。」

雲舒扭捏地看向四周，說：「可是……可是這裡怎麼……」

桑弘羊從旁邊的草地上拿起披風，說道：「這裡沒人，妳先把這個披在身上，等我把妳的衣服擰一擰，妳再穿。」

雲舒只好紅著臉脫下衣服，趕緊裹了披風坐在樹下的陰影中。

桑弘羊把雲舒的衣服擰乾後曬在水邊的大石頭上，接著也把自己的衣服擺上去曬。

太陽高昇後，沒多久石頭上的衣服便已乾了大半，桑弘羊幫雲舒穿戴好，見她有些昏昏欲睡，便揹起她慢慢往山下走去。

第一四一章　狼煙再起

當桑弘羊揹著雲舒回到住所時，紅綃看到兩人的模樣，嚇得跌碎了手中的盤子，急忙走過來幫忙。

「大公子，您跟公主這是怎麼了？」紅綃的聲音充滿了驚慌。

雲舒把頭埋在桑弘羊背後，羞於見人，桑弘羊說：「公主腳滑不慎落到水潭裡，妳去準備熱水和乾衣服，讓公主好好洗一洗。」

「是。」紅綃領命，俐落地吩咐下面的人開始準備。

桑弘羊直接把雲舒揹到洗漱間，交給紅綃。「妳先洗一洗，我派人去給皇上傳個訊，一會兒可能要晚了。」

雲舒點點頭，聲音細弱地說：「你快去吧，小心皇上責怪。」

洗澡的熱水很快就準備好了，紅綃扶著雲舒坐進浴桶中，關切而緊張地問道：「公主，您有沒有傷到哪兒？要不要請太醫看看？」

雲舒急忙搖頭說：「我沒事，就是衣服濕了，而且爬山有些累，待我洗一洗，睡個覺休息一會兒，就好了。」

紅綃不放心地點了點頭，看雲舒面色通紅，精神也不好，忍不住又問道：「公主，您臉這麼紅，是不是穿著濕衣服被山風吹病了？奴婢還是去請太醫來看看為好。」

雲舒從水裡伸出手，一把抓住紅綃的手臂，低聲說：「我真的沒事，沒發熱也沒頭疼，只是有些累。妳這樣去喊太醫來，被人知道我在山上落了水，豈不惹人笑話。」

雲舒既然這樣說，紅綃便不敢再提請太醫的事。

雲舒洗了頭和身子，換了身乾淨衣服，就去床上躺著，紅綃則在床邊拿著乾布幫她擰頭髮。

早上起得太早，加上方才一陣折騰，雲舒真覺得身子骨都要散了，眼皮沈得要命。半睡半醒間，她聽到桑弘羊走過來，要紅綃退下去。

桑弘羊接過紅綃手中的布，繼續幫雲舒擦頭髮，並說：「等頭髮乾一點再睡，小心頭疼。」

雲舒應了一聲，卻癱在床上沒動，只是望著他問道：「你怎麼還沒去皇上那裡？」

桑弘羊笑道：「剛剛聽皇上身邊的人說，皇上昨晚和王順常玩得晚了些，此刻還未起身，我們外臣今日午後過去便可。」

大家初到上林苑，自然比在未央宮時要放縱一些。皇上這次只帶了王順常、尹順常兩人陪駕，衛子夫下月就要生產，被留在宮裡，陳嬌想來，卻被劉徹阻止，要她好好守著衛子夫生孩子，若有什麼意外，就要唯她這個六宮之主是問。

陳嬌雖不高興，但看到與她親近的王順常被劉徹帶走陪駕，便默默地允了。

雲舒想到陳嬌，就閉上了眼，淡淡地說：「看來這個王順常頗得聖寵啊。」

對於後宮的事，桑弘羊不直接發表看法，只是笑了笑，撫摸著雲舒光潔的額頭說：「想那些做什麼，妳好好休息吧。」

雲舒點點頭，沒多久便沈沈睡去。

桑弘羊在一旁坐了一會兒，起身往外走去，剛伸展了一下胳膊，就見一個宦官縮著腦袋跑了過來。

「大人。」那宦官的臉色有些焦急。

桑弘羊認出這個人是皇上貼身的宦官之一，平時常向他們傳遞消息。「公公怎麼如此慌張？」

那宦官擦了擦額頭上的汗，說道：「雁門關傳來加急戰報，皇上請各位大人立即前去。」

桑弘羊頓時肅然，拱手道：「公公先行一步，我馬上過去。」

桑弘羊和劉徹原以為伊稚斜至少會等到秋收時再來劫掠，沒想到這麼快就已整頓好匈奴的內部紛爭，統帥大軍進襲，看來是他們小瞧伊稚斜了……

桑弘羊心事重重，喊來紅綃，告訴她自己的去向後，就往劉徹那邊趕去。

劉徹眼睛有些浮腫，臉上有宿醉的痕跡，神情非常凝重。

桑弘羊、衛青、韓嫣等人聚齊之後，劉徹把軍報拍在案桌上，說道：「五萬鐵騎，如同洪流般從天而降，一夜之間洗劫了三座城池。雁門關岌岌可危，李廣將軍領兵抗敵，可是連匈奴鐵騎的尾巴都沒能追上。」

之前馬邑一戰，漢軍是用計謀設下埋伏，才贏過軍臣單于。若真要說兩軍對壘，漢軍騎兵遠不如匈奴騎兵矯健凶悍，李廣追擊失敗，也是預料中的事情，然而這卻把劉徹氣得胸膛上下不斷起伏。

劉徹知道此時發脾氣已無用，轉而冷靜下來問道：「桑弘羊，兵曹的馬鞍打造得如何？已發了多少套去雁門關？」

桑弘羊達道：「已發兩萬餘套，尚有五萬套在發送途中，按照現在的速度，雁門關十萬大軍要到八月才能全部配齊裝備。」

劉徹下令道：「傳召下去，要他們日以繼夜趕造。我們將士的騎術雖不如匈奴人，可是有了馬鞍、馬鐙，也不至於不堪一擊。箭矢、長矛、盾甲這些預計秋天之前造完的裝備，也要抓緊時間趕製。」

他又對韓嫣說：「要墨勤查清楚匈奴出兵和收兵的路線，李廣將軍在荒漠上漫無目的地追尋，沒什麼用。」

幾人在一起商討，衛青突然單膝跪下，說道：「陛下，微臣請戰。」

劉徹望向衛青，有些意外。

衛青統帥期門軍，是劉徹的貼身護衛官，他卻自請出戰。上戰場跟當護衛是完全不同的兩件事，統帥和作戰的戰略也截然不同，劉徹沒想過這麼早就要放衛青出征。

衛青神情肅然地說：「微臣空有一身武力，卻無法保家衛國，眼看匈奴肆虐而不能抗敵，實乃心中屈辱。微臣不才，雖從未領兵打仗，但願為李廣將軍的馬前卒，報效國家。」

劉徹看著衛青，並未立即駁回他的請求，而是仔細思考起來。

期門軍是劉徹最信任的武裝力量，是宮廷禁軍，負責皇家安全，也是劉徹這些年潛心練就的一支勁旅。裡面每個軍士到軍隊中都可為官，是能獨當一面的人才。

衛青既然身為期門軍統領，本事自然更高，既然他提出要求，或可一試……

雲舒這一覺睡了個飽，她懶洋洋地睜開眼睛，身上還有些痠痛，但精神卻很好。

她坐起身來，看到紅綃坐在珠簾外做手工，就喊了一聲：「紅綃，現在是什麼時辰了？」

紅綃立刻放下手中的東西掀起珠簾走進來，答道：「公主，剛過午時。您餓了嗎？要不要用午膳？」

沒吃早飯，雲舒很餓，就點頭說：「擺膳吧。對了，大公子呢？」

紅綃扶她站起來，說道：「大公子急匆匆去皇上那邊，剛剛又派人傳話回來，說不用等他用膳，要公主先吃。」

雲舒尚不知發生了什麼事，便吩咐道：「那就另外留些吃的，免得大公子突然回來。」

紅綃領命，喊了天青進房幫雲舒梳妝後，就去傳午膳。

雲舒用了膳後無所事事，不過外面豔陽高照，曬得厲害，她只能待在房中，跟著紅綃學做鞋——她的手工很差，打發時間而已。

她正艱難地握著大頭針跟鞋底奮鬥，忽然聽到外面傳來嬌滴滴的女聲：「公主午休起來了嗎？」

守在院子裡的宮人答道：「公主沒有午休，奴婢進去通報一聲，請稍候。」

雲舒放下手中的東西，抬頭向外看去，一個穿著水綠衫的美人站在樹蔭下，手中提著一個小盒子，急切地朝屋裡張望。

紅綃也聽見了，她走到門前，跟傳訊的宮人碰了頭，回來跟雲舒說：「公主，尹順常前來拜訪，公主要見嗎？」

雲舒坐直身子說道：「見吧，反正閒著也是閒著。」

尹順常歡喜地走進來，向雲舒福禮之後，捧上小竹盒說：「參見公主，我特地做了些涼糕，送來請公主品嚐。」

紅綃上前接下東西，雲舒笑著請她坐下，客氣地說：「外面這麼熱，尹順常何不等太陽下山了再來，當心暑氣侵體。」

尹順常笑著說：「這點日頭算什麼。涼糕要吃新鮮的，所以我做好之後便為公主送來，隔久了就不好吃了。」

雲舒點點頭，對紅綃說：「去把涼糕端出來，我嚐嚐味道，別辜負尹順常一片心意。」

尹順常臉上越發歡喜，趁雲舒品嚐的時候，說道：「這並不是什麼稀罕物，只因為我家鄉做的這個東西跟別處不太一樣，裡面放了葡萄榨出的汁，別有一番滋味。公主吃著覺得如何？」

雲舒十分給面子地稱讚了一番。「這樣的好東西，尹順常可送給皇上品嚐了？」

尹順常一愣，旋即露出苦色。「皇上並不常見我，我也不敢隨便造次，怎敢往皇上面前送吃的。」

雲舒默默一笑。來上林苑才一天，不過是劉徹昨天跟王順常玩得晚了些，她就到自己面前哭訴，難不成要她這個出嫁的公主插手劉徹的私生活不成？

她假裝不懂尹順常的意思，笑咪咪地說：「那等皇上去妳那兒的時候，妳再給皇上嚐嚐吧。」

尹順常露出失望的神色，不過很快就控制住，低頭去端手邊的茶盞。

雲舒看了白瓷綠荷花樣的茶盞一眼，對紅綃說：「天氣燥熱，撤了這熱茶，換蓮心茶上來吧。」

紅綃托著盤子換了茶，雲舒向尹順常推薦道：「嚐嚐這蓮心茶，雖然有些苦，卻有回甘，夏天喝起來最好。」

尹順常端起蓮心茶喝了一口，苦得皺起了眉，然而她在雲舒面前不敢失禮，只好強行把茶嚥了下去。

雲舒看尹順常這般怕苦，帶著關切地說：「蓮子心味苦性寒，能治心熱，可清心、安撫煩躁、祛火氣，泡的茶亦能治療失眠之症，尹順常要多喝一些才好。」

尹順常驚愕地抬起頭看向雲舒，卻只見她淺笑，一邊喝茶一邊吃她送來的涼糕，剛才的話似乎是隨口說說，並無深意。

喝了兩口茶，尹順常實在猜不透雲舒的想法和意思，便找藉口先行離去。

走出雲舒所住的弄溪院，尹順常回頭望去，恨恨地想道：平陽公主能造就一個衛子夫，她怎就不肯幫我一把？我的姿色絲毫不比衛子夫差，更比那王順常美多了，是她笨得不明白我的討好之意，還是王順常給了她什麼好處？

又想到雲舒品茶那番話，尹順常終究死了心，頹然地離開了。

雲舒在屋裡悠然自得地吃了半盤涼糕，並把剩下的交給紅綃，吩咐道：「去拿井水鎮著，等大公子回來給他嚐嚐，味道的確不錯。」

桑弘羊直到申時才回來，進門先用井水洗了一把臉，才來到雲舒身邊，問道：「休息好了嗎？」

雲舒點頭道：「我挺好的，你呢？片刻都沒歇過。」

桑弘羊顯得有些疲憊。「還好，只是已經不早了，晚上早點睡吧。」

雲舒又問：「吃過了嗎？」

桑弘羊說：「只隨便吃了些東西果腹，現在有些餓了，還有吃的嗎？」

雲舒要紅綃把中午留下的食物和涼糕都端了上來，並問道：「什麼事這麼急，連午飯也沒好好吃。」

聽雲舒這麼問，桑弘羊並不立刻回答，反而嫌屋子裡不夠涼，要紅綃再去弄幾塊冰來，紅綃領悟到他要自己迴避，便帶著門外的宮人一起退下。

桑弘羊此時才說：「伊稚斜發兵打起來了，洗劫了三座城池，戰況頗為慘烈。」

雲舒吃了一驚。「這麼快？」

桑弘羊一臉沈重地說：「是啊，他這次帶了五萬騎兵，算上去年折損的，估計是集結了匈奴各部的主要力量。他能在短時間內說服各部首領出兵，真是不可小覷。」

雲舒附和地點了點頭，問道：「那之前支持於單的部落，以及他母族那些親人呢？也都歸順伊稚斜了嗎？」

吃了幾口飯，桑弘羊搖搖頭說：「伊稚斜手腕太硬，直接斬殺了幾人，然後強行吞併，餘下的部落哪怕不支持他，也不敢反抗。」

雲舒嘆道：「難怪伊稚斜能夠這麼快出兵，他在吞併其他部落的同時，把他們的物資也聚攏，聽他一人號令，調配起來極為迅速。他素來喜歡以戰養戰，哪怕是對自己人，也是如此。」

桑弘羊聽得眼睛一亮，放下手中的碗筷，問道：「以戰養戰？」

雲舒點點頭說：「相公，但看我們去年跟匈奴開戰以來，國庫投了多少銀子進去？戰馬、糧草、軍械、城防工事，哪一樣不需要錢？一年之內賦稅加了幾次，再這樣下去，不僅國庫會虧空，百姓也不堪重負，遲早會出事。

「然而匈奴人為什麼年年掀起戰事卻不見疲態？他們打仗可以從我們這裡奪取東西，戰爭是他們的物資來源，他們以戰養戰、以戰養民，僅此就是天壤之別。」

桑弘羊有些發愣，他們向來都是想著怎麼殺盡匈奴人，或把他們趕到大漠邊緣，讓他們不再侵犯邊境，卻未想過透過戰爭從他們那邊獲得什麼。

雲舒想起很多關於漢匈之戰的事情，歷史中的衛青之所以能六擊匈奴全勝而歸，正是因為他的想法跟別人不同，能夠以彼之道還施彼身。

戰爭中有一點很重要，就是物資基礎。大漢的物資基礎是糧食、錢物，匈奴的物資基礎則是牛羊和戰馬。衛青打仗並不重在殺人多少，而在於獲取敵人物資、以戰養戰，使敵人失去生存的基礎。衛青能在春天做出火燒匈奴草原、餓死牛馬羊的事情，就知道他有多看重物資後援的重要性。

想到這些，雲舒滔滔不絕地說道：「我們戰馬不夠，就從匈奴那邊搶過來好了，他們的馬匹眾多而且優良；我們糧餉運送不及時，就地自取即可，匈奴人的牛羊肥美鮮活。若能做到以戰養戰，百姓和軍隊的壓力就不會那麼大了。」

桑弘羊思索後點頭道：「的確是好想法，只是要做到這點有些困難，我們若長途奔襲至匈奴腹地，敵軍以逸待勞，加上他們騎術本就精湛，我軍騎士怎能抵抗？」

「我們的戰馬雖不如匈奴人，可是我們能製作戰車啊！用武鋼戰車結環為陣防守，騎兵攻擊，匈奴人騎術佳的優勢就沒那麼明顯了。」雲舒把她所知道的東西說了出來。

「車守騎攻」——桑弘羊興奮得眼睛發亮，喃喃道：「好戰術，不過我軍從未用過，不知誰人為將才能把此戰術發揮出來……」

雲舒聊得有些沒了防備，直接笑著說：「讓衛青去吧，他最善深入敵境出奇制勝、遠程奔襲、迂迴包圍的閃電戰。」

說完這句，她才驚覺自己說得太多了。衛青從未領兵打仗，若桑弘羊問起她是怎麼知道的，這可怎麼辦？

雲舒有些心虛地看向桑弘羊，卻見他已站起身向外走去，匆匆地說：「我有事找皇上商量，妳晚上早些歇息，不用等我。」

雲舒暗吁一口氣，慶幸桑弘羊正為「以戰養戰」和「車守騎攻」等策略感到興奮，而沒注意到細節。

由於這不期而至的戰事，上林苑的避暑之行沒有預期中那麼輕鬆，桑弘羊每天忙著跟劉徹議事，而雲舒除了趁早晚涼快時出去走走，其他時間多待在弄溪院做鞋、繡花、逗魚，日子過得相當慵懶。

六月初，戰事商定出了結果，劉徹連下數道軍令，分派四路出擊。

他任命衛青為車騎將軍直出上谷，騎將軍公孫敖從代郡出兵，輕車將軍公孫賀從雲中出兵，驍騎將軍李廣從雁門出兵，四路將領各率一萬騎兵，圍堵伊稚斜南下的軍隊。

劉徹特賜衛青三千期門軍，為他首次出征護航，在他出發的前一晚，他專程來到弄溪院向雲舒敬酒三杯，匆匆飲盡之後，一語不發就轉身而走，弄得雲舒莫名其妙。

「他何故向我敬酒？」雲舒問桑弘羊。

桑弘羊答道：「我將娘子所說的話告訴皇上和衛青，衛青說他受益良多，想到了很多東西，特來感謝娘子。」

雲舒淺笑道：「既是感謝，便好好說嘛，何必來也匆匆去也匆匆，弄得我一頭霧水。」

桑弘羊也笑了。「唔，他身為將軍，軍事戰術還要婦人指點，大概是害羞了。」

解決了這件大事，桑弘羊總算輕鬆了一些，他坐在雲舒身邊說：「明天中午皇上為衛青擺宴送行，終於可以陪娘子吃一頓飯了。」

雲舒在這裡養了近一個月，臉上終於長出肉，身子也圓了幾分。桑弘羊抱著她，明顯感覺到手感不同，好奇地說：「娘子最近吃了什麼？這長勢真令人開心啊！」

雲舒有些臉紅地說：「我成天沒事做，吃了睡睡了吃，自然長胖了。瞧我成日不動彈，可是胃口依然好……」

桑弘羊倒很高興，雲舒一直很瘦，想長胖並不是易事，這次能在上林苑養好身子，他覺得頗有成就感，雖然雲舒愛吃東西跟他一點關係也沒有，不過能讓她放下俗務在這邊休養身心，他就覺得這趟來得很有價值。

在為衛青送行的宴席上，劉徹特地要人烤了鹿肉、豬肉、牛肉三種肉，一根根金黃的腿肉盛放在托盤裡，由宮人削片分到各人的食案上。

雲舒原先很喜歡吃燒烤，可是這三樣堆在一起，油膩膩的，讓她看著反而沒什麼胃口。她正百般無聊地撥動著食盤裡的肉，忽然有位宦官跑了進來，口中大喊：「皇上，恭喜皇上，衛夫人生了！」

劉徹頓時拍著案桌站起來，問道：「真的？什麼時候？是男是女？夫人可安好？」

宦官答道：「六月初二生了一位公主，母女平安，剛生下來，皇后就派咱家帶人來報喜了。」

劉徹未因是女兒而有所失落，依然很高興地說：「好，朕的長公主終於出生了，太好了！」

接著他又問道：「之前太醫不是說月底才生嗎，怎麼提前生了？夫人和小公主當真沒事？」

宦官保證道：「太醫說夫人身子弱，承受不住小公主，所以落地有些早，但她們現在都安好。」

劉徹點點頭，賞了宦官之後，對衛青舉杯說：「衛青，看來你姊姊是感覺到你要出征了，特地傳來如此喜訊為你餞行。來，乾一杯。」

「謝主隆恩！」衛青也很開心，將一碗酒一飲而盡。

因得了女兒，劉徹心情十分激動，送走衛青之後，就急匆匆差人收拾東西，要趕回未央宮，雲舒等人也只好提前回去。

回到弄溪院收拾東西，桑弘羊關切地問雲舒：「妳方才沒吃什麼東西，要不要吃一些再收拾？不然今天恐怕要到夜裡才能回城，晚膳也不知道什麼時候才能吃。」

雲舒滿臉倦容地搖了搖頭說：「現在不餓，我會要紅綃帶一些我平日吃的點心在車上，餓不著的。」

桑弘羊點點頭，看到雲舒精神不濟的模樣，便讓她在屋內歇下，自己去外面指點眾人收拾行裝，準備車馬。

第一四二章　忽傳喜訊

夏日炎炎，劉徹領著眾人從上林苑趕回長安。

悶坐在如蒸籠一般的馬車裡，雲舒非常不舒服，她打著扇子拚命搧風，卻絲毫不覺涼爽。沿途趕路，路上又顛簸，讓她覺得自己快要暈過去了。

桑弘羊看雲舒如此難受，接過她的扇子說道：「妳躺一會兒，我幫妳打扇，心靜一靜，就沒這麼燥熱了。」

雲舒難受得不願張嘴，乖乖躺了下去，卻更覺天旋地轉。

「怎這般熱？受不了了……」雲舒說著，就要伸手去掀馬車的窗簾。

「別，灰塵大。」桑弘羊阻止不及，漫天的黃色塵土頓時從窗簾中捲進來，撲了雲舒一臉，嗆得她直咳嗽。

前後有騎兵開道、護衛，夏天道路乾燥，經馬蹄和車輪一輾一揚，外面早已黃土連天，雲舒始料未及，著實被嗆得厲害。

桑弘羊趕緊取帕子幫她擦去臉上的灰塵，雲舒接過帕子，捂著嘴咳得更厲害，還不時伴著作嘔聲。

車隊行至轉彎處，由於車速太急，雲舒一下子整個人歪在桑弘羊懷裡，這一晃蕩，更是鬧翻了五臟廟，她趕緊推開桑弘羊，再也忍受不住地吐了出來。

桑弘羊看雲舒難受到不行，趕緊叫停，要馬車離開隊伍停在一旁。他叫來隨行服侍雲舒的人，一面收拾穢物，一面讓她喝些解暑的涼湯。

桑弘羊心疼地給她擦汗，說道：「想必是中了暑氣，我們歇一歇再趕路。」

劉徹身邊的人過來詢問。「大人，皇上詢問出了什麼事？」

桑弘羊下車對宦官說：「公公，公主身體不適，現在沒辦法趕路，讓車隊先行，我們在後面慢慢回城即可。」

宦官前去傳話，沒料到劉徹親自過來探望，見雲舒面色蒼白，氣息奄奄地躺在侍女懷裡，頗有歉意地說：「是朕不好，沒想到皇妹身子弱，怎敵得住酷暑煎熬。你們不要隨朕趕路了，朕留些衛兵給你們，慢慢走吧。」

桑弘羊謝過恩典，送劉徹先行，而後上車查看雲舒的情況。

雲舒吐了一場，渾身的力氣都沒了，紅綃又是幫她擦汗，又是為她打扇，天青則端著一碗涼粥一勺一勺餵著。

官道上前不著村、後不著店，也不能久留，何況烈日當頭，車廂裡依然很悶，桑弘羊思索再三，還是吩咐車夫前行，好早點回到長安，請郎中為雲舒看診。

也許是涼粥比較解暑，抑或是車速慢下來沒那麼顛簸，雲舒好受許多，漸漸睡了過去。

待晚上二更時分，馬車終於回到長安，因提前派人通報，守城衛士直接為他們開了城門。

回到公主府，桑弘羊將雲舒從馬車上抱下來往芳荷亭走，雲舒睜開眼睛，低聲說道：

「相公，請陸先生連夜來一趟吧，我好像有些不對勁……」

桑弘羊原本就打算請陸笠來為雲舒診治，沒料到雲舒主動提出來，看來她實在是難受得不行，當下心中更急，連忙派人去請。

陸笠收到桑弘羊和雲舒的傳喚，自然不敢耽誤，很快就來了。雲舒跟他不避諱男女之嫌，讓他把了脈。

桑弘羊在一旁焦急地等了又等，卻看陸笠診了又診，半天都不說話。

「陸先生，公主難道不是中了暑氣？怎麼半天不能確診？」桑弘羊很是著急。

雲舒心中有些想法，又看陸笠半天不言語，於是輕聲問道：「陸先生，我的小日子已經一月有餘沒來了。」

聽到雲舒這樣說，桑弘羊愣住了，表情有些茫然，陸笠卻大喜，說道：「時日有些短，尚不能確定，不過聽公主這樣說，只怕十之八九就是了。」

桑弘羊聽不明白，問道：「你們在說什麼？究竟是什麼病？」

陸笠笑著站起身來，對桑弘羊作揖道：「恭喜大公子，公主是喜脈，已懷有身孕了。」

桑弘羊的神情直接由憂慮變成欣喜，轉變極為迅速，他捉住陸笠的肩膀問道：「當真，當真？」

陸笠笑著說：「因只有一個多月，所以脈象並不明顯，不過看公主的症狀，應該不會有錯。往後我每五日會來問一次診，公主要注意身體，不要再顛簸勞累，少下床，好好養著。」

雲舒嘴角含笑。她在上林苑時犯懶、食量大增，她就覺得有些異狀。縱然夏天困頓是正常的，胃口卻沒道理那麼好。等到她小日子誤了日期時，她就覺得自己可能有了身孕。

然而桑弘羊和劉徹都在為戰事操勞，她不好貿然說出此事，想著再等半個月看看，可誰知道衛子夫在這個時候生了，劉徹激動得立即回宮，累得她在馬車上結結實實受了場苦。

「先生，我今天趕路又熱又暈，難受極了，對胎兒不會有什麼影響吧？」雲舒有些擔憂。

陸笠說：「我開些安胎藥給公主，公主儘管放寬心吧。」

雲舒有點猶豫地說：「是藥三分毒，能不能不喝藥？」

陸笠微微一愣，尋思了一下雲舒說的前半句話，而後說：「我明白公主的意思了，我會琢磨一下藥方，絕不會讓藥傷到胎兒的。」

雲舒這才點點頭，疲憊地躺了下去。

桑弘羊激動地送走陸笠，回房想抱雲舒高興一番，卻看她已經躺下，真把他憋得無處發洩，只能在院子裡走來走去，又是捶胸大笑，又是興奮地跺腳。

雲舒躺在床上聽到他的動靜，嘴角彎起愉悅的弧度，幸福地進入了夢鄉。

翌日，宮門剛剛打開時，長安公主府的喜訊就傳入了未央宮，劉徹聽聞雲舒懷孕，高興地擊掌道：「真是雙喜臨門，太好了！」

他忽然想起雲舒昨天趕路的狀況，心中十分擔憂，賞賜一大堆補品之後，還派了宮中的太醫前來問診。

因衛子夫誕下長公主，皇親國戚全部進宮慶賀，雲舒這個狀況自然無法出席，不過劉徹倒是在宴席上把她的喜訊告知眾人。

皇后陳嬌、南宮公主甚至平陽公主得知後，一起上門來探望她，平棘侯府得到消息後，葉氏也帶著薛默前來看望雲舒，韓家、周家、丹秋等人也陸陸續續得到消息，公主府大門前車馬川流不息，盡是前來祝賀的人。

桑弘羊謹遵醫囑，不讓雲舒下床半步，若是親近之人，他就讓她們進房探望雲舒，其他一般人都被他擋在外面。

洛陽那邊也收到了喜訊，不論桑老夫人和桑老爺對雲舒看法如何，得知消息後全都很高興，這可是桑家長房第一個孩子呀！

二夫人每日都到公主府探望雲舒這個公主媳婦，因她是第一胎，很多事情不懂，二夫人幫了她不少忙，叮嚀丫鬟們和嬤嬤要注意什麼事情、怎麼補身體，余嬤嬤和幾個丫鬟自然一一記住，體貼地服侍著。

南宮公主每隔幾天就會來看雲舒，並跟她說一些內外的事情。

因長公主出世、衛青出征，衛子夫的寵愛又恢復到初始的盛寵狀態，不過王順常也十分爭氣地懷了孩子，讓陳嬌高興了好幾天。

南宮公主坐在雲舒床邊，笑著說：「最近喜事連連，太后十分高興，接連在宮中擺宴，熱鬧雖熱鬧，可我更願意來妹妹這兒坐一坐，安靜、舒服。」

屋外的知了叫得正響，芳荷亭的荷花開得接天連地，雪霏等幾個丫頭頂著草帽在荷葉間划船摘蓮蓬，玩鬧的笑語聲斷斷續續傳進屋裡。

雲舒瞧了瞧外面，又看了看南宮公主，說道：「我現在沒辦法出門，身邊也沒幾個說話的人，二皇姊能時常來陪我坐坐，我很開心，只管來就是了。」

南宮公主端著冰鎮銀耳湯的盞子，吃了一口，說道：「妹妹現在過的是神仙般的日子，誰不羨慕妳。」

雲舒笑著，也吃了幾口銀耳，又問道：「最近可有陵姊姊的音訊？也不知是我在家養著，訊息不通還是怎的，自上林苑回來，就沒聽過她的消息了。」

南宮公主說：「之前只知道她去衡山國玩耍，後來就音訊全無了。」

雲舒不由得擔憂地皺起了眉頭。

南宮公主連忙開解道：「過幾天後就是皇上的生辰，今年喜事連連，皇上打算大辦一番，請了各路王侯赴宴，到時淮南王、衡山王都會來，她肯定也會回來的。」

雲舒點點頭，這幾天桑弘羊也在外忙碌，聽說各路王侯已經進長安，正忙著安置接待，只是遲遲沒有淮南王和劉陵的消息，讓她有些心憂。

為了劉徹的生辰宴，四方貴族盡數聚集在此，平日互相走動、上街玩耍、出門遊園，使長安街上俱是高頭大馬和華麗的馬車，連商販也多了不少，人人都想乘機賺一把。

這日丹秋拿著新開的長安茶莊帳本讓雲舒過目，雲舒一邊翻看，一邊問道：「大平已經南下一陣子了，妳過得怎麼樣？」

丹秋說道：「公主別為我擔心，我好著呢！公公婆婆身體健朗，家裡有他們作主，小順在醫館很妥當，三福在公主府也用不著操心，我每日只求能幫公主把茶莊打理好就行了。大平他呀，每半個月都會寫信回家，說是這個月內就會趕回來。」

雲舒點了點頭，把帳冊全都翻看完後，滿意地說：「妳現在也能獨當一面了，帳目很清楚，生意也很好。」

丹秋謙虛地說：「跟著公主學了這麼些年，若連這些也做不好，真是給您丟人。再說店鋪開張的時間很好，現在各處的官老爺們都到長安恭祝皇上生辰，在東邊、北邊、西邊各地買不到雲茶的大戶，紛紛到店裡買雲茶帶回去，這才博了個開張大吉。庫存的貨就快不夠了，我正等著大平從南邊帶貨回來呢。」

雲舒聽了很放心，於是放下帳本跟丹秋說起體己話。「這次大平回來，妳別光忙生意上的事，也要跟他多親近一些，吳嬸娘還等著抱孫子呢。」

丹秋紅了臉，低頭說：「我和大平商量過，都覺得今年要孩子不合適，他要在外跑，沒辦法照顧家裡，我要忙茶莊的事，放不下心去調養身子，尋思著明年再要也不遲……」

雲舒拍拍她的手說：「你們小倆口自己商量吧，我只是擔心你們因為我的生意耽擱了自己。」

丹秋點了點頭，因還要回店鋪去，早早就走了。

到了中午，桑弘羊從宮中趕回來用午膳。自從雲舒懷了孩子，只要他是在長安內當值，就一定會回家陪雲舒。

他一回家，照慣例問了三個問題。「今天覺得怎麼樣？有沒有不舒服？有沒有什麼想吃的？」

雲舒笑著從床上走下來，說道：「你就安心做事吧，我好著呢。」

桑弘羊急忙過來扶雲舒。孩子才懷了一個多月，肚子仍未顯懷，桑弘羊卻處處小心，生怕她磕到碰到。

綠彤擺了午膳，請兩人一起坐下。桑弘羊剛準備吃飯，忽然想到一事，放下筷子對雲舒說：「對了，剛剛淮南王的車隊進城，我派人打聽了一下，淮南翁主也一同來了。」

雲舒驚喜地說：「哦？她回來了？」

她又尋思，既然是跟淮南王一起來的，是不是代表他們父女倆的關係和緩了一些？可是轉念一想，劉陵這幾個月沒給她絲毫訊息，今天回長安也沒事先傳消息，不會是出了什麼事吧？

雲舒心中不安，於是囑託桑弘羊幫她留意一下劉陵的行動。「你幫我看看陵姊姊回長安之後，有沒有跟什麼人來往，我總覺得有些不對勁。」

桑弘羊明白雲舒的顧慮。「妳放心吧，我會幫妳看看的。不管怎麼說，幾日後的晚宴，她應該會參加。」

雲舒戳了戳碗裡的飯菜，思索了一番，抬頭對桑弘羊撒嬌道：「皇上這次生辰宴請了這麼多人，又遇上長公主出生的喜事，場面肯定很熱鬧，我也想去參加，好不好嘛……」

桑弘羊從一開始就沒打算讓雲舒去參加宮宴，他一臉嚴肅地回絕道：「陸先生說，妳前三個月不方便出門。宮宴雖然熱鬧，但人多手雜，萬一出事怎麼辦？妳還是在家好好休息吧。」

雲舒許久沒出門，有些悶壞了，而且她想趁著宮宴見皇后和劉陵一面，於是不遺餘力地勸說道：「你看我從上林苑回來後，一切都好好的，既不害喜，也不困頓，而且現在沒有顯懷，走路也方便，到時我帶著余嬤嬤進宮，絕不四處走動，只是去皇后那兒坐一坐。」

桑弘羊凝眉思索，說道：「妳若有什麼話要對皇后說，我可以幫妳帶話，何必湊這個熱鬧。」

雲舒不禁鼓起腮幫子，她還從未遇到過桑弘羊這麼反對她的請求，一時之間不知該繼續爭取，還是就此妥協……

桑弘羊知道雲舒不開心，可是為了她的安全著想，只好狠下心，全當沒看到。

第一四三章　暗流湧動

用過午膳，桑弘羊繼續出門當差，為了佈置生辰宴，回來得晚了一些。當他回府時，見到芳荷亭的燈已滅了大半，他疑惑地走進去，只見紅綃正在放下內房和外間中間的帷帳。

「公主已經睡了？」桑弘羊問道。

紅綃點點頭，低聲說：「公主下午一直有些悶悶不樂，晚飯只吃了一碗粥就睡了。奴婢說要去請陸先生來為公主看看，公主也不肯，只說想睡覺。」

桑弘羊心裡有數，雲舒只怕是為他不許她參加宮宴的事情在鬧彆扭。

他揮揮手要紅綃退下，自己換上家居的乾淨衣服，然後掀開帷帳走到床邊，坐到面朝內睡著的雲舒身邊。

「娘子，睡著了嗎？」桑弘羊輕聲問道。

床邊的油燈一跳一跳，房中的燈光忽明忽暗。雲舒閉著眼，並不回答他，也不知是睡了還是沒睡。

桑弘羊有些訝異，他極少遇到雲舒向他使性子的情況，沒想到這回為了宮宴的事情，她竟鬧起了彆扭。

他坐在床邊，探著身子去看雲舒的臉，雲舒卻「唰」地一下拉起夏天的涼被把腦袋蒙起來，不給他看。

桑弘羊忍不住笑了出來，伸手去拉被子，哄道：「好了好了，別生氣了，蒙著頭不好，小心把妳和孩子都憋住了。」

雲舒在被子裡扭動了一身子，就是不鬆開手。

桑弘羊只好柔聲勸道：「我知道妳想出去散散心，可這次宮宴情況實在太複雜，我不放心妳去。妳也知道，各個諸侯王都到了長安，他們每人都帶有親衛軍過來，全部駐紮在長安外。京畿附近的守衛很緊張，幾位將軍現在全在邊關抗擊匈奴，皇上身邊可用之人只有幾千期門軍，萬一宮宴上發生什麼變故，未央宮就是最危險的地方。」

雲舒心中打了個突，她的腦袋從被子裡探出來，小心翼翼地問道：「你的意思是說，有諸侯王想趁這次機會造反？」

桑弘羊做出「噓」的動作，低聲說：「這只是我們的擔憂，淮南王和衡山王最近有異動，皇上有意試探他們，雖然有些冒險，但也不是不可為。我只是不想讓妳捲入其中，所以不願妳去參加宮宴。」

雲舒思緒轉得飛快。此時皇上手中的兵力和將領都被匈奴人拖住，而諸侯王的兵力卻在長安外匯集，若有人想謀反，的確是一次好機會。到時眾人都在未央宮參加晚宴，若能一下子拿下未央宮和長安城的兵防，所有皇親國戚就是甕中之鱉，大事可成……

「皇上做好完全的準備了嗎？」雲舒想得愈深，愈覺得危險。

桑弘羊摸摸她的額頭說：「放心吧，皇上既然有意這麼做，自然想到了對策。聽話，妳就好好待在府裡，等事情過後，妳想參加什麼宴會，我都讓妳去。」

雲舒內疚地點了點頭，為自己的任性而汗顏，她沒想到還有這麼嚴重的事在後面。思來想去，雲舒又想到了劉陵的安危。

第二日一早，雲舒決定下帖請劉陵過府一聚，可是回覆她的卻是劉陵長途跋涉身體欠安，無法應邀。

雲舒心中很是著急，愈來愈懷疑劉陵被淮南王禁錮，失去了自由。

她坐在房裡想了半晌，把靈風喊來，吩咐道：「妳去找仙衣鋪的管事，要她今晚二更到府裡來一趟。」

靈風領命前去傳話。

仙衣鋪的管事是個十分和氣的趙姓中年婦人，因劉陵離開長安前把仙衣鋪囑託給雲舒，因此趙管事每個月都會到公主府向雲舒報告仙衣鋪的情況。

當趙管事收到雲舒的邀請，要她二更時分去公主府時，心中不禁有些疑惑，卻也明白了雲舒的用意。入夜之後，趙管事只帶了一個提燈的小廝，避人耳目地來到公主府。

雲舒單獨見了她，將一封用雲紙寫的書信交給趙管事，說：「翁主已經回長安，妳明日就帶著仙衣鋪這幾個月的帳簿去拜訪她，若有人阻攔，妳就說鋪子出了大問題，若見不到翁主，只怕要關門了。記住，把我這封信夾在帳簿中交給她，稍微暗示一下翁主，但千萬不要讓旁邊的人注意到。」

趙管事臉色肅然地收下信，三緘其口，什麼問題也沒問，便領命退了下去。

雲舒看著趙管事離去的身影，點了點頭。劉陵選的這個管事，平日看起來和氣寡言，關鍵時刻倒是十分沈得住氣。

夏夜晴朗，半圓的明月掛在半空中，灑得荷塘一片清輝。暖風帶著荷香輕拂雲舒的面頰，卻拂不去她心頭的躁意。

今日劉徹生辰擺宴，未央宮必定熱鬧非凡，可是今晚會發生什麼事，她卻一點也不清楚……

很多事情已經跟她所熟知的歷史不一樣了。韓嫣沒有因為行事囂張得罪王侯而被處死；馬邑一戰漢軍大勝，軍臣單于提前去世；衛青也早很多年出征匈奴。那麼……淮南王和衡山王會提前造反嗎？想法真的會轉變成行動嗎？

她沿著荷塘上的木橋走了幾步，不安地搓動雙手，腦海裡全是各種揣測。紅綃亦步亦趨跟在雲舒身旁，時刻注意著她的腳下還有安危。

雲舒抬頭看了看滿塘月色，卻久久不能平靜，耳邊傳來的聲聲蛙鳴，更擾得她心煩意亂。

「什麼時辰了？」雲舒忽然問道。

紅綃連忙說：「剛剛過一更。」

「一更……」這個時間晚宴已經開始了。

雲舒想了想，對不遠處站在橋邊候命的靈風說：「去前面看看世子來了沒有……」

靈風領命，輕快地向前跑去。

劉陵自從回到長安後，一直沒有任何訊息，她那樣愛交際的一個人，竟然從未出府半步。不論雲舒怎麼想，都覺得她現在已經失去自由，於是趁今晚淮南王前去參加晚宴「謀劃大事」時，派了留在薛默身邊的應淳和子邪兩人去救她出來。

關於營救她的事情，雲舒已透過交給趙管事的那封信悄悄知會劉陵，只是不知事情進展得是否順利……

雲舒在芳荷亭的木橋上走來走去，紅綃在一旁看得有些擔憂。「公主，先進屋歇一會兒吧，世子到了自會有人來通報的。」

雲舒搖了搖頭，她現在的心情根本無法安然坐下。

月亮愈升愈高，此時遠處突然傳來腳步聲，雲舒向橋的盡頭望去，靈風帶著一高一矮兩個人走了過來。

雲舒大步走過去，那個身披厚重斗篷的人，果然是劉陵！

「陵姊姊！」雲舒有些激動，她一眼就能看出劉陵的狀態不好。為了掩人耳目，劉陵披了件黑色的大斗篷，把面容都遮了起來，這會兒頭髮都已經汗濕了，臉色蒼白，更顯消瘦。

劉陵看著雲舒，一語未發，眼淚已先流了下來。薛默在一旁板著一張小臉，神情格外嚴肅。

雲舒牽著劉陵說：「我們先進屋裡坐下，有什麼事慢慢說。」

劉陵點點頭，安靜地隨著雲舒走。

雲舒要紅綃準備茶點，並要其他丫鬟都退下去，劉陵這時才解開斗篷，在雲舒身旁坐了下來。

雲舒關切地問道：「陵姊姊，發生了什麼事？妳回長安之後，竟然沒有絲毫消息，我要見妳，也藉口託病回絕。我實在覺得奇怪，這才派人偷偷把妳帶出來，但願我是多想了……」

劉陵流淚搖了搖頭說：「我在衡山國見到父王後，屢談不妥，他就要王府的人把我押起來。他怕我壞他的事，就一路隨身把我押來長安，卻是哪兒也不讓我去，什麼人也不許我見。幸好妹妹派人來救我……」

薛默補充道：「應淳師兄說，他們找到翁主時，翁主被大鎖關在一個小院裡，外面還有護衛看守。」

「竟然已經到了這個地步……」雲舒十分吃驚。

她掏出手絹讓劉陵擦眼淚，說道：「依我看，妳先悄悄在我這兒住著，等淮南王的事情結束了，局勢安定一些，妳再看看要怎麼辦。」

劉陵愣住了，有些結巴地問道：「我、我父王出了什麼事？」

事情還未發生，雲舒不好妄言，只說：「有人告發淮南王和衡山王往來過密，有不軌行跡，現在尚不知道皇上是什麼態度。我擔心妳被牽連，所以才要妳先脫身再說。」

劉陵一聽立即崩潰，哭道：「我就知道會是這樣！當初在衡山國時，劉爽跟我說他覺得大事不妙，徐王后和衡山王有事瞞著他，我又發現父王所帶兵卒超出規制，隨口問了一句

『給十六哥慶生何必帶這些人馬來』，之後父王就把我關了起來。我日夜思索，總希望他是因為不滿意我跟衛青的婚事才這樣對我，沒想到卻是因為我發現了他們的異動……」

說著，劉陵立即搖搖晃晃地站起來，說道：「不行，我得去找父王，不能讓他做糊塗事！」

雲舒急忙拉住她。「妳別去，現在宮宴中不知道是什麼情景，就算妳現在去，也晚了。」

劉陵驚恐地停住腳步，回頭問雲舒：「妳是說，皇上會在今晚的宮宴上擒住我父王？」

雲舒見劉陵愈來愈激動，趕緊安撫道：「不是的，妳先冷靜一下，只要淮南王今晚沒有異舉，皇上自然不會對他出手。妳這樣貿然前去，反而會引人懷疑，要是引發了事端，反而不好。」

劉陵對事情的了解不如雲舒詳細，只好按捺住不安的心，重新坐下來跟雲舒商討。

「劉爽來找過妳嗎？他怎麼說？」劉陵問道。

雲舒搖頭道：「我沒見過他，他來長安了嗎？」

劉陵更覺得事情不妙。「他肯定來了，他跟我說過要親自祝賀妳的。難道……他也被人控制住了？」

坐在一旁的薛默突然想到一事，說道：「衡山太子有沒有來長安我不知道，但他的弟弟劉孝卻來了，前幾天他在通樂大街一家樂坊鬧事，很多人都知道。」

「通樂大街？」那裡魚龍混雜，劉孝這個色胚，難道是為了女人跟人起了爭執？

雲舒問薛默：「你可知道具體是為了什麼事？」

薛默說：「有間樂坊不知從哪兒弄來了一支胡笳樂隊，隊裡盡是美貌的胡人女子，涉安侯於單念鄉心切，經常會去聽胡樂，恰巧跟劉孝在樂坊碰到了。劉孝先是說了很多羞辱涉安侯的話，後來更是要三名胡人女子一起伺候他，那些女子不從，出手打了劉孝，把他打得好慘。」

雲舒和劉陵都十分驚訝，不約而同地問道：「誰打誰？」

薛墨一字字地說：「胡人女子打了劉孝。」

胡人果然慓悍！

雲舒忍不住想叫好，可事情只怕沒這麼簡單，又追問道：「後來呢？劉孝不會善罷甘休吧？」

薛默點頭道：「他帶官把那些胡人女子都抓了起來，說要罰她們充官妓，涉安侯這幾天一直在想辦法為那幾名女子求情，通樂大街上都在議論這件事。」

劉陵捶桌道：「劉孝這個不成器的東西，這兩年越發亂來，不知做下多少荒唐事，偏偏徐王后竟然還要廢了劉爽的太子位，改立劉孝，真是荒謬！」

雲舒邊想邊說：「既然來向皇上慶賀生辰，劉孝都來了，劉爽沒道理不來，看來他一定遇到了什麼麻煩。」

三人正在房中商討，子邪突然敲開門，匆忙地說：「我們把翁主救出來之後，就有官兵去府裡搜查，好像查出了什麼東西，現在期門軍已經在街上戒嚴，不許人出門了。」

劉陵聞言，手指險些掐進手心。她不是天真的人，期門軍都已經開始搜查王府了，還能有什麼好下場？

她歪坐在席位上，喃喃說道：「我就是怕有這一天，父王偏不信我，總說朝中有可信之人相助，朝外更有人馳援，大事可成，叫我不要妨礙他。如今可怎麼是好……」

謀反大罪，那是抄家滅族之禍，雲舒不想說些無謂的安慰話，她早就知道淮南王必有今天，只是到了此時，她只求能保下劉陵一條性命。

她過去半扶著劉陵，說道：「妳先別急，現在外面很混亂，也打聽不到什麼消息，先在我這裡歇著，等夫君回來，必能問到一些事情，到時候再看怎麼辦。」

劉陵愣愣地說不出話，雲舒便叫來紅綃，要丫鬟們把劉陵扶下去歇息，又派靈風去大門上守著，只要桑弘羊一回來，就來告訴她。

誰知這一夜格外漫長，雲舒看著更漏中的細沙點點落下，漫過一個又一個刻度，也沒見桑弘羊回來。

薛默一直陪在雲舒身邊，見她困頓不已還堅持繼續等，就勸道：「姑姑，早點睡吧，您還懷著孩子呢。」

雲舒搖了搖頭說：「外面不知什麼光景，哪能睡得安穩，倒是你，今晚外面不方便走動，你就在我府裡歇下吧。」

薛默也不放心雲舒一個人在府中，原本就打算留下來陪她，便順從地點點頭。只不過他沒有下去休息，依然在她身邊坐著。

第一四四章 意圖謀反

夜殘更漏，風移影動，到了四更時分，外面終於有腳步聲傳來，靈風探頭進來，見雲舒還沒睡，便稟報道：「大公子回來了。」

不過片刻，桑弘羊就帶著夜裡的涼氣走了進來，他看到薛默在，微微有些訝異。

薛默不等他問，就站起來說：「今天晚上不太平，我來陪陪姑姑。」

桑弘羊點點頭，雲舒迫不及待地走到他跟前問道：「宮宴上發生了什麼事，淮南王怎麼樣了？」

桑弘羊要雲舒和薛默都坐下，語氣沈重地說：「今晚城門守衛收到了偽造的皇令，若不是事先知道會有此事，差點就要以假亂真，放郡國兵卒進城了。」

「偽造皇令！」雲舒驚訝極了，她沒想到淮南王竟然是以這樣大膽的方式來破除長安和未央宮的城防。

雲舒稍微鎮定一下情緒，要守在門外的紅綃去把劉陵請來，讓她親耳聽聽桑弘羊帶回來的消息。

桑弘羊有些驚訝，問道：「翁主怎麼來了？」

雲舒知道淮南王東窗事發，劉陵就完了，這麼做也許會牽累他們，可是雲舒不願在這種危機的當下棄劉陵於不顧。「陵姊姊被淮南王軟禁起來，我趁淮南王進宮的空檔，派人把她救了出來。雖然淮南王如此對她，但他們好歹是父女，而且她也避不過這次禍事，總要讓她知道事情原委，然後再想辦法救她。」

桑弘羊點了點頭，過了一會兒，就見劉陵腳步匆匆，髮絲凌亂地走了進來。

「桑大人，我父王現在怎樣？」劉陵聲音顫抖地問道。

桑弘羊言簡意賅地說：「淮南王因偽造皇令意圖謀反，在宮中被拘禁起來了。」

劉陵震驚得倒退了幾步，雲舒扶住她，說道：「先別急，聽他把事情的來龍去脈說清楚。」

劉陵強忍著淚意坐了下來，聽桑弘羊詳細說明。

「淮南王手下有名劍客，叫做雷被，他專門負責教淮南太子劍法。在一次比試過程中，雷被收手不及，把太子的胳膊劃傷，沒想到淮南太子就將雷被治罪，說他居心叵測，以下犯上，砍了他的右臂。」

淮南太子就是劉陵的親弟弟，劉遷。雲舒見過他，是個十分任性的少年，曾因乘舒王后的事，跟劉爽吵過架。

劉陵聽了，緊握雙拳說道：「遷兒太過妄為，他廢去劍客的手臂，就等於要了那劍客的命啊。雷被遭此橫禍，必然懷恨在心，他曾是父王的謀士，知道王府很多秘密，他是不是報復了？」

桑弘羊點頭說道：「的確，雷被逃離淮南王府來到長安，一狀告到皇上那邊，說淮南王府養了一名食客，專門模仿書寫詔書和製作皇令，蓄意謀反。皇上早先就對淮南王招兵買馬屯糧之舉有所防備，聽聞此事之後，更是震驚。

「這次皇上誕辰，皇上特地要眾王來長安恭賀，並允許他們將衛兵帶到長安之外，就是為了試探淮南王。若淮南王並無反意，那他怎樣來便怎樣去，若他真的敢偽造詔書意圖謀反，就是有來無回。

「誰知道今晚長安城門處和宮門處果然收到偽造的詔令，皇上只好拘住淮南王，並派人去王府搜查，把偽造詔書的玉璽金印及工具全都搜了出來。」

劉陵聽完已是泣不成聲，淮南王做出這種事，謀反之罪也是鐵錚錚的事實，哪還有求饒的餘地。

「我母后和弟弟他們呢？」劉陵哭著問道。

桑弘羊說：「一併被扣押在宮中，皇上應該會轉交張湯大人審理此案。」

謀反罪無可逭，劉陵不用問，也知道王府眾人的下場。她絕望地閉起雙眼，任由淚水橫流。雲舒想勸她，卻無從勸起。

安靜之中，薛默突然問道：「外面應該到處在搜尋翁主的下落吧？」

桑弘羊微微頷首。「是，淮南王府的眾人全都要關押審問，張大人稟報說找不到翁主時，眾人都有些疑惑。我沒料到翁主會在我府中，其他人更想不到，翁主暫時住在這裡，還算安全。」

劉陵流著淚站起來說：「不，我會去見皇上，這種事情少牽累一人是一人，我怎麼能把禍端引到你們身上？」

雲舒一把拉住劉陵，勸道：「別做傻事。妳也說了，少牽累一人是一人，妳本無心謀反，還苦苦勸說淮南王，我怎麼能看著妳去送死？妳且稍安勿躁，我一定能想到辦法的。」

劉陵心無生念，搖頭說：「我知道妹妹待我一片真心，只是我怎能看著家人死去，一個人苟活於世？」

雲舒緊緊抓著她說：「就算不為自己，妳也想想衛青。他現在在外殺敵，若得勝歸來，只見到妳的墳塚，教他如何是好？你們以後會有自己的家，怎麼能就此死去？」

劉陵捂著臉蹲下痛哭，雲舒知道她現在心思亂成一團，就扶著她去客房睡下，並要人守著，絕不讓她擅自離府。

待雲舒再回到芳荷亭時，薛默已去客房歇下，只有桑弘羊坐在床邊等她。已經快到五更天，雲舒幾乎熬了通宵，桑弘羊很擔心她的身體。

雲舒還在思考事情，並不想睡，但桑弘羊卻強行拉她躺下，把她圈在懷裡命她睡覺。

雲舒十分關心的劉陵、劉爽都被牽扯進這個案子，她根本沒辦法安睡，滿腦子都是他們的事。

她推了推桑弘羊，問道：「相公，這次衡山王會受到牽連嗎？」

桑弘羊閉上眼輕聲說道：「也許會吧，全看皇上的意思。皇上早就知道衡山王跟淮南王連成一氣，只是此次偽造詔令之事，並沒有拿住衡山王的罪證。」

雲舒又問道：「若衡山王受到牽連，那劉爽也會一併被拖下水嗎？」

桑弘羊知道他們都是雲舒的血親，更是朋友，然而謀逆大罪向來連坐，劉陵是淮南翁主，劉爽是衡山太子，如何能逃……

他不願傷雲舒的心，只是低聲嘆了口氣，但雲舒聽這一聲，已經完全明白他的意思。

黎明前的黑暗中，雲舒閉上了眼，心中作好決定。無論如何，她都要想辦法救下劉陵和劉爽！

次日，外面傳來消息，淮南王謀反案交由廷尉張湯辦理，一些與淮南王交好的王侯都受到傳喚和審問，一時之間人人自危。

雲舒一面打聽關於案件的各種訊息，一面要薛默幫忙打聽劉爽的下落，可是處處都沒有音訊。雲舒不禁有些著急上火，因而口乾舌痛，雙目赤紅。

陸笠來為她診斷的時候，勸道：「公主現在最要緊的就是休養，不要思慮過重，要心平氣和，不然的話，不僅自己難受，胎兒恐怕也會受到影響。」

雲舒無奈地點了點頭。這些她都明白，可是她如何能做到視而不見、聽而不聞？唯有早些把事情處理好，她才能安心養胎。

如此想著，雲舒便去見劉陵，準備將思考了很久的一個想法告訴她。

劉陵一副失魂落魄的樣子，既不塗脂抹粉，也不插簪戴花，素得讓雲舒覺得不是她了。

「陵姊姊，不要這樣，妳要振作起來。」雲舒怕自己所說的事情會刺激到劉陵，於是先安慰一番。

劉陵緊抿嘴角，輕輕搖著頭，說道：「振作起來又如何，一樣是家破人亡。妹妹，妳讓我出去吧，為什麼還要讓我這種即將辭世之人給妳添麻煩？」

雲舒知道劉陵性格直爽，所以便老實跟她說：「妳的父王、母后和弟弟，我實在救不了，張大人那邊已經審問出了訊息，妳母后和弟弟都知曉謀反之事，平時更是霸占房舍田地，現在要一併查處問罪。可是妳還有一線希望，我明天就進宮去見皇上，替妳求情。妳與淮南王府早已劃清界線，皇上都知道，而且妳這次更是被淮南王囚禁在府內，只要妳一口咬定是因為要告發淮南王才被他拘禁，皇上一定會特赦妳的。」

劉陵聽完立即搖頭。「我怎能為了自己苟活，就做出那種不孝之事？」

雲舒想不出其他辦法，畢竟像劉陵這種情況，唯有將功贖罪才能保全性命，可劉陵偏偏不願意。

「唉。」雲舒嘆了口氣。劉陵和淮南王平時鬧得再不和，然而他們終歸是父女，血濃於水啊……

就在雲舒猶豫著要不要擅自替劉陵作決定時，桑弘羊晚上回來時就帶給她一個頗為震撼的消息——

「淮南王在獄中招供，說因為劉陵要告發他謀反一事，他便把劉陵鎖在後院中，希望皇上看在劉陵一片忠心的分上，能夠饒她一命。」

雲舒不禁有些感動，沒想到淮南王還是很疼劉陵。他跟雲舒的想法一樣，都希望靠這一點保全劉陵的性命。
桑弘羊跟雲舒商量。「妳看我們是不是該把翁主交出去了？皇上也許會饒她一命。」
雲舒思索道：「我也有這個打算，陵姊姊不可能躲躲藏藏一輩子，要想辦法得到皇上的特赦才好。正好淮南王這麼說，若皇上能順水推舟地赦免了她就好了，就怕皇上想斬草除根，不肯放過她。」
桑弘羊笑著說：「我明天安排妳進宮吧，妳放心，皇上一定會允了此事的。」
雲舒看他說得這般自信，好奇地問道：「為什麼？皇上是不是說過什麼？」
桑弘羊神秘地搖了搖頭，雲舒更加好奇，不停追問。
桑弘羊拗不過她，便說：「我周圍一直有暗羽跟隨，宮宴那晚回家後，暗羽就知道劉陵在我們府上。皇上雖然沒有多問，心裡必然清楚。他既然沒派人來捉，就是為我們兩人留面子，同時也想放劉陵一條生路，我們總不好等皇上親自來問劉陵在哪兒，要早一步主動去說才好。」
雲舒恍然大悟，同時也有些吃驚，她原以為自己的公主府會逃過暗羽的監控，沒想到一樣難以倖免。
可是轉瞬一想，卻又覺得正常不過，劉徹只有徹底掌控他們，才敢放心任用啊。

第一四五章　奔走求救

待到第二天一早，雲舒跟桑弘羊一同起床，桑弘羊去上早朝，雲舒則以探望太后為名，往長樂宮而去。

到了長樂宮，王太后已然起身，對雲舒突然到來頗感驚訝。

「妳這孩子，懷著身孕呢，怎麼這麼早進宮問安？我這兒不需要什麼虛禮，妳好好養著就是了。」王太后免了雲舒的跪禮，要她到跟前坐下說話。

雲舒坐在軟席上，說道：「前幾日，我未能參加皇上的生辰晚宴，誰料出了那麼大的事……我在家中聽到淮南王謀反的消息，依然心有餘悸，不知母后有沒有受到驚嚇，所以特來看看。」

王太后也很精明，她和雲舒的感情一向很淡，雲舒現在進宮探望，說是為了她，還不如說是為了淮南王府，這點她看得清楚。

想到雲舒跟劉陵平日一向要好，這個時候她肯進宮為劉陵奔波，而不是急於撇乾淨，不禁覺得她敦厚重情。

王太后也不戳破，而是順著雲舒的話說：「驚嚇自然有一些，不過宮中守衛森嚴，很快就將淮南王擒住，倒也沒鬧出什麼大事。妳那日沒來甚好，不然嚇到妳和肚子裡的孩子，可怎麼辦？」

雲舒笑著說：「母后沒事就好。」

王太后轉而問起雲舒的身體狀況來。「有沒有很難受？有沒有想吃的？」

雲舒也不急於切入正題，不慌不忙地應答道：「除了早先發現的時候有幾天難受，現在已經沒什麼感覺了。我前兩天特別想吃酸粉，昨個兒又想吃糖棗，所幸府裡東西備得全，想吃就能立即吃上。」

王太后點點頭說：「那就好。」她又瞧了瞧雲舒。「我見妳被桑家養得不錯，比之前胖了點，這就好，胖一點好生養。」

雲舒低頭笑了。兩人閒話了一盞茶的工夫，雲舒終於開始說起正經事。「聽說淮南王出事後，一直沒有找到陵姊姊？」

王太后微微頷首。「是啊，四處都找不到。淮南王說他把阿陵鎖在後院，可是後院只有一間帶鎖的空屋子，人早不知去了哪裡，應該是乘亂逃走了。」

雲舒試探性地問道：「不知道皇上找到阿陵姊姊後，會怎麼處置？」

王太后挑了挑眉頭說：「此等大罪，自然是連坐處死。」

雲舒的心不由得一揪。「母后……可是聽說陵姊姊不曾參與謀反，還因為阻止淮南王被鎖了起來，如此不能饒她一命嗎？」

王太后聽到雲舒說這句話，確定了她今天的來意，便說：「此案已交由張湯辦理，阿陵究竟有功還是有過，他自會查明。」

張湯……歷史上有名的酷吏，劉陵若全交給他，只怕絕無生還的可能。

雲舒之所以在去見劉徹之前先來見王太后，就是怕王太后和田蚡不肯放過劉陵，先來探探她的口風。若王太后對劉徹施壓，那麼即使劉徹想放劉陵一條生路，也不太可能實現。可現在聽來，王太后的態度竟然是模稜兩可，讓她有些拿不準……

「母后……」雲舒厚著臉皮哀求道：「看在陵姊姊最近循規蹈矩，對皇上和母后忠心耿耿的分上，您就幫她在皇上面前美言幾句吧。出了這等事，我們也不求她以後能夠保有榮華富貴，但求留得性命。皇上和丞相那麼敬重母后，您說的話一定有用的！」說著就作勢要跪下。

王太后急忙要宮女扶雲舒起來，責備道：「妳這孩子，現在不能這樣跪了，當心身體要緊。」

雲舒重新坐下，王太后緩緩說道：「並非我不肯救她，只是此乃重案，非我一個婦道人家能指手畫腳。前有七國之亂在先，若不嚴正處理，其他諸侯王抱著僥倖之心有樣學樣怎麼辦？不過阿陵的情況有些特殊，淮南王府被捉的那些謀士也說過，劉陵之前因為政見不合與淮南王爭吵過，從而遠離淮南國。只是空口無憑，若張湯能查到一些證據，想特赦她也不是不行……」

雲舒大喜過望，王太后肯說這樣的話，無疑將事情打開了一個缺口。她連忙應承道：「但願早日找到陵姊姊，她手上必有能證明自己清白的東西。」

王太后點了點頭，兩人不再多說此事，一起用過早膳後，雲舒就離開長樂宮，往未央宮而去。

待她到了宣室殿，劉徹早已下朝，看她進來，便說道：「桑弘羊說妳有事要進宮來找朕，朕從下朝等到現在，妹妹終於來了。」

雲舒向他行了禮，說道：「很久沒有去探望母后，所以先去了長樂宮，被母后留下用早膳，讓皇兄久等了。」

劉徹點點頭，賜席讓雲舒坐下，聊過她的身體狀況後，才問道：「皇妹今天找朕所為何事？」

雲舒立即上前匍匐在地，說道：「皇上，我今天是來請罪的。我擅自窩藏重犯，特來領罰。」

劉徹心道：她終於肯把劉陵交出來了，只是「請罪」、「領罰」便罷了，懷著孩子呢，他能把她怎樣？

雖然是這麼想，不過劉徹依然板著臉，佯怒道：「什麼？劉陵在妳那裡？讓朕找得好苦啊皇妹，妳實在太膽大妄為了！」

雲舒急忙陳述道：「皇上，我起初並不知淮南王要謀反，只是聽說陵姊姊被關在府裡沒有自由，所以派人去救她，誰知剛救回家裡，就聽說淮南王反了，這樣的情況下，我又如何敢交出陵姊姊？何況她本就無罪，請皇上明察。」

劉徹沈吟了一番，說道：「妳先起來吧，別趴在地上，當心身子。劉陵的事，朕自有主張，只是太后和丞相那裡不太好交代。」

雲舒急忙說：「剛剛和母后一起用早膳時，母后說了，若有證據證明陵姊姊對皇上的忠心，就可網開一面。而且我也想過了，衛青來日若能打勝仗，只要他也肯替陵姊姊求情，那麼皇上就可用戰功特赦陵姊姊，成全他們兩人。」

劉徹點點頭說：「想法不錯。張湯已經派人前往淮南國搜查證據，信簡之類的東西應該有存留。只是衛青……妳又怎能確保他一定打勝仗？況且淮南王府遭此劫難，他有大好前程，是否還願意與阿陵續前緣，也不一定……」

雲舒沈默了半晌，說道：「只要能保住陵姊姊的命，其他的以後再說也不遲……」

劉徹說道：「皇妹不用操心了，一會兒朕要韓嫣隨妳回府，妳把人交給韓嫣吧。」

兩人話說得差不多了，宦官就來傳報，說有大臣求見，雲舒便順勢告退。

韓嫣帶了士兵隨雲舒回到公主府，雲舒先把韓嫣安置在客廳，說道：「且讓我先去跟陵姊姊說一聲，幫她收拾一下東西。」

韓嫣自然不會為難她，帶著人在前廳等待，要雲舒慢慢走，不要急。

雲舒來到客房時，劉陵正靠在床頭，摩挲著身上一塊玉玦。

雲舒走近劉陵，看著她這副失魂落魄的模樣，扶上她的肩頭說道：「陵姊姊，我早上見過皇上了。」

劉陵抬起頭，臉上扯出一絲微笑說：「也好，妳終於想通了，我可以去跟父王、母后團聚了。」

雲舒搖了搖頭說：「淮南王在獄中招供，說妳與他意見相左，阻止他謀反，所以把妳關了起來。皇上已派人去淮南國，尋找人證和物證來證明妳的清白，一定會特赦妳的。」

劉陵流露出震驚的表情，問道：「我父王真這麼說？」

雲舒點頭道：「是的，淮南王還念著妳的安危，在面臨危機的時刻，依然想保住妳的性命。大家都想讓妳活下去，妳不能再這樣心如死灰了。」

劉陵似是不相信，嗚咽哭著，並自言自語道：「父王……父王……」

雲舒勸道：「陵姊姊，我知道妳現在很難過，可是活下來比什麼都重要。現在韓嫣在外面等妳，要帶妳去見皇上，妳一定不能說什麼求死的話，要把當初勸說淮南王，以及被他疏離的事情都說出來，一定要活下去！」

劉陵握著玉玦，點頭道：「好妹妹，我明白了。」

雲舒喊來丫鬟幫劉陵梳洗一番，又帶了幾件衣服和梳妝用品，這才領著她去見韓嫣。

韓嫣見到劉陵時嚇了一跳，臉上有掩飾不住的震驚，似是沒想到劉陵不過幾天，就形容枯槁了。

雲舒把包袱放到韓嫣手上，叮囑道：「還請多照顧一些。」

韓嫣點頭說：「我知道，妳放心吧。」

劉陵握住雲舒的雙手，感激地說：「我知道妳最近為了我的事情費了不少心，妳的恩情我都記著。妳要注意身體，因為這些事，我都還沒能好好祝賀妳，和妳肚子裡的小傢伙。」

聽到劉陵能說出這番話，雲舒頓時放心不少。

劉陵又將手中一直握著的玉玦交給雲舒，說道：「這是衛青送我的東西，我……我若是有個萬一，妳幫我把這個還給他，要他忘了我吧。」

雲舒心中一震，剛要說話，劉陵已阻止道：「我不是求死，我是說萬一……」

雲舒只好收下玉玦。「進宮之後不管遇到什麼事，都想開一些，妳以後的日子還長，還有我和衛青等著妳。」

劉陵重重地點頭，笑著隨韓嫣離去。

第一四六章　亂倫糾葛

把劉陵交給劉徹後，雲舒心中雖然忐忑，卻知道這是必經之路，只待觀察之後形勢如何。

除卻劉陵，雲舒最擔心的就是劉爽，他至今仍無音訊，也不知究竟發生了什麼事。現在她行動不便，又無處打聽，只能期盼桑弘羊和薛默那邊能找到線索。

「公主，今日二夫人那邊送來了上品龍鯽燉的湯給您補身子，公主要喝嗎？」紅綃一邊扶著雲舒往芳荷亭走去，一面說明中午的菜式安排，打斷了雲舒的思考。

雲舒一直聞不得魚腥味，但龍鯽是二夫人送來的，紅綃不敢自作主張，自然要問一問。

雲舒點頭道：「是二夫人的一片心意，自然要喝，配些清淡的小菜，中午吃簡單些吧。」

「是。」紅綃應聲，又想起一事，稟報道：「公主，桂嬤嬤從昨晚開始說要求見您，但因為公主昨天歇得早，今天一早又進宮，一直沒空，公主今天下午要不要見見她？」

「桂嬤嬤？」雲舒問道：「雪霏小姐那邊出了什麼事嗎？」

紅綃搖頭說：「聽小丫鬟們講起，說小姐前幾天鬧著要下池子裡學游水，不過最後被三福哄住，就沒有鬧了。」

也就是說，桂嬤嬤找她不是為了雪霏的事，而是為了她自己的私事……

想了想，雲舒吩咐道：「等小姐午休起來去上課後，要桂嬤嬤來見我吧。」
回芳荷亭歇了歇，待綠彤在通風的涼臺上擺好了餐點，就請雲舒過去用膳。
二夫人送來的鯽魚湯果然很鮮美，雲舒起初吃了兩口覺得不錯，可是喝了半碗就膩了，趕緊要丫鬟把湯撤下去，就著清爽的小菜吃了半碗飯。
飯後雲舒在木廊的陰影下走了幾步，打算消消食後去午休，因為早上起得實在太早，現在已有些睏了。
在臨窗的榻上躺下，紅綃手執團扇為雲舒祛暑，矇矇矓矓中，雲舒進入了夢鄉……不一會兒，她忽聽到一陣腳步聲，而後耳邊傳來紅綃頗為驚訝的聲音。「大公子，您回來了。」
雲舒也驚訝地睜開眼睛，自從淮南王出事後，桑弘羊就沒空回來陪她用午膳，怎麼今天跑了回來？
她準備撐起身坐直，桑弘羊卻已經坐在紅綃之前坐的位子上，按住雲舒的肩膀，要她重新躺回去。「不用起來，我就回來跟妳說幾句話，怕妳心中掛念。」
雲舒了然，卻不急著問到底是什麼話，而是問道：「相公用過午膳了嗎？」
桑弘羊答道：「急匆匆吃了幾口。」
雲舒就吩咐紅綃。「去把二夫人送來的鯽魚湯熱一碗過來給大公子。」
立在牆邊的紅綃應聲而去。
待只剩他們兩人，雲舒才問道：「急匆匆趕回來，是因為陵姊姊的事情嗎？」

桑弘羊一面擦汗一面點頭。「翁主才剛被送到宮中，不知怎麼就被丞相知道了。他趕到宮中，對皇上把翁主留在宮中掖庭囚房的事情表示不滿，說此等罪人應該送到廷尉由張湯大人審問。」

掖庭是拘禁犯事的宮妃和宮女的地方，若不論私心，田蚡所說倒也符合國法。只不過，雲舒和劉徹都明白，田蚡不過是想除掉劉陵這個心頭刺罷了，又怎會順他的意？

「皇上怎麼說？」雲舒睡意全消，睜著大眼看著桑弘羊。

桑弘羊說道：「皇上不慌不忙，命人把翁主傳了過來，就在此時，突然又有宦官傳報，說長公主從高處摔了下來，皇上趕去瞧公主，把丞相和劉陵留在宣室殿等候。」

雲舒莞爾一笑。「皇上必然是故意讓他們獨處的吧？」

桑弘羊也笑了。「可不是嘛。皇上當時把我留在側殿聽他們說話，翁主只說了一句話，丞相就服軟了，再也不提把她送去廷尉之事。」

雲舒更好奇了，拉起桑弘羊的袖角問道：「她說了什麼？」

桑弘羊站起身來，學著劉陵昂頭說：「丞相莫要忘了當年寫給我的一些筆墨，若我難逃一死，大不了與你拚個魚死網破罷了！」

雲舒忍不住在心裡叫了聲好。

劉陵不負她所望，並沒有消極應付，而是爭取活著的機會。

桑弘羊重新坐下，說道：「這次張大人帶人去淮南壽春王府搜查罪證，其中定有丞相的人。他敢到宮裡來提翁主之事，必然有把握不被皇上拿到當年的罪證，可是他怎麼也沒想到，即使淮南王在長安和壽春的王府都被搜查過一遍，劉陵手中卻還有他的罪證，當下震驚得說不出話。」

雲舒低頭思索，當時薛默帶著應淳和子邪把劉陵從王府裡救出來時，她只帶了身上一些東西過來，並無其他物品，除非劉陵平時多了個心眼，把重要東西寄放在別處，不然的話，她只是說空話嚇嚇田蚡而已。

不過不論是哪種情況，田蚡都應該不敢輕舉妄動。

桑弘羊繼續說道：「等皇上回來，說長公主摔倒只是虛驚一場，要再跟丞相商議翁主的去留時，丞相立即改了口風，說在定罪之前，翁主都是金枝玉葉，自然不能送去廷尉，留在宮中比較好。」

聽完，雲舒連連點頭。「這樣我就放心了，皇上果然護著陵姊姊，她也沒有讓我失望。」

相公頂著烈日回來給我送信，實在太辛苦了！」說著，就拿著團扇替桑弘羊搧了起來。

桑弘羊笑著說：「我是怕妳一直擔心，早點讓妳知道情況，妳也好放下心休息。」

雲舒笑著點頭，喊紅綃端湯來給桑弘羊喝。

喝完湯，桑弘羊在家裡小歇了一會兒，又頂著大太陽進宮去了。

雲舒又乘機小睡了一會兒，直到外面傳來說話聲——桂嬤嬤前來求見她了。

她今天睡睡醒醒幾次，折騰得反而不舒服，索性不再睡，傳了桂嬤嬤進來問話。

桂嬤嬤一進來就撲在雲舒腳邊，雲舒看她這般架勢，向紅綃遞了個眼色，紅綃便帶上門退了出去。

桂嬤嬤這才抖著嘴唇說話，她哆哆嗦嗦地哭道：「公主，求求公主幫幫老奴，老奴世世輩輩都記著公主的恩情……求求您……」

沒有其他話，開口就是哭求。

雲舒不禁有些頭疼，問道：「又發生什麼事了？」

桂嬤嬤趴在地上哭了半晌，卻不肯開口，雲舒耐著性子勸道：「嬤嬤不肯告訴我，我從何幫起？」

桂嬤嬤這才哽咽著說：「小穗……小穗那個孽障……懷了丞相的孩子。」

「什麼？怎麼可以！」雲舒雙手一緊，揪住了披在她身上的薄被。

小穗是丞相的私生女，他們竟然做出亂倫之事，還懷了孩子！

雲舒沈下臉色。「當初就不該瞞著，他們兩人不知內情，糊裡糊塗做下這種事，現在如何是好？」

不過，現在再追究也是枉然，只是雲舒一時慌亂，竟然不知道這種事情該怎麼處理才好。

桂嬤嬤已是泣不成聲。「小穗發現自己懷了孩子後，怕被男人打，所以連夜逃出莊子。她又不敢去丞相府找丞相，怕被夫人知道後逮回去，就找上我。她做出此等下賤之事，理不當容，可我好歹是她娘親，不能丟下她不管啊……」

雲舒扶住額頭，想到小穗差不多在三月時被送出丞相府，如今已是七月，她的孩子至少有四個月，甚至更久……

「縱使我能把她收留在府中，難道她還能把這個孩子生下來不成？妳叫孩子如何見容於世間？」雲舒實在不知道從何幫起。

桂嬤嬤哭著搖頭，說道：「不能生，一定不能生！老奴聽說，長安最有名的陸神醫就是大公子的客卿，求公主請陸神醫幫小穗拿掉孩子，到時我一定帶著小穗遠走他鄉，絕不會連累公主的……」

「拿掉？如今如何能拿掉！」四、五個月的孩子，就算是陸笠，也不敢下手，一個弄不好，就是一屍兩命啊！

可桂嬤嬤執意道：「求公主請陸神醫幫幫忙，不然我就算是掐死小穗，也絕不會讓她生下孩子的！」

雲舒心中陣陣發寒，出了這種事，除了打掉孩子，好讓桂嬤嬤帶小穗走得遠遠的，似乎沒有其他辦法了。

她狠下心，對桂嬤嬤說：「妳先起來，把眼淚擦一擦，我這就讓人去請陸先生來一趟。」

桂嬤嬤感激不盡，連忙用衣袖胡亂擦著眼淚。

雲舒喊來靈風，要她速速去回春堂請陸笠來。

靈風以為是雲舒身體不適，連忙跑了出去。陸笠趕來時，也氣喘吁吁，生怕雲舒出了什麼事。他見雲舒半躺著，就問道：「公主哪裡不舒服嗎？」

雲舒搖頭說：「不是我的事，今天恐怕要為難陸先生做一件迫不得已的事情了。」

陸笠神色凝重了幾分，不過依然順從地說：「但請公主吩咐。」

雲舒把事情說得簡單一些。「我府裡有個丫鬟不懂事，把肚子鬧大了，一直瞞到現在，孩子都快五個月了，可這個孩子斷然不能生下來，想請先生把孩子弄下來，不知有沒有辦法？」

陸笠臉色緊張了幾分，他端坐得筆直，說道：「公主，五個月的孩子已經成形，若強行弄下來，恐怕會一屍兩命啊！」

雲舒表情顯得疲憊而頹喪。「我也知道非常危險，可是實在迫不得已，那個孩子確確實實不能生，不然也不會讓先生做這種事。」

陸笠不禁在心中揣測，莫非孩子是桑弘羊的？

如今雲舒已懷有身孕，若那丫鬟搶在前頭先生下來，就算是庶子，也是桑弘羊的長子。主母還未有子嗣，怎麼能讓侍妾先行一步？

雖然不太確定，但看在雲舒的面子上，陸笠說：「讓我先看看情況吧，也不知孕婦身體如何，到底能不能拿，還要細瞧。」

雲舒鬆了一口氣，喊來桂嬤嬤，說道：「帶先生去看看小穗吧。」

桂嬤嬤雙眼紅得跟桃子一般，連連點頭，請陸笠隨她而去。

雲舒在屋裡等了大半個時辰，結果卻見陸笠一個人一臉慘白地回來了。陸笠很少失態，能讓他這般驚慌，必然是不得了的事情。

雲舒急忙起身問道：「先生，怎麼了？」

陸笠壓低聲音說道：「公主，那丫鬟肚子裡的孩子是個死胎。」

「什麼？」雲舒臉色大變。

雲舒因為驚嚇過度，退後跌坐在床上，把陸笠嚇得不輕，他急忙上前扶了一把。「公主當心身子！」

雲舒扶著床頭坐穩，壓了一下驚，問道：「確定是死胎？」

陸笠十分肯定地點了點頭。

小穗先是被趕出府，又受到連番驚嚇，獨自一人跑回長安，顛沛流離之下沒能好好養胎。更何況，這孩子是亂倫所得，存活率本就不高。

雲舒想了想，如今孩子既是死胎，對小穗來說反倒是好事，不用告訴她真正的身世，也不用讓她知道自己無意中犯了多大的錯，就能勸她把孩子拿掉，省卻不少麻煩。

雲舒心情平復了幾分，問道：「先生，那現在怎麼辦？孩子能順利拿出來嗎？」

陸笠說：「依然很危險，極有可能造成血崩。不過再危險也必須拿出來，時間拖得愈久，危險愈大。我需要回醫館準備一些藥和銀針，明天下午就來為她引產。」

雲舒點點頭，謝道：「那就有勞先生費心了。」

陸笠不再多說，揹著藥箱就匆匆回醫館去了。

雲舒再傳來桂嬤嬤，桂嬤嬤忐忑地問道：「公主，我看陸神醫的臉色很不好看，他怎麼說？」

雲舒深吸了一口氣，這才說道：「孩子已經死在肚子裡了。」

聞言，桂嬤嬤撲在地上哭了起來，她哭了幾聲，忽然抬起頭來又哭又笑地說：「這是報應，報應啊！」

雲舒看她這般樣子，知道她受了很大的打擊。雲舒明白死胎可能是基因的問題，但對桂嬤嬤這些古代婦人來說，會覺得這是上天的詛咒，她們不被上天所容，這個結果擊潰了她最後的防線。

雲舒緩緩說道：「桂嬤嬤，現在孩子已經沒了，妳要好好照顧小穗，明天陸先生會來幫她把孩子拿出來，妳要多幫忙。」

抹著眼淚，桂嬤嬤點頭叩謝。

雲舒又想到，桂嬤嬤現在無心也無力照顧雪霏，便說道：「從現在開始，妳專心照顧小穗吧，雪霏那邊妳就不用管了，我會讓余嬤嬤過去照顧。」

桂嬤嬤聽了吩咐，精神恍惚地退了下去。

紅綃一臉擔憂地從外面走了進來，不敢問桂嬤嬤出了什麼事，只關切地問雲舒：「公主，您還好吧？奴婢聽桂嬤嬤又是哭又是喊的，有沒有嚇到您？」

雲舒無奈地搖了搖頭，想到了田蚡，不禁咬牙暗道：真正可惡的好色之徒！

第二天，陸笠帶著小順來到公主府，見過雲舒之後，就去桂嬤嬤那邊了。

桂嬤嬤單獨住在一間帶小院的屋子，在公主府最外邊，出了大院的圍牆就能直接去後街。小穗自來了之後一直都沒出門，其他僕婦倒也沒發現。

雲舒今天特地要夏芷把住在桂嬤嬤附近的僕婦都喊進府裡除草，讓她周圍少些關注。

陸笠帶小順過去之後，一面熬藥煮湯做準備工作，一面跟桂嬤嬤說明此事凶險，卻有不得不為之的必要性。

桂嬤嬤一心只想把孩子弄掉，快些除去老天的詛咒，哪裡還管危不危險，陸笠說什麼，她一概應「是」，沒有絲毫猶豫。

躺在床上的小穗聽見他們交談，愈來愈覺得不對勁，她掙扎著坐起身來，問道：「娘，這位先生說的是什麼意思？」

陸笠聞言，皺眉問道：「這位姑娘還不知道？」

桂嬤嬤慌慌張張走到小穗面前說：「小穗啊，妳聽娘說，妳的孩子已經胎死腹中了，現在先生要幫妳把孩子拿出來，別怕啊……」

小穗臉色瞬間蒼白，渾身顫抖，她用尖銳的聲音喊道：「不！我的孩子好好的，妳要害我，我就知道你們都要害我，不要——」

小穗大力推開桂嬤嬤，捧著肚子踉蹌著跑了出去。

陸笠不方便追趕，小順更是看得目瞪口呆，陸笠只好扶起桂嬤嬤，問道：「這可怎麼辦？」

桂嬤嬤一臉驚慌，口中不知念叨著什麼，跟著跑出去找人。

陸笠站了一刻，不見人回來，只好收拾東西，帶小順去找雲舒覆命。

「跑了？」雲舒聽到消息時十分驚訝。「不好，只怕要出事……」

她喊來夏芷，吩咐道：「快去吩咐萬管家，要他帶家丁去幫桂嬤嬤一起尋小穗，她挺著肚子，很好辨認，應該跑不遠。」

陸笠在一旁聽到雲舒的吩咐，覺得她跟以往不同，似乎有些奇怪。

思量再三，陸笠勸道：「公主，那個丫鬟雖然懷了大公子的孩子，可是現在胎兒已死，您便饒了她一命，由她去吧。」

雲舒聽了陸笠的話，窘迫得瞪圓了眼睛，她好不容易緩了口氣，哭笑不得地說：「先生，你誤會了……那孩子不是大公子的，她的事情有些複雜，我真是為了她的性命著想，才會派人找她，若她找到那家去……唉，事情就要鬧大了！」

陸笠聽了雲舒的回答，內疚到不行，他與雲舒及桑弘羊認識多年，竟然還懷疑雲舒的為人，還有桑弘羊對雲舒的忠誠。

他連忙告罪，甚至跪下來說：「公主恕罪，我竟然胡亂揣測，誤會了公主。」

雲舒擺擺手，並不計較。「先生請起，這本就是件容易讓人誤會的事。罷了，你們回去吧，只是此事很要緊，你們別洩漏出去就行。」

陸笠自然點頭允諾。

第一四七章　登門算帳

公主府的家丁找了許久，卻沒找到桂嬤嬤和小穗，天色已黑，若打著火把繼續找下去，只會驚動更多人。雲舒正要命萬管家收隊回來，卻看到夏芷一臉失措地跑了進來。

雲舒最近受到不少驚嚇，見夏芷這樣，已是情不自禁地抓住了床頭扶手，等待夏芷稟報。

「公主……」夏芷竟然一開口就哽咽，話都說不下去。

雲舒沒作聲，而是等她繼續說。

夏芷深吸了幾口氣，這才繼續說道：「小穗溜進了田府，在丞相的納妾酒席上大鬧一場，直接被大棍攆了出來。桂嬤嬤不如小穗熟悉田府，找不到門路進去，正在後門徘徊，就看到小穗被扔了出來。她扶著小穗走了幾步，誰知小穗的孩子流產，生在後街上，是個白蒼蒼的死胎。」

雲舒的指甲刮著扶手的木漆，只恨田蚡如此狠心。當初是他招惹小穗，現在分明知道小穗肚子裡是他的種，還能讓人用大棍攆走小穗，只怕那棍子就是朝小穗的肚子去，為的就是打掉孩子。

帶著憤怒，雲舒問道：「她們母女現在在哪兒？」

夏芷又哽咽了一下，說道：「小穗血崩不止，死在街上。桂嬤嬤大受刺激，在田府大門前又哭又鬧，說了些十分不堪的話。恰巧田府的賓客散席，很多人都聽到了，丞相大怒，要人把桂嬤嬤綁了回去。萬管事人微言輕，丞相根本不聽他說話，只說公主如果要人，就親自去領……」

「哼！」雲舒冷笑一聲，說道：「備車，我們去丞相府。」

雲舒雖氣小穗不自重、桂嬤嬤不爭氣，可是那一屍兩命，及桂嬤嬤被抓之事，卻不能聽之任之，教田蚡胡作非為的！

夏芷猶豫道：「公主，要不要等大公子回來再說？」

雲舒搖搖頭說：「不必，我們現在就去。」

夏芷只好去準備車馬。

雲舒坐在房裡想著，不知道田蚡在得知自己與女兒亂倫，又杖殺女兒這個真相後，會是什麼表情？

稍過片刻，夏芷已準備好車馬，雲舒便帶著夏芷、紅綃兩人，由護衛陪護著往丞相府而去。

田蚡沒有料到雲舒當真為了一個下人親自登臨他府上，而且還是大晚上。

雲舒頗受皇上、太后喜愛，又懷有身孕，田蚡雖然心中對她不屑，卻也不敢做得過分。他收到通報後，就要人把雲舒請到客廳好生伺候著，留下一攤子事情去見她。

他來到客廳會見雲舒時，毫不在意地一屁股坐在席上，雲淡風輕地笑著說：「哎呀，這不是長安公主嘛，這麼晚怎麼會來我府上？莫不是真的為了那個瘋癲的婦人？若是要人，只需派人說一聲，我自然把人送回去，何必要您親自走一趟？您還有身子呢……」

開口即如連珠炮般說了一堆，倒像雲舒小題大作一般。

雲舒心平氣和地坐在客席上看著他。田蚡因今天納妾，穿了一身暗紅色的長衫，頭上還繫了紅綢帶，跟他一張老臉配起來，真是不倫不類。

客廳裡還殘餘著之前宴席的酒肉味道，閉上眼，彷彿就能看到之前熱鬧的情形。

「因不知道丞相大人今日納妾，我竟然空著手就這樣來了，還請丞相見諒。我今日來，的確是為了桂嬤嬤和小穗之事，我不想看丞相被婦人愚弄，繼續釀成大禍，所以有些話不得不說。」

田蚡很不舒坦，他原本以為雲舒是來求情，要他放了她的人，沒想到開口竟是教訓的口吻。

雲舒也不管他臉色有多難看，只是淡淡地說：「丞相剛剛抓的那位嬤嬤，當年是田夫人的陪嫁丫鬟，名叫桂香。我不知道丞相是否記得她，只是我從桂嬤嬤口中得知，她當初為你生了一個女兒，就是今天被你打死在後街上的有孕女子——小穗，而小穗腹中的孩子是誰的，丞相只怕比我更清楚。」

田蚡一下子跳了起來，聲音尖銳地喊道：「休得胡言，休得胡言！妳身為公主，竟然跟那瘋癲婦人一樣說這些癲狂的話！」

雲舒冷笑道：「桂嬤嬤就在丞相手中，田夫人應該也在家，桂香當年是為什麼離開丞相府，又是怎麼進宮當嬤嬤，小穗被誰養大，又怎麼當上丫鬟，丞相只要去跟田夫人當面對質，就知道這到底是瘋話，還是實話。」

田蚡因為震驚，嘴角有些抽搐，癱軟地跌坐回席上，半晌沒能說出一句話。

雲舒乾脆起身說道：「小穗的屍身，以及桂嬤嬤該怎麼處置，就交由丞相細細思量吧，只是那桂嬤嬤是皇上從宮裡賞給我的人，她是死是活、人又在哪兒，我總得給皇上一個交代，還望丞相慎重些。」

田蚡手握成拳，緊了一緊，知道雲舒這是在威脅他。若讓皇上知道他荒淫無道且跟女兒惹出人命，就算是太后，也保不了他。

雲舒甩了甩衣袖，往門外走去，走到半途，田蚡突然出聲喊道：「等等。」

雲舒回頭望他，他緊張地問道：「妳……妳真的不告訴皇上和太后？」

雲舒抿嘴一笑。「目前看來，我與丞相無冤無仇，又何必多此一舉？而且，這是丞相的家務事，不是嗎？」

田蚡鬆了一口氣，此事若想瞞下來，最好的方式就是殺人滅口，但雲舒他不敢殺，桂嬤嬤他不能殺，田夫人更別談了……雖然知道被雲舒捉住大把柄十分不利，然而還好雲舒給了他短暫的承諾，他唯有先聽命，待日後再想辦法補救。

坐在回家的馬車上，雲舒閉目養神，不禁想起桂嬤嬤。雖不知道她現在情況怎樣，但田蚡看在她的面子上，不敢對桂嬤嬤下手。桂嬤嬤本就是田夫人的人，事情又複雜，雲舒能為她做的，也只有這些了。

馬車走到一半時，忽然停了下來。雲舒抓住扶手問道：「怎麼了？」

夏芷在外面說道：「公主，大公子尋您來了。」

話音剛落，就聽見馬蹄聲傳來，桑弘羊從馬背上跳下，身手敏捷地爬上馬車，掀起簾子鑽到車廂裡。

兩人坐好後，馬車繼續往公主府行駛而去，桑弘羊神情嚴肅地問道：「今天發生了什麼事？我在回家的路上聽人說了幾句，回去後又聽說妳去丞相府了，到現在都沒弄清楚來龍去脈。」

雲舒看他焦急，一五一十把事情交代清楚，沒有絲毫隱瞞。

桑弘羊聽完之後，臉色有些發白，低聲說道：「怎麼會發生這種事？田夫人和桂嬤嬤早先就該阻止，事情也不至於落到這步田地。」

雲舒感嘆道：「現在說這些已無濟於事，丞相大錯已犯，小穗也死了，他們的事情，我們管不了那麼多……」

其實雲舒自從知道桂嬤嬤在平棘侯府跟田夫人見面後暈倒一事開始，就存了私心。

田蚡位高權重，又有太后做靠山，更重要的是，他們的立場一直不對盤，不論是劉陵的生死，還是桑弘羊以後的升遷，甚至是她的安危，田蚡都有可能造成威脅。所以雲舒想從桂嬤嬤下手，抓住一些田府的秘辛，也好在以後跟田蚡的較量中取得先機。

現在把柄抓住了，先機也占了，田蚡絕不敢再主動招惹雲舒，然而小穗一屍兩命這件事卻讓雲舒很不好受。

桑弘羊看出雲舒的想法，勸道：「妳也知道我們管不了太多，桂嬤嬤和小穗當初都走上自己選擇的路，落到今天這個下場，怪不得妳，妳不要因為小穗的死而難受，知道嗎？」

雲舒被他看得透澈，覺得舒坦許多。難為桑弘羊能這麼細膩，她實在慶幸自己遇上了這樣一個良人。

第一四八章　一石三鳥

雲舒原以為這件事會被田蚡想盡辦法隱藏，沒想到僅僅平靜了三天，就發生了一件雲舒始料未及的事……

「你是說，丞相彈劾灌將軍犯了『不敬』之罪？」雲舒驚訝地問桑弘羊。

在小穗那件事過後三天後的晚上，桑弘羊從宮中回來，把早朝之事說給雲舒聽。「對，丞相說灌將軍在他納妾的酒宴上破口大罵，並找來瘋婦人誣陷他做了很多醜事，導致街頭巷尾對他議論紛紛，要求皇上治灌將軍的罪，同時彈劾潁川灌家橫行鄉里，為禍百姓之罪。」

雲舒一聽就明白了。「丞相是把桂嬤嬤之事栽贓到灌將軍頭上？」

桑弘羊點了點頭。「早先丞相跟灌將軍之間就有很多矛盾，他幾次要整治灌將軍都不得其法，正好此次灌將軍聽到桂嬤嬤在門外大鬧，的確諷笑了丞相一番，丞相就借機行事，想來個一石兩鳥。」

雲舒不得不佩服田蚡的奸佞狡猾，這等醜事，他也能迅速找到對象栽贓。

雲舒問道：「那皇上準備怎麼處置？」

桑弘羊面露難色。「此事頗為複雜，灌將軍是魏其侯竇嬰的朋友，而且這次去丞相府上作客，是魏其侯拉著灌將軍去的，灌將軍出了事，魏其侯覺得自己也有責任，於是進宮找皇上求情，並大肆讚揚灌將軍的勇武和剛正。皇上見事情牽扯到竇家、田家兩個皇室的外家，並有三個大家族牽扯其中，不好處置，正在為難呢。」

雲舒愈聽愈明瞭，這件事就是歷史上有名的「灌夫罵座」，可是時間不對啊……此事應該是幾年後才發生的。

雖有疑惑，但之前也有好幾件事脫離了歷史的正軌，只怕是她這個穿越者帶來的蝴蝶效應……

雲舒建議道：「如果皇上覺得不好處置，不如在早朝上展開庭辯，看看眾臣怎麼說，也可釐清眾人是怎麼拉黨結派的。」

「庭辯？」桑弘羊聽了覺得很有興趣。

雲舒點頭說：「對，庭辯。此事若傳到太后耳中，太后必定會發脾氣，到時若訓斥皇上為難丞相，皇上大可以說兩個外家不好偏頗誰，就讓眾臣辯一辯，看誰更有理。而且，此事到最後，皇上會是最大的贏家。」

桑弘羊驚訝地問道：「皇上會是最大的贏家？從何講起？」

雲舒詳細地分析。「皇上這些年來之所以容忍田丞相胡作非為，還把他當作心腹，相公以為只是迫於太后的壓力嗎？皇上能夠容忍他，是因為他沒有觸及皇上的底線，他平日喜歡的不過是歌伎藝人、金銀珠寶這些，不像魏其侯和灌夫那樣，召集天下的豪傑壯士，不分白天黑夜地商量討論，比起丞相，皇上更忌憚魏其侯和那些所謂的江湖遊俠。」

桑弘羊思索了一番，不禁點了點頭。難怪自從魏其侯被罷相之後，皇上一點權力都不給他。

雲舒又說：「魏其侯被罷官後，不僅沒有檢討自己的錯誤，反而全心結交任俠，在遊俠中聲望頗高。只要他犯了錯，皇上必定會乘機除掉他和他那些食客。而灌將軍雖然勇猛，可是性格暴虐，酗酒鬧事不是第一次，他的家族本身也行得不正，我曾聽說他們家在潁川占田搶地之事。若由酗酒鬧事延伸開來去查灌家，皇上一定會將灌家連根拔起。」

桑弘羊連連點頭道：「的確，皇上為遊俠之患苦惱很久了。丞相敢拿他們兩人下手，只怕也是猜到了皇上的心思。」

雲舒說：「是啊，田蚡最懂皇上的心意，他若沒有把握，只怕也不敢拿此事出來栽贓。」

「那就任由丞相這樣隨心所欲？」桑弘羊對田蚡頗不放心，只怕他日後越發得意忘形，朝中賢士難以自保。

雲舒笑著說：「咱們皇上從來不糊塗，他做事一向講究制衡，又怎麼會讓丞相一個人獨大？處置完竇、灌兩家之後，田家也就快了……」

桑弘羊頗為欣喜地說：「娘子真乃大才！若真能如娘子所說這樣發展，可是一石三鳥，同時解決三個大問題。我明天就去跟皇上談談。」

雲舒心虛地笑了笑。她一點也不有才，她只是提前知道歷史的走向而已，只是再心虛，她也得裝著，不能讓桑弘羊看出端倪。

事情果真如雲舒所說，經過庭辯之後，劉徹派人徹查灌家的罪行，與魏其侯所大肆讚揚的不同，潁川百姓對灌家怨聲載道，劉徹最後判灌家死罪，而魏其侯也因「欺君之罪」而下獄。

田蚡一時心花怒放，只差沒在宮中跳起舞來。

得到這些消息時，雲舒的肚子已逐漸大了起來，夏天也到了尾端。

與此同時，北方傳來好消息，衛青打了場勝仗，他帶領一千士兵直搗黃龍，殺了七百多名匈奴人，從匈奴王廷斬獲不少牛羊馬等財物，劉徹得知後興奮不已，立即擺宴慶祝，並傳令嘉獎。

今日宮中舉行慶祝晚宴，雲舒的胎象已較為穩固，這次也去參加了。

雲舒怕人多雜亂，所以去得比較早，到了宮中，劉徹就找到她，興奮地壓低聲音說：「皇妹金口玉言，妳說衛青能打勝仗，他果然做到了。」

雲舒掩嘴偷笑，帶著一點點奉承說：「也不看看衛將軍是誰帶出來的人，皇上教的，能差嗎？」

劉徹聽到雲舒這麼說，心情十分舒暢。

雲舒乘機說道：「我當初說的另一件事，皇上也該辦了吧？」

劉徹回憶道：「用軍功為阿陵贖罪之事？」

雲舒點了點頭。

劉徹為難地說：「不知衛青心中到底怎麼想的。」

雲舒從袖中拿出劉陵當時託付給她的玉玦，說道：「皇上這次給衛將軍賞賜時，連同這東西一起送過去吧，他看了就會明白的。」

劉徹若有所思地接過玉玦，點了點頭。

劉徹又說：「衛青的戰報說，他這次之所以能直搗黃龍，大獲全勝，全是因為墨勤的地圖和妳之前說的閃電戰、車守騎攻等建議。妹妹，妳知道戰爭之事婦人不可插手，朕內心雖然清楚，卻不能大肆為妳封賞，妳且說妳要什麼，朕會盡力辦到。」

雲舒看他一臉糾結，便笑著說：「皇上，您現在已經給了我能擁有的一切，我別無他求，只要能這麼安穩過一輩子，也就知足了。」

劉徹不怕別人有需求，就怕別無所求，雲舒這樣一說，他反而更糾結了，覺得一定要給點什麼才好。

「行，朕賞不了妳，難道還賞不了桑弘羊？他最近替朕辦了幾件大事，朕一塊兒獎賞，保證他讓妳安穩平順過一輩子！」

雲舒不再多說，大大方方謝了恩。

第一四九章　情義相助

秋天，淮南王謀逆案的調查結果出爐，判了全家抄斬，劉陵因一定程度有功且衛青用軍功替她贖罪，得以保留性命，只是淮南國被削，她的翁主之名也不復存在，被貶為庶民。

雲舒去宮中接劉陵出來時，她枯瘦如柴，讓雲舒心疼得掉眼淚。

劉陵卻笑著說：「我好好的，妳哭什麼？一眨眼妳肚子就這麼大了，怎麼還到處跑？」

雲舒一時不知道該說什麼，拉了劉陵上馬車，帶她回府梳洗打扮一番後，才坐下來細談。

「妳以後打算怎麼辦？衛青估計要到明年春天才能回來，在你們成親之前，妳就住在我府裡吧，我也好有個人陪。」雲舒說道。

劉陵搖頭說：「得知衛青一片心意，我心中很安慰，而且我還有仙衣鋪，也不是全然沒指望。我打算在鋪子附近買個院子，一面潛心經營，一面等他回來，妳不要擔心，好好休養才是正經。」

其實雲舒也怕劉陵在自己這裡有諸多顧忌，既然她要求住在外面，她也就不強求，只說：「那妳平時要多來看我，我不能到處走動，一個人悶得慌。」

劉陵笑著答應了。

雲舒要萬管家幫劉陵找房子，又買了幾個丫鬟過去服侍，待屋子收拾好，劉陵就搬了過去。看著穿著樸素、妝容清秀的她，雲舒覺得洗盡鉛華後，劉陵彷彿獲得新生，她打從心底為這樣的劉陵感到開心，但願她以後能愈來愈幸福。

雲舒的身子愈來愈沈，到了十一月，她的肚子已經大得彎不下腰。

因要準備過年的新衣，劉陵親自帶了仙衣鋪的縫紉師傅過來為雲舒量身形，還叮囑道：「肚子那兒要再寬鬆一些才行，到了過年，只怕更大了。」

縫紉師傅笑著稱是，並奉承道：「看公主肚子尖尖的，多半要生兒子呢。」

雲舒對兒子女兒沒什麼苛求，只要健康就好，不過還是照例給了賞錢。

量完衣服，劉陵留下來陪雲舒用午膳，席間她悄聲說道：「前幾天許小姐偷偷來找過我了。」

「許小姐？」雲舒在腦海裡搜索了一大圈，疑惑地問道：「衡山國許都尉的女兒？」

劉陵點頭道：「妳記性真好。」

這位許小姐是劉爽自己選擇的小未婚妻，一聽劉陵說起她，雲舒就想到劉爽，於是著急地問道：「可是帶來了劉爽什麼消息嗎？」

劉陵答道：「之前皇上生辰，諸王進宮朝拜，十六哥本來也隨衡山王來到長安，但他想乘機告狀的事情敗露，讓衡山王知道了，衡山王竟然派殺手刺殺他，我怎麼也沒想到事情會變成這樣。」

雲舒緊張地問道：「劉爽是想告發衡山王與妳父王勾結謀反？」

劉陵點了點頭。

「那後來呢？他現在怎樣？」雲舒臉色慘白，劉爽不會死了吧？

劉陵趕緊說：「別慌，是我沒說清楚。雖然衡山王和徐王后對十六哥痛下殺手，但他被許都尉救了出來，一直到我爹的案子被宣判之後，他才敢跟我們聯繫。聽許小姐說，衡山王至今還在派人追殺他，所以他不敢露面，也不敢派人來找妳，只有我住在市井，容易掩人耳目，許小姐才來找我。」

雲舒嘆道：「都說虎毒不食子，衡山王怎麼能這麼對劉爽？」

劉陵諷笑道：「現在衡山王被徐王后操縱，只認劉孝這個兒子，早把十六哥當仇敵了。」

「現在怎麼辦？許小姐有沒有告訴妳劉爽打算怎麼做？」雲舒追問道。

劉陵說：「十六哥想見皇上一面，他手中還有衡山王其他把柄，衡山王一日不倒，他一日不能見光。只是此事困難，我現在又幫不上什麼忙，只能請妳相助了。」

劉爽當初在雲舒困難時幫過她，雲茶生意也因此扶搖直上，雲舒不是忘恩負義之人，在劉爽最需要幫助的時刻，她自然願意伸出援手。

「想見皇上，要麼他進宮，要麼讓皇上出宮。進宮眼線太多，只怕難以保密，不如我請皇上到我府上作客，妳帶劉爽扮成小廝進來。」雲舒建議道。

「好，那什麼時候比較方便？我也好告訴十六哥。」劉陵問道。

雲舒思索了一下。「最近皇上在為冬至祭天之事忙碌，就定在冬至過後第二天吧。」

徹。

「好。」

劉陵辭別雲舒，回去跟許小姐聯繫，同時雲舒也趁著冬至午宴進宮的機會，單獨見了劉徹。

劉徹對於雲舒邀他去公主府作客十分驚疑，正想問為什麼，卻想到雲舒從來不做無聊的事，明知過年前宮裡宮外、府裡府外都是忙碌的時節，她卻請自己過去，必然有要事相商，便不再多問。

「成，朕這些天都被困在宮裡，哪兒都沒去，明天就去妳府上看看，順道瞧瞧百姓過年都準備得怎樣。」

雲舒欣喜地屈膝謝道：「那我明天恭候皇上大駕。」

回到家中，桑弘羊看雲舒挺著個大肚子，還不停地指揮管家、婆子、嬤嬤、丫鬟們準備各種東西，不由得抱怨道：「妳看看妳，自從懷孕之後，一天都沒好好歇過，比我還要忙。」

雲舒低聲一笑，說道：「天生勞碌命，閒不下來，不過我也就是動動嘴皮子，累不到我。」

桑弘羊仍然不放心。「陸先生說別讓妳做勞心勞力的事，妳雖不出力，但勞心也很傷身。」

雲舒只好哄道：「我知道啦，等忙完這件事，我就安安穩穩休息，等待寶寶出世。」

說完，她忍不住打趣道：「我以前以為懷孕之後，女人會變得焦躁而話多，沒想到相公比我更嘮叨……」

桑弘羊氣悶道：「若妳乖乖休養，我就沒這麼多嘮叨的話了。」

實在是雲舒近幾個月做的每件事都牽扯甚廣，若把她自己也捲進去就麻煩了，桑弘羊光想都心驚肉跳，偏偏雲舒卻像個沒事的人一樣，絲毫不覺得擔心，著實讓他頭疼啊……

準備好家宴，第二天一早，劉陵就帶著一個丫鬟和一個小廝來了。

雲舒看著一臉滄桑、身穿破舊布衣的劉爽，心中震撼不已。

劉爽看起來老了很多，下巴上有短短的鬍渣，沒怎麼清理，而且曬得很黑，他若走在街上，雲舒未必認得出來。

而劉爽看著錦衣大肚的雲舒，也是震驚不已，瞪著她半天沒有言語。

上次見面，她還是普通的商女，在外奔波流離，需要仰人鼻息；這次再見，她已是當朝最受寵的公主，更嫁人懷了孩子，反而是自己需要她幫忙。

這一瞬間，劉爽覺得恍若隔世。

還是雲舒最先反應過來，她起身迎接他們，關切地對劉爽說：「好久不見，你這段日子音訊全無，我跟陵姊姊都擔心極了，你現在安全嗎？」

劉爽點頭道：「讓妳們擔心了，我有許都尉保護，現在很安全，妳們不要牽掛。」

雲舒說道：「那就好，之前找不到你，真怕你出什麼事。」

劉爽賠罪道：「妳被封公主以及成婚，我都沒能好好恭喜妳，現在見面是這種境況，等事情了結，我補妳一份大禮。」

雲舒倒不跟他客氣，高興地說：「我可等著了。別想用一般的東西敷衍，況且還有我肚子裡這個小傢伙，你這個做伯伯的也得幫他準備禮物。」

劉爽望著雲舒，雖然模樣變了不少，但她還是她，讓他重新找回熟悉的感覺，於是笑著說：「沒問題，我都記著。」

雲舒又看向劉陵身後的小丫鬟，她年齡看起來比較小，臉蛋圓圓、皮膚白淨、眼神清朗，雖然衣服樸素，但模樣看得出來是沒怎麼受過苦的好人家女兒。

「這位就是許小姐吧？」雲舒問道。

劉陵點點頭，許小姐上前一步向雲舒行禮，用清脆的聲音說道：「許晴參見公主。」

雲舒命她免禮，轉而對劉爽嘆道：「殿下，許小姐能與你共患難、同進退，是個好女孩，你選的人不錯，以後要好好待她才是。」

劉爽看著許晴，眼裡充滿疼愛。「是啊，這次小晴和許都尉為我吃了很多苦，待事成之後，我必然加倍償還。」

許小姐聽到這些話，低著頭羞赧地笑了。

說了一會兒話，桑弘羊就走過來說：「皇上馬上就到了，去前面接駕吧。」

眾人聽了，紛紛整理衣裝，隨桑弘羊往前面走去。

一輛華貴卻不太顯眼的馬車從公主府正門駛進來，停在院落裡。劉徹身穿常服，從馬車上走下，大夥兒紛紛跪下行禮，唯有大著肚子的雲舒早被赦免行禮之事，只是屈膝站在那裡。

劉徹望著眾人，說道：「都免禮吧。」

他笑著對雲舒點點頭，看到在雲舒旁邊跪著的劉陵，問道：「阿陵也來了呀，最近過得怎麼樣？」

劉陵自知身分有別，不再跟劉徹沒大沒小，而是規矩地說：「謝謝皇上關心，民女得皇上和公主照顧，現在生活很安穩。」

「好，都起來吧。」劉徹點點頭，準備向正廳走去，忽然看見劉陵身後的布衣男子，驚訝地說道：「是你？」

語氣中有幾分不確定。

劉爽上前一步，深深作揖道：「微臣今日得見皇上，寧死也甘願。」

劉徹看看劉爽，再瞧瞧雲舒和劉陵，知道劉爽就是雲舒今天找他來的原因，當即嚴肅道：「進屋說話吧。」

劉徹和劉爽由桑弘羊領路去書房說話，雲舒則帶劉陵和許小姐先去宴廳等候。

等待的過程是漫長的，雲舒因不知道劉爽要說什麼事情，心中多了幾分忐忑。那三人在書房中長談將近兩個時辰，連午膳的時間都錯過了，也不見人出來。

雲舒不敢派人去詢問打擾，三名女子只好這麼乾等，時不時拿些茶點墊肚子。

未時，劉徹等三人終於從書房出來了，桑弘羊和劉爽的神色有些凝重，劉徹卻顯得很開心，對雲舒說：「讓妳們久等了，餓壞了吧？快開宴吧。」

雲舒急忙要夏芷傳令開宴，六人各自入座。

席間誰也沒說什麼沈重的話題，只不過如家常閒聊一般，說起宮裡宮外一些小事。劉徹顯得興致頗高，竟主動跟眾人說起玩笑話，雲舒的心情因此好了一些，至少可以看出來，劉爽所求的事情有著落了。

宴畢，雲舒先送走劉徹，又送走劉陵、劉爽，這才有機會跟桑弘羊單獨說話。

桑弘羊帶著雲舒回到臥房，知道她滿心疑慮，就開始為她解惑。

桑弘羊頗為感嘆地說：「若不是今日聽殿下親口所述，我怎麼也想不到衡山王府腐化骯髒到如此地步。」

雲舒對衡山王府的事了解得比桑弘羊多一些，所以相對比較冷靜，她問道：「究竟是什麼事？」

「劉爽先是狀告徐王后婦人亂政，手握衡山國軍權，並與淮南王勾結，撩撥衡山王謀逆。不過淮南王謀逆一案已經判決，皇上說再行翻案將範圍擴大，只怕行之不易。劉爽聽了，又狀告另外一件事……」

桑弘羊語氣微頓，吁了一口氣才說：「他狀告衡山王與劉孝父子兩人聚麀，同時狀告劉孝烝淫。」

雲舒有些不懂，問道：「什麼是聚麀，什麼又是烝淫？」

桑弘羊有些為難，但他與雲舒兩人是夫妻，也沒什麼說不得的話，就低聲解釋道：「聚麀是說衡山王與劉孝兩人同寢一個女人的獸行；烝淫是指與母輩亂倫之事……」

雲舒掩嘴驚呼。「劉孝與徐王后？」

雲舒相當震驚，她以前讀史時，知道西漢諸王多有淫亂獸行，然而當她親耳聽聞，還是十分驚訝。

桑弘羊說：「殿下是這麼說的，連他妹妹劉無采也舉止不端，整個王府真是烏煙瘴氣，我在一旁聽了著實為他覺得難堪。」

雲舒頓時豁然開朗，難怪劉陵說劉爽拿住了徐王后的把柄，難怪徐王后和衡山王要對劉爽痛下殺手。這等事情若是敗露，衡山國必定走向毀滅。

「皇上決定怎麼做了嗎？」雲舒問道。

桑弘羊說：「皇上早就想懲辦衡山王，只是苦無證據，此次劉爽為他提供這麼多線索，皇上自然高興，他說會立即派人去衡山國暗暗調查，若事情屬實，會還劉爽一個公道。」

雲舒點了點頭，難怪劉徹離開時那麼高興。

見雲舒還要往深處想，桑弘羊就摟著她坐在床邊，說道：「這件事情自有男人們去處理，妳就別多想了，不如來說說孩子的事。」

「孩子什麼事？」雲舒疑惑地問道。

桑弘羊的大掌摸上雲舒的肚子，十分期待地說：「我最近一直在琢磨為孩子取什麼名字，思來想去，總是定不下來。」

雲舒想到名字的事，也有些苦惱。按照當下的習俗，應該由長輩賜名才對，便說：「寫信給爹，要爹幫孩子取個名字吧。」

桑弘羊緩緩撫摸雲舒的肚子，說道：「爹早就跟我說過這件事了，他怕太后或皇上要賜名，所以不敢搶先。」

「孩子還不知是男是女，等生下來再說也不遲。況且我已嫁作桑家婦，太后和皇上應該不會賜名才對，平陽公主家的襄兒，就是曹家自己取名的。」雲舒說道。

桑弘羊這才說了實話。「不管是皇上、太后還是我爹，我怕他們取的名字我不滿意，所以想提前跟妳商量幾個，到時他們若要賜名，我也好在旁出出『主意』。」

雲舒忍不住笑了，這種事情他也要來個有備無患，真是讓她不知該說什麼才好。

兩人商量了一宿，勉強想了兩個還算滿意的名字。

若是男孩，就叫桑昭然，取其「賢者以其昭昭」之意，希望兒子以後能做個明白人；若是女孩，就叫桑妙然，取其美妙、妙不可言之意，希望女兒美好乖巧。

第一五〇章　塵埃落定

到了臘月，祭灶、掃塵、過小年，雲舒已懷孕七個多月，雖然不方便走動，但過年的準備事項卻在她指揮下有條不紊地進行著。

外面的應酬之事由桑弘羊一力承擔，至於像過年新衣、小孩子的衣物，及女眷登門時的接待，還是少不了雲舒親自拿主意。

年前最後幾天，劉陵帶著特地為雲舒及孩子製作的衣服到公主府來探望雲舒。

雲舒只試了一下自己的新衣服是否合身，就放在一旁，倒是對那一件件小巧的嬰兒衣物鞋襪愛不釋手。

看著那柔軟布料做成的精緻小衣，雲舒打從心底感激，對劉陵說道：「我自己手工不好，府裡的嬤嬤們做的又不合我心意，還是仙衣鋪的做工精緻，樣子也好，看這一雙雙的小鞋子，可愛極了！」

難為劉陵十分用心，一般男女嬰兒都能穿的衣服，各種款式都做了一些，若是區分男女的花樣，就各做一套。

劉陵笑著對雲舒說：「妳這般客氣做什麼，仙衣鋪也有妳的分，妳儘管把它當自己的鋪子，需要什麼東西，直接跟我說就是了。」

雲舒便不再跟劉陵說客套話，而是跟她談起過年的打算。「妳明天就收拾東西到我這裡來吧，我身子重，不方便拜年，所以今年哪兒也不去，就待在家裡，妳來陪我解解悶。」

劉陵知道雲舒是怕她沒了家人，一個人太冷清，可是她還要為家人戴孝，凡事都要避著些，免得壞了雲舒府上的喜慶之氣，於是婉轉地拒絕此事，只道：「我跟十六哥說好了，要他們過年時到我這邊來住幾天，公主府裡人多口雜，萬一被看出來就不好了。」

既是有人陪，雲舒便不再強求。

劉陵又問道：「衡山王府的事情，有音訊了嗎？」

雲舒點頭說：「差不多了，聽說派去衡山國的暗羽已搜集到罪證，還抓了幾個證人，皇上只等年後動手。」

劉陵微微頷首。「這就好，十六哥也能安心過年了。」

待守了歲過了除夕，就到了大年初一。

雲舒不出門拜年，也不見客，全交由桑弘羊張羅，親友們也都知道她的情況，自然體諒，只盼她能安安穩穩生下孩子。

待開春，衡山國果然出事了，衡山翁主劉無采刺傷徐王后的舅舅，經過調查，卻是因情而傷。朝廷派張湯去查辦，相繼查出一連串醜事，除了不知所蹤的衡山太子，其餘人全被判下獄。

長安公主府中，雲舒半躺在長靠椅上，手中端著雨前碧螺春，跟穿戴一新的劉爽說話。

「我下午就要去廷尉協助辦案，這一去不知要多久，我看妳快生了，當初答應給妳的禮物，我先送過來，免得又遲了。」劉爽說著，就遞上一個布包給雲舒。
雲舒好奇他送給自己的大禮是什麼，立刻在案桌上打開，只見包袱裡包著一個棕色的單肩皮包。
雲舒震驚地看著案桌上的東西，劉爽很滿意她的反應，高興地說：「妳也沒見過這種東西吧？這是我幾年前從關外商人手上買來的。它似皮非皮，上面的金屬似鐵又不是鐵，還有它的做工非常好，樣子也好看。」
雲舒伸出手撫摸這個皮包，在肩帶那邊，還掛著一個可愛的娃娃，一時之間，眼淚都快掉下來了。
劉爽發現雲舒的表情愈來愈不對勁，緊張地問道：「妳怎麼了？」
雲舒吸了吸鼻子，說道：「沒事，這個禮物我很喜歡。」
劉爽聽到這話，才放心了一些。
他離開之後，雲舒看著桌上的包包，久久回不過神。
這個皮包是她穿越時帶來的，她正是從這個包包裡拿出瑞士軍刀，導致卓成殺害了她。看著這個包包，勾起她許多回憶，若不是這個東西，她幾乎要以為她穿越之前的生活只是一場夢。
將皮包重新用布包裹起來，雲舒要紅綃把東西放到箱底封存，只當作前世遺留的一項物品。

三月初，陽光正是明媚宜人，雲舒正坐在樹下曬太陽，肚子就疼了起來。

桑弘羊此時正在她身旁坐著削果子給她吃，口中還說著：「陸先生說妳這幾天就要生了，怎麼遲遲沒有動靜？難道我們這個小傢伙貪睡偷懶，到現在都不肯出來？」

雲舒肚子陣陣抽疼，過沒多久，她額頭上就出了一層細汗。「我……我怕是要生了……」

桑弘羊手一鬆，削到一半的果子和刀子瞬間掉在草地上，他立刻站起來對院子裡的丫鬟大喊道：「快，快把穩婆和陸先生都請來！」

守在院子門口的丫鬟聞聲立刻跑出去，那些貼身伺候的，則急忙開始準備分娩要用的東西，燒開水的燒開水，拿剪刀的拿剪刀，雖然有些驚慌，卻也算有條不紊。

桑弘羊則將雲舒打橫抱起，大步往產房走去。

雲舒知道古代生產容易出事，所以年後就一直在準備分娩之事，產房、穩婆、幫忙的丫鬟都事先備好，她還親自吩咐她們各種注意事項，連陸笠這個臨時備用的郎中也找了過來，以防萬一。

穩婆很快就趕來了，丫鬟們把雲舒安置好後，急忙請桑弘羊出去。

可桑弘羊見雲舒疼得臉色蒼白，不停哀叫，一顆心跟刀刮似的，一直徘徊不去。

余嬤嬤也帶著雪霏等幾個孩子趕來，她見狀勸道：「大公子稍安勿躁，公主沒這麼快生，就算快也要幾個時辰，請先去外面等吧。」

雪霏在門口張望，也要往產房跑，桑弘羊怕她添亂，這才領著孩子到外面等待，並說：

「有勞嬤嬤進去看看，我帶著孩子們在外頭等。」

從中午等到下午，從下午等到傍晚，一直到掌燈時分，孩子都沒能生下來。

產房裡點起盞盞油燈，烘得溫度愈來愈高，雲舒難受，穩婆們也急出一身汗。

丫鬟們不停進出換水，銅盆中漸漸有了血色，桑弘羊在外面看著，險些要把門框捏碎。

哪怕是在沙場遇敵，他都沒現在緊張害怕。

「頭出來了，出來了，公主，再使把勁！」穩婆鼓勵著雲舒。

沒多久，孩子終於生出來了，紅綃在一旁把剪刀遞給穩婆，雲舒上氣不接下氣地喊道：

「剪刀……要乾淨……」

剪臍帶時若感染了，孩子會很危險。

紅綃連連保證道：「公主放心，剛從滾水裡取出來的。」

穩婆俐落地剪斷臍帶，紮好之後，將孩子倒提著，衝著屁股就是一巴掌。

「哇」的一聲，洪亮無比的哭聲穿透到院外，聽得雲舒心疼得不得了。

桑弘羊已是忍不住，推開門跑了進來，問道：「怎樣怎樣？」

穩婆將孩子用小被子包著，說道：「恭喜大人，公主生了位小公子，母子平安。」

桑弘羊看了又紅又皺的小傢伙一眼，拉著穩婆到床邊，對雲舒說：「妳看，妳幫我生了一個兒子！」

雲舒努力睜開眼睛，瞧著襁褓裡的孩子，斷斷續續地問道：「手腳都齊全嗎？沒有什麼問題吧？」

穩婆笑著說：「公主放心，小公子白白胖胖，齊全著呢！」

雲舒這才放心，閉上眼睛呼呼喘著氣。

余嬤嬤已經從外面端來湯藥，說道：「公主，這是陸先生熬的滋補湯，您喝幾口再睡。」

桑弘羊把全身癱軟的雲舒從床上抱起，勉強喝下半碗，雲舒就昏睡了過去。

雲舒生子的訊息連夜送到桑府與幾個親戚家，第二日宮門一開，消息就送往長樂、未央兩宮。

太陽昇起時，公主府門前就陸陸續續來了馬車，俱是前來恭賀之人。不一會兒，宮中的賞賜也來了，忙得桑弘羊暈頭轉向……

三年後

「公主，老爺和公子都準備好了，催您快點呢，吉時快到了。」

丫鬟們手忙腳亂地幫雲舒把髮髻拆散，重新梳妝，雲舒忿忿地叨唸起來。「這個小祖宗，抓散了我的頭髮，現在卻來催我！」

還好天青手藝熟練，不過片刻，就幫雲舒重新打扮好。

雲舒起身向外走去，又不放心地折返，對內屋的余嬤嬤說：「嬤嬤，妙然就交給妳了，如果有事，就差人來報，我立即回來。」

余嬤嬤抱著不到半歲的小妙然，說道：「公主放心，老奴一定會照顧好小姐的。」

雲舒點點頭，這才往外面走去。內院門口的馬車上，一個古靈精怪的小傢伙把腦袋伸出窗外，見到雲舒後就興奮地喊道：「娘、娘，快點呀！」

突然，一隻手將小傢伙拽回車廂，雲舒剛走近，就聽見雪霏一本正經地說著：「昭然，你不能爬到窗戶外面去，很危險，你要聽姊姊的話。」

雲舒噗哧一聲笑了。雪霏調皮搗蛋當數第一，沒想到有了弟弟、妹妹之後，卻變成一副大姊姊的樣子，學會管束小孩了。

桑弘羊在一旁牽著自己的坐騎，對雲舒說：「娘子，我們快些吧，時間快到了。」

雲舒趕緊上車，今天的宴會可不能遲到，那可是南宮公主和墨勤，以及劉陵和衛青的雙重喜事。

還好兩場婚禮的時間安排得不一樣，一個中午，一個晚上，雲舒中午吃過墨勤與南宮公主的喜宴後，就趕去衛青的將軍府，真是忙得不可開交。

上了車，雲舒點了點桑昭然的眉心，說道：「壞東西，以後可不許抓娘的頭髮，梳起來可麻煩了。」

桑昭然被訓，嘟著嘴說：「娘頭上的珠子最大最好看嘛。」

雲舒試著跟他講道理。「你想要，就跟娘說，娘有好東西，怎麼會捨不得給你？你怎麼能什麼話都不說，就趴上來抓呢？對不對？」

桑昭然點點頭，然後把小手伸進衣兜裡，說道：「嗯，我有好東西，也會給娘，您看！」

桑昭然獻寶似地從兜裡拿出一個紅色物品，雲舒定睛一看，險些把魂給嚇掉。

那竟然是一把摺疊的瑞士軍刀！

她一把將軍刀奪過來，問道：「你從哪兒弄來的？」

雲舒的表情太過嚴肅，把桑昭然嚇壞了，他轉而看向雪霏，結結巴巴地說：「姊姊……」

雲雪霏已經十一歲，自然知道看人眼色，雲舒平時一向和顏悅色，如今這般嚴肅，就知道他們做錯了事情，連忙說：「娘，是我不好，不該把刀子給弟弟玩，我沒多想……只覺得這個東西有意思，弟弟一定會喜歡……」

雲舒知道自己嚇到了孩子們，她深吸了兩口氣，冷靜下來，說道：「雪霏，妳告訴娘，這刀子是從哪兒弄來的？」

雪霏答道：「我在院子裡的樹根下挖到的，當時裝在一個小盒子裡……」

雲舒看著手上的瑞士軍刀，極有可能就是當年卓成用來殺她的那把刀，這刀應該一直在卓成手上，又是怎麼到了她家的院子裡？

雲舒想著，突然記起卓成死時，所有後事都由桑弘羊處理，極有可能是他從卓成身上找到的。

那麼，桑弘羊為什麼要把刀埋在土裡，從來不跟她提起這件事？

電光石火之間，雲舒突然想到一個問題。也許卓成當年留下的，不只這把刀而已。

桑弘羊既然故意把刀埋好，那麼必定是知道了些什麼。想到這一切，她就有些坐立難安。

一路上雲舒十分忐忑，馬車外傳來喜慶的奏樂，已經離南宮公主府近了。雲舒進府之後，從馬車上下來，拉著桑弘羊說：「我有些不舒服，你陪我找個安靜的地方坐一會兒吧。」

桑弘羊緊張地打量了一下，發現雲舒的臉色果然不好，便把孩子們交給同來祝賀的韓嫣、桑招弟夫婦，帶著雲舒往旁邊的園子走去。

「哪裡不舒服？要不要回去傳太醫？」桑弘羊擔心地問道。

雲舒搖了搖頭，將瑞士軍刀放到他手上，問道：「相公，這個東西，你認識嗎？」

桑弘羊一瞬間感到錯愕，卻立刻一笑，說道：「這個東西我都快忘了，竟然被妳挖出來了？」

雲舒沒有說話，內心十分不安。

桑弘羊看雲舒低著頭不言不語，就摟著她的肩膀往偏遠處走去，低聲說：「這是從卓成身上搜到的東西。他死後，妳要我去清查他的屍身和牢房，就是那個時候發現的。他當初手指寸斷，不能書寫，卻用這把刀在牢獄的石板上刻下不少字。我們當時成婚在即，我怕妳多想，所以沒有告訴妳，而是將這把刀裝在盒子裡，直接埋在府中的院子裡，後來也就忘了……」

雲舒覺得唇舌有些發乾，她緊張地問道：「他……刻了什麼？」

桑弘羊握緊她的肩膀，說道：「不過是胡言亂語罷了，有些字著實認不清楚，我也讀不懂他到底寫了什麼。」

撒謊。

沒讀懂卓成寫了什麼，又怎麼會緊張到把刀藏起來？又怎麼會不對她透露一個字？卓成一定是把「秘密」說了出來，桑弘羊肯定知道了，所以他之後才對她預估的事情深信不疑，也不再詢問雲舒何以有那些想法，表現得相當不合理。

看著雲舒眼中的驚慌，桑弘羊摟住她，輕聲說道：「他寫了什麼有什麼要緊？我只知道妳是我的娘子，老天將妳送到我身邊，是對我的恩賜。現在，有妳、有我，有昭然和妙然，這就足夠了，其他什麼都不重要。」

聽到桑弘羊說的話，雲舒突然釋懷了。是啊，有什麼要緊？連桑弘羊都不放在心上，她又為何要緊緊抓住不放？

在這裡，她有丈夫、孩子，有她期望的一切，這就夠了。

前院傳來喜悅的歡呼聲，有人高喊著「新郎、新娘子來了」。

桑弘羊牽起雲舒的手，說道：「走吧，什麼都不要想了，我們觀禮去。」

雲舒重重地點頭，望著他溫柔的眼神，嘴角止不住逸出幸福的微笑。不論前世為何、經歷了多少苦難，此生，她已滿足！

——全書完

吉時良緣 百里堂 著 全套二冊

老天爺給了她這個大好機會！

看她怎麼收拾惡姊姊、壞小三，

然後甩掉爛男人，

讓自己活得精彩痛快——

文創風 100 上

說什麼名門閨秀生來好命的，其實都是假象！
她沈梨若沒爹疼、沒娘愛，處處吞忍才能在沈家大院艱難求生，
本以為嫁了風度翩翩的良人，就能從此擺脫悲慘人生，
哪知道手帕交和夫婿偷來暗去，還勾結她的貼身婢女陷害她——
她含恨嚥下毒酒，一縷芳魂飄啊飄～～
再睜開眼看見的卻不是奈何橋，而是五年前還未出閣時的光景！
天可憐見，讓她的人生可以重來一回，
前世欺她、侮她、輕慢她的人，這一世她都不會再忍讓，
這一次她要拋棄那些溫順軟弱，勇敢追求嚮往的自由！
為了離家出走大計，她偷偷攢錢打算開鋪子營生，
卻三番兩次遇到這奇怪的大鬍子男插手管閒事，
加上一大堆亂七八糟的陰謀算計，搞得她頭都昏了。
唉，這一世的日子，好像也沒有那麼平順好過……

文創風 101 下

上天可真是和沈梨若開了個大玩笑！
一心想挑個普通平凡的良人度過一生，這挑是挑好了，
結果樣貌普通的夫君新婚之夜才知是個傾城的絕色美男 ?!
而且原以為出身小戶人家竟成了高門大戶，讓她心情跌到谷底。
實在不是她愛拿喬或不知足，
她真的怕了那些花癡怨女又來和她搶條件優秀的夫君啊！
而且她明明選擇了和前世相反的道路，身分、際遇都大不同了，
命運卻還是讓她和前世仇人兜在一起，麻煩接二連三找上門。
瞧他們神仙眷侶的生活不順眼，真要跟她鬥是嗎？
要知道她可不是當初那個任人擺佈的軟柿子了！
況且如今的她不必單打獨鬥，
和他相攜手，她有信心面對即將襲來的狂風暴雨——

慧心巧思、獨樹一幟／凌嘉

穿越時空／靈魂重生／政商鬥爭／婚姻經營之傑出作品！

丫鬟我最大

全套五冊

知悉歷史，讓她洞燭先機、如魚得水；
運用智慧，計謀信手拈來、無往不利。
是個丫鬟又怎樣？她可不會那麼輕易就低頭認輸！

文創風 139 **1**

雲舒作夢也想不到，她不過是去相親，卻穿越時空來到漢朝！
原本身旁還有個看似可靠的相親對象陪伴，
結果他竟狠下心殺了她，只為了在沙漠生存下去！
痛苦絕望之中，她覺得自己的意識正一點點抽離肉體……
再次醒來，一雙小小的手與未發育的身材告訴雲舒，
她重生成一個十來歲的小女孩了！

文創風 140 **2**

收拾完幾個不識相的傢伙，雲舒在桑家的地位已不可同日而語，
然而大公子在仕途上的平步青雲，卻引來各方人士覬覦，
拉攏的人不怕死，說親的人厚臉皮，
就連雲舒本人的詢問度都大增，著實讓她嚇出一身冷汗。
只是幾年過去，兩個人都還抱持單身主義，
一個不嫁、一個不娶，看起來，似乎有點意思……

文創風 141 **3**

就在雲舒為這段戀情努力打拚的時候，
死亡的陰霾卻如影隨形地籠罩在她身邊……
當初殺害她的仇人，就像打不死的小強，一次次捲土重來，
教人防不勝防，時時刻刻提心弔膽！
老天啊，既然重新賜給她這條生命，還讓她找到真愛，
為什麼就不能善待她一些呢？!

文創風 142 **4**

眼看大公子無可避免地被捲入其中，
雲舒冒著生命危險趕到戰地，只為見他一面，
卻沒料想到他身邊竟有個才貌兼備的女子……
真是太讓人失望了！不給個合理解釋，她就跟他沒完！
什麼？兩年之約不算數？這玩笑也開得太大了吧？
在雲舒默默接受事實，聽從桑弘羊安排時，宮中傳來消息——
皇上召見她？這到底是怎麼一回事……？

文創風 143 **5** 完

她重生的這個身體，竟是漢朝皇室流落在外的公主！
雲舒除了震驚，再也找不到別的形容詞。
原來上天還是待她不薄，只是多花了點時間而已！
這下她不但被迎回宮中居住，還能風風光光嫁給桑弘羊，
看到老夫人面如土色，卻不得不恭恭敬敬接受她這個孫媳時，
長久以來的怨氣真是一吐而盡！

機關算盡、局中有局之絕妙好手／玉井香

任何磨難，凡是殺不死她的，
終將化作她的養分，令她變得更強，
她就像懸崖上的花，牢牢抓著岩間的縫隙，
什麼風吹雨打都無法令她低頭！

豪門守灶女 全套七冊

文創風 102 **1**

她焦清蕙是名滿京城的守灶女，也只有良國公府的二子權神醫配得上她了，
所謂生死人而肉白骨，這個權仲白是名滿天下的神醫，連皇帝后妃都離不開他，
偏偏他超然世外、不爭世子位的態度，與她未來要走的爭權大道不同，
看來想扳倒權家大房之前，她得先收服了二房這個不成器的夫君才行吶……

文創風 103 **2**

這輩子她焦清蕙沒嚐過第二的滋味，到死她都是第一。
不過，人都死了，就算生前是第一又有什麼用？
這輩子她也就輸這麼一次，甚至連死都不知道是怎麼死的！
她不想再死一回，所以重生後就得好好活，活得好，並揪出凶手來！

文創風 104 **3**

權仲白這個人實在是有趣得緊哪，講話直來直往又任憑自己的意思而活，
焦清蕙承認，一開始自個兒的確是小瞧了他，以為他好拿捏得很，
但仔細想想，能在詭譎多變的皇宮中自由來去多年又深得君臣后妃看重，
他，又怎麼可能會是個頭腦簡單、不懂揣度人心的平凡人物呢？

文創風 105 **4**

焦清蕙不得不說，大嫂林氏這個人也確實算得上是個對手了，
若非天意弄人，始終生不出一兒半女來，世子位早非大房莫屬，
也因此自己一進門，林氏就急了，暗中使了不少絆子，甚至還給摸出喜脈了！
成親多年都未能有孕，二房剛娶妻就懷上了胎兒？這也太巧了吧？莫非……

文創風 106 **5**

焦清蕙的體質與桃花相剋，才食用攙有丁點桃花露的羊肉湯竟險些喪命！
而出事前便知道她與桃花相剋的權家人只有四個：兩個小姑、大嫂、老四。
兩個小姑就不用說了，老四早在她懷孕時便知相剋一事，要害早害了，
如此推算下來，所有的矛頭便指向了剩下的那個人——大嫂林氏！

文創風 107 **6**

該怎麼品評權家老四權季青這個人呢？焦清蕙一時還真有些沒底。
初時，她只覺得他是個想在大房和二房間兩邊討好之人，
但相處過後，她卻漸漸發現他不若表面上的良善無害，
相反地，他狼子獸心，竟存著弒兄奪嫂，想將她占為己有之心！

文創風 108 **7** 完 隨書附贈：繁體版獨家番外二篇，首度曝光！

懷璧其罪，焦清蕙手中的票號分股引來了有心人的覬覦，天家便是其一。
皇帝想方設法要吞了票號，又怕吃相太過難看，於是變著法從她這邊下手，
她一方面得跟皇帝斡旋，一方面還得追查當年想殺害她的幕後黑手，
沒想到這一抽絲剝繭，竟發現權家藏著一個連權仲白都不知道的驚人秘密……

她年紀雖輕，卻也非省油的燈！招招精彩的權謀比拚，盡在《豪門守灶女》中！

文創風 143

丫鬟我最大 5 完

國家圖書館出版品預行編目資料

丫鬟我最大 / 凌嘉著. --
初版. -- 臺北市 : 狗屋, 民102.12
冊 ; 公分. --（文創風）
ISBN 978-986-328-201-3（第5冊：平裝）. --

857.7　　102023098

著作者　凌嘉
編輯　連宓均
校對　黃薇霓　周貝桂
發行所　狗屋出版社有限公司
地址　台北市104中山區龍江路71巷15號1樓
電話　02-2776-5889～0
發行字號　局版台業字845號
法律顧問　蕭雄淋律師
總經銷　知遠文化事業有限公司
電話　02-2664-8800
初版　102年12月
國際書碼　ISBN-13　978-986-328-201-3
原著書名　《大丫鬟》，由起点中文网〈www.qdmm.com〉授權出版

定價250元
狗屋劃撥帳號：19001626
網址：love.doghouse.com.tw　E-mail：love@doghouse.com.tw